EDIÇÕES BESTBOLSO

Hannibal, a origem do mal

Thomas Harris nasceu no estado do Mississippi, em 1940. O escritor norte-americano iniciou sua carreira como jornalista policial nos Estados Unidos e no México, e depois como repórter e editor da Associated Press em Nova York. Seu primeiro livro, *Domingo negro*, foi publicado em 1975. É também autor de *O silêncio dos inocentes*, *Hannibal* e *Dragão vermelho*. *Hannibal, a origem do mal* foi adaptado para o cinema em 2007, com Gaspard Ulliel no papel principal. Em 2013, a série *Hannibal* foi veiculada no canal AXN.

THOMAS HARRIS

Hannibal
a origem do mal

Tradução de
GILSON SOARES

6ª edição

EDIÇÕES
BestBolso
RIO DE JANEIRO – 2022

CIP-BRASIL. CATALOGAÇÃO NA PUBLICAÇÃO
SINDICATO NACIONAL DOS EDITORES DE LIVROS, RJ

Harris, Thomas, 1940-
H26h Hannibal, a origem do mal / Thomas Harris; tradução Gilson Baptista
6ª ed. Soares. - 6ª ed. - Rio de Janeiro: BestBolso, 2022.
12x18 cm.

Tradução de: Hannibal Rising
ISBN 978-85-7799-451-9

1. Ficção americana. I. Soares, Gilson Baptista. II. Título.

CDD: 813
14-11067 CDU: 821.111(73)-3

Hannibal, a origem do mal, de autoria de Thomas Harris.
Título número 378 das Edições BestBolso.

Texto revisado conforme o Acordo Ortográfico da Língua Portuguesa.

Título original norte-americano:
HANNIBAL RISING

www.edicoesbestbolso.com.br

Capa: Luciana Gobbo e Sérgio Carvalho sobre imagens Dreamstime.

Impresso no Brasil

ISBN 978-85-7799-451-9

Acrescentaremos a elas o que descobrimos em toda parte, nos registros de guerra e nos policiais, em entrevistas e em medicina legal, nas mudas posturas dos mortos. As cartas de Robert Lecter, recém-descobertas, podem nos ajudar a estabelecer estatísticas essenciais de Hannibal, o qual alterou livremente datas para confundir as autoridades e seus cronistas. Pelos nossos esforços, podemos observar enquanto a besta interior desmama e, lutando contra o vento, entra no mundo.

Prólogo

A porta para o palácio da memória do Dr. Hannibal Lecter se encontra na escuridão de sua mente e tem uma aldrava que pode ser acionada apenas pelo tato. Este curioso portal se abre para imensos espaços bem iluminados, no antigo estilo barroco, e corredores e câmaras rivalizando em número e variedade com os do museu Topkapi.

Por toda parte há exibições, bem espaçadas e iluminadas, cada qual ligada a lembranças que levam a outras lembranças em progressão geométrica.

Espaços dedicados aos primeiros anos de Hannibal Lecter diferem de outros arquivos por estarem incompletos. Alguns são cenas estáticas, fragmentadas, como cacos de cerâmica ática colados com gesso branco. Outras salas conservam som e movimento, grandes serpentes lutando e oscilando no escuro, só iluminadas em lampejos. Súplicas e gritos preenchem alguns lugares nos terrenos aonde o próprio Hannibal não pode ir. Mas os corredores não ecoam os gritos, e para quem gosta há música.

O palácio da memória é uma construção iniciada nos primeiros anos da vida estudantil de Hannibal. Em seus anos de confinamento, ele melhorou e aumentou sua capacidade, e sua riqueza o confortou por longos períodos, enquanto carcereiros negavam-lhe seus livros.

Aqui, na cálida escuridão de sua mente, vamos tatear juntos pela aldrava. Encontrando-a, vamos optar por música nos corredores e, sem olhar nem para a esquerda nem para a direita seguir para o Salão do Princípio, onde as exposições são ma[illegible] fragmentárias.

Parte I

Esta é a primeira coisa
que compreendi:
O tempo é o eco de um machado
dentro de um bosque.

– Philip Larkin

1

Hannibal, o Terrível (1365-1428), construiu o castelo Lecter em cinco anos, usando como mão de obra os soldados que havia capturado na batalha de Žalgiris. No primeiro dia em que seu estandarte tremulou nas torres concluídas, ele reuniu os prisioneiros na horta e, subindo no patíbulo para dirigir-se a eles, libertou-os para que voltassem para casa, tal como havia prometido. Muitos preferiram continuar a seu serviço, devido à qualidade da alimentação.

Quinhentos anos depois, Hannibal Lecter, 8 anos e oitavo a ostentar o nome, parou na horta com sua irmãzinha Mischa e jogou pão para os cisnes negros na água escura do fosso. Mischa segurava a mão de Hannibal para se firmar e errou o fosso em vários arremessos de pão. A grande carpa agitou os lírios flutuantes e espantou as libélulas.

Agora o cisne líder saiu da água, cambaleando na direção das crianças em suas pernas curtas, sibilando seu desafio. O cisne tinha conhecido Hannibal por toda a vida e mesmo assim ele avançou, suas asas negras encobrindo parte do céu.

– Oh, Anniba! – exclamou Mischa e se escondeu atrás da perna do irmão.

Hannibal abriu os braços à altura dos ombros, como seu pai o ensinara a fazer, sua extensão aumentado com os ramos de salgueiro que tinha nas mãos. O cisne parou, avaliou a envergadura de asas maior de Hannibal e voltou para a água a fim de se alimentar.

– Passamos por isso todo dia – disse Hannibal à ave.

Mas hoje não era todo dia, e ele imaginou para onde os cisnes podiam fugir.

No seu entusiasmo, Mischa caiu com seu pão no chão úmido. Quando Hannibal se abaixou para ajudá-la, ela se divertiu em lambuzar o nariz dele com lama, com sua mãozinha. Ele esfregou um pouco de lama no nariz da irmã e os dois riram ao ver seus reflexos no fosso.

As crianças sentiram três baques vigorosos no solo e a água tremulou, embaçando seus rostos. O som de explosões distantes atravessou os campos. Hannibal pegou sua irmã no colo e correu para o castelo.

A carroça de caça estava no pátio, puxada por César, o grande cavalo de tiro. Berndt, em seu avental de cavalariço, e o criado Lothar colocavam três pequenos baús na carroça. Cozinheiro trouxe uma refeição.

– Amo Lecter, *madame* quer ver o senhor nos aposentos dela – disse Cozinheiro.

Hannibal entregou Mischa para Babá e subiu correndo os degraus escavados.

Hannibal adorava o quarto de sua mãe com seus muitos aromas, os rostos entalhados no madeiramento, seu teto pintado. *Madame* Lecter era descendente dos Sforza de um lado e Visconti do outro, e trouxera o quarto de Milão com ela.

Ela estava agitada agora e seus brilhantes olhos castanhos refletiam a luz em chispas avermelhadas. Hannibal segurava o porta-joias enquanto sua mãe pressionava os lábios de um querubim na moldura e um recipiente oculto se abria. Ela recolheu suas joias e alguns maços de cartas. Não havia mais lugar para tudo.

Hannibal achou que ela se parecia com o camafeu de sua avó que caiu dentro da caixa.

Nuvens pintadas no teto. Quando bebê, ao ser ninado, ele costumava abrir os olhos e ver os seios de sua mãe misturados às nuvens. A sensação das pontas de sua blusa contra o rosto dele. A ama de leite também, sua cruz de ouro reluzente como um raio de sol entre nuvens prodigiosas e pressionada contra seu rosto quando ela o pegava, massageando a marca da cruz na sua pele para fazê-la desaparecer antes que madame *pudesse vê-la.*

Mas seu pai surgiu à porta agora, carregando os livros contábeis.

– Simonetta, precisamos partir.

As roupas de Mischa estavam empacotadas em sua banheira de cobre, e *madame* pôs a caixa de joias entre elas. Ela olhou ao redor do quarto e pegou uma pequena pintura de Veneza de seu tripé no aparador, pensou por um momento e entregou-a para Hannibal.

– Leve para Cozinheiro. Segure pela moldura. – Ela sorriu para ele. – Não borre a parte de trás.

Lothar carregou a banheira para a carroça no pátio, onde Mischa choramingava, inquieta com a agitação à sua volta.

Hannibal levantou Mischa para que ela acariciasse o focinho de César. Ela também deu uns apertos no focinho do cavalo para ver se o faria relinchar. Hannibal pegou grãos em sua mão e os espalhou no chão do pátio para formar um "M". Os pombos afluíram para ele, formando no solo um "M" de pássaros vivos. Hannibal traçou a letra na palma da mão de Mischa. Ela tinha quase 3 anos e ele estava ansioso para que a irmã aprendesse a ler.

– "M" de Mischa! – disse ele.

Ela correu no meio dos pombos, rindo, e eles voaram ao seu redor, circundando as torres, pousando no campanário.

Cozinheiro, um homem grandão em trajes brancos de cozinha, chegou trazendo comida. O cavalo virou um olho para Cozinheiro e acompanhou com um movimento de orelha sua aproximação. Quando César era um potro, Cozinheiro o espantara da horta em inúmeras ocasiões, berrando xingamentos e batendo em seu traseiro com uma escova.

– Ficarei e ajudarei você a embarcar a cozinha – disse o Sr. Jakov para Cozinheiro.

– Vá com o garoto – replicou Cozinheiro.

O conde Lecter ergueu Mischa para a carroça e Hannibal pôs os braços em torno dela. O conde segurou o rosto de Hannibal. Surpreso pelo tremor na mão de seu pai, Hannibal olhou atentamente para o rosto de conde Lecter.

– Três aviões bombardearam os pátios ferroviários. O coronel Timka diz que temos no mínimo uma semana, se realmente eles chegarem aqui, e depois a luta seguirá ao longo das estradas principais. Ficaremos bem na casa de campo.

Era o segundo dia da Operação Barbarossa, a varredura-relâmpago de Hitler através da Europa Oriental rumo à Rússia.

2

Berndt caminhava à frente da carroça na trilha da floresta, cortando os galhos crescidos demais com uma foice, cauteloso com a cara do cavalo.

O Sr. Jakov seguia numa égua, seus alforjes repletos de livros. Ele não estava habituado a montar, e abraçava o pescoço do animal para passar debaixo dos galhos. Às vezes, onde a trilha era íngreme, ele desmontava para caminhar com Lothar e Berndt e o próprio conde Lecter. Galhos estalavam de volta atrás deles para fechar de novo a trilha.

Hannibal sentiu o cheiro da folhagem esmagada pelas rodas e a calidez do cabelo de Mischa debaixo de seu queixo enquanto ela viajava no seu colo. Ele observou os bombardeiros alemães passarem acima. Suas trilhas de vapor criavam uma pauta musical, e Hannibal cantarolava para a irmã as notas que as lufadas negras de fogo antiaéreo formavam no céu. Não era uma melodia agradável.

– Não – disse Mischa. – Anniba, canta *Das Mannlein!* – E juntos cantaram sobre o misterioso homenzinho dos bosques, Babá juntando-se a eles na carroça sacolejante e o Sr. Jakov cantarolando montado na sela, embora preferisse não cantar em alemão.

Ein Mannlein steht im Walde ganz still und stumm,
Es hat von lauter Purpur ein Mantlein um,
Sagt, wer mag das Mannlein sein
Das da steht im Walde allein
Mit dem purporroten Mantelein.

Duas horas penosas trouxeram-nos a uma clareira sob a copa da alta floresta.

O pavilhão de caça tinha evoluído, ao longo de trezentos anos, de um rústico abrigo para um confortável retiro na floresta, com estruturas de madeira e teto inclinado para fazer descer a neve. Havia um pequeno celeiro contendo duas baias e um alojamento rústico e, atrás do pavilhão, uma privada vitoriana com entalhes ostentosos, seu teto apenas visível acima da cerca viva protetora.

Ainda visíveis nos alicerces do pavilhão estão as pedras de um altar construído na Idade Média, por um povo que venerava a serpente dos pântanos.

Agora Hannibal observou uma dessas serpentes fugir daquele antigo lugar enquanto Lothar cortava algumas parreiras para que Babá pudesse abrir as janelas.

O conde Lecter percorreu as mãos sobre o dorso do enorme cavalo enquanto ele bebia toda a água do balde do poço.

– Cozinheiro já terá a cozinha embalada quando você voltar, Berndt. César poderá passar a noite na sua própria baia. Você e Cozinheiro voltem para cá à primeira luz, não mais tarde. Quero vocês bem distantes do castelo pela manhã.

VLADIS GRUTAS ENTROU no pátio do castelo Lecter com sua expressão mais agradável, examinando as janelas enquanto chegava. Ele acenou e gritou "Olá!".

Grutas era uma figura esguia, cabelo louro sujo, vestido à paisana, com olhos de um azul tão pálido que pareciam discos do céu vazio. Ele gritou: "Ô, de casa!" Como não houve nenhuma resposta, foi para a entrada da cozinha e encontrou caixas de suprimentos embaladas no chão. Rapidamente, pôs açúcar e café em sua mochila. A porta da adega estava aberta. Ele olhou escadas abaixo e viu uma luz.

Violar o refúgio de outra criatura é o tabu mais antigo. Para certos pervertidos, invadi-lo oferece a sensação paralisante de excitação, como acontecia agora.

Grutas desceu a escadaria e entrou no frio ar cavernoso das masmorras de teto arqueado do castelo. Perscrutou através de um arco e viu que a grade de ferro que guarnecia a adega estava aberta.

Houve um ruído farfalhante. Grutas pôde ver prateleiras de vinhos finos de qualidade, do chão ao teto, repletas de garrafas, e a grande sombra do cozinheiro movendo-se pelo cômodo, enquanto trabalhava à luz de duas lanternas. Pacotes quadrados embalados estavam sobre a mesa de degustação no centro da adega e, com eles, um único quadro pequeno numa moldura ornada.

Grutas exibiu seus dentes quando aquele grande idiota apareceu. Agora as costas largas do cozinheiro estavam voltadas para a porta enquanto ele trabalhava sobre a mesa. Houve um farfalhar de papel.

Grutas se imprensou contra a parede na sombra dos degraus.

O cozinheiro embrulhou o quadro e o enrolou com barbante de cozinha, fazendo um pacote igual aos outros. Com uma lanterna em sua mão livre, ele alcançou um candelabro de ferro em cima da mesa e o puxou. Um estalido e, ao fundo da adega, a extremidade de uma prateleira de vinho se afastou alguns centímetros da parede. Cozinheiro girou a prateleira com um gemido de dobradiças. Atrás dela havia uma porta.

Ele entrou no cômodo oculto por trás da adega e pendurou lá uma de suas lanternas. Depois carregou os pacotes para dentro.

Enquanto girava a prateleira para fechá-la, de costas para a porta, Grutas começou a subir os degraus. Ele ouviu um tiro disparado lá fora e depois a voz do Cozinheiro abaixo dele.

– Quem está aí?

Cozinheiro veio atrás, subindo rapidamente para um homem do seu tamanho.

– Pare! Você não deveria estar aqui!

Grutas correu pela cozinha e depois pelo pátio, acenando e assoviando.

Cozinheiro agarrou uma tábua num canto e correu através da cozinha na direção do pátio quando viu uma silhueta na porta, uma forma inconfundível de capacete e três paraquedistas alemães com submetralhadoras entraram no cômodo. Grutas estava atrás deles.

– Oi, Cozinheiro – disse Grutas. Ele pegou um presunto defumado do caixote no chão.

– Devolva a carne – ordenou o cabo alemão, apontando a arma para Grutas tão prontamente quanto o fez para o cozinheiro. – Saia, vá com a patrulha.

A TRILHA FICOU MAIS FÁCIL na descida para o castelo. Berndt a percorria rapidamente com a carroça vazia, enrolando as rédeas em torno do braço enquanto acendia seu cachimbo. À medida que se aproximava dos limites da floresta, pensou ter visto uma grande cegonha alçando voo do alto de uma árvore. Ao chegar mais perto viu que a asa branca oscilando era tecido, um paraquedas preso nos galhos altos, os velames cortados. Berndt parou. Deixou de lado seu cachimbo e saltou da carroça. Colocou a mão sobre o focinho de César e falou baixinho na orelha do cavalo. Depois prosseguiu a pé, cauteloso.

Suspenso por um galho mais baixo estava um homem em trajes civis simplórios, recém-enforcado com um laço de arame no pescoço, seu rosto azul-escuro, as botas lamacentas a 30 centímetros do chão. Berndt voltou rápido para a carroça, procurando por um lugar para dar meia-volta na trilha estreita, suas próprias botas parecendo-lhe estranhas enquanto se via andando em solo acidentado.

Eles então despontaram das árvores, três soldados alemães comandados por um sargento e seis homens em trajes civis. O sargento ponderou e destravou sua submetralhadora. Berndt reconheceu um dos civis.

– Grutas – disse.

– Berndt, meu bom Berndt, que sempre aprende suas lições – respondeu Grutas. Foi até o cavalariço com um sorriso que parecia bastante amistoso. – Ele pode cuidar do cavalo – disse Grutas para o sargento alemão.

– Talvez ele seja seu amigo – replicou o sargento.

– Talvez não – disse Grutas e cuspiu no rosto de Berndt. – Enforquei o outro, não é mesmo? Conhecia-o também. Por que deveríamos ir a pé? – E suavemente: – Eu o fuzilarei no castelo, se devolverem minha arma.

3

A *blitzkrieg*, a guerra-relâmpago de Hitler, estava mais rápida do que se poderia imaginar. No castelo, Berndt encontrou uma companhia da Divisão Totenkopf das Waffen SS. Dois blindados Panzer estavam estacionados perto do fosso, junto com uma peça antitanque e alguns caminhões meia-lagarta.

O jardineiro Ernst jazia de cara no chão da cozinha, com moscas-varejeiras em sua cabeça.

Berndt viu isso da boleia. Apenas os alemães viajaram na carroça. Grutas e os outros tinham de caminhar atrás. Eles não passavam de *Hilfiwillige* ou Hiwis, pessoas da região que ajudavam voluntariamente os nazistas invasores.

Berndt pôde ver dois soldados no alto de uma torre do castelo, baixando a flâmula com o javali dos Lecter e colocando em seu lugar uma antena de rádio e uma bandeira com a suástica.

Um major de uniforme preto da SS e com a insígnia da Divisão Totenkopf saiu do castelo para observar César.

– Muito bonito, mas largo demais para cavalgar – disse, lamentando-se. Ele havia trazido seus culotes e esporas para cavalgar por lazer. O outro cavalo serviria. Atrás dele, dois soldados saíram da casa, empurrando Cozinheiro entre eles.

– Onde está a família?

– Em Londres – disse Berndt. – Posso cobrir o corpo de Ernst?

O major fez sinal para seu sargento, que encostou o cano da Schmeisser sob o queixo de Berndt.

– E quem cobrirá o seu? Cheire o cano. Ainda está fumegando. Também pode estourar a porra dos seus miolos – disse o major. – Onde está a família?

Berndt engoliu em seco.

– Fugiu para Londres, senhor.

– Você é judeu?

– Não, senhor.

– Cigano?

– Não, senhor.

Ele olhou para um maço de cartas numa escrivaninha da casa.

– Há correspondência para um tal Jakov. É você o judeu Jakov?

– É um tutor, senhor. Há muito que se foi.

O major examinou os lóbulos das orelhas de Berndt para ver se estavam perfurados.

– Mostre seu pau ao sargento. – E depois: – Devo matar você ou vai trabalhar?

– Senhor, essa gente toda se conhece – disse o sargento.

– É mesmo? Talvez gostem um do outro. – Virou-se para Grutas. – Será que a estima por seus conterrâneos é maior do que a que tem por nós, *hem*, Hiwis? – O major voltou-se para o sargento. – Acha realmente que precisamos de qualquer um deles?

O sargento apontou a arma para Grutas e seus homens.

– O cozinheiro é judeu – disse Grutas. – Aqui vai uma informação útil sobre o local: se deixá-lo cozinhar para o senhor, dentro de horas estará morto por um veneno judeu. – Ele empurrou à frente um de seus homens. – O Vigia de Panelas pode cozinhar, pilhar e servir como soldado também.

Grutas foi para o centro do pátio, movendo-se lentamente, o cano da submetralhadora seguindo-o.

– Major, o senhor tem o anel e as cicatrizes de Heidelberg. Aqui há história militar, do tipo que o senhor mesmo está fazendo. Esta é a Pedra do Corvo de Hannibal, o Terrível. Alguns dos mais valentes cavaleiros teutônicos morreram aqui. Não é hora de lavar a pedra com sangue judeu?

O major ergueu as sobrancelhas.

– Se você quer ser um SS, vamos ver se faz para merecer. – Acenou com a cabeça para o sargento, que sacou sua pistola do coldre. Retirou todas as balas menos uma do pente e entregou a arma a Grutas. Dois soldados arrastaram o cozinheiro até a Pedra do Corvo.

O major parecia mais interessado em examinar o cavalo. Grutas segurou a pistola junto à cabeça do prisioneiro e esperou, querendo que o major visse. Cozinheiro cuspiu nele.

Ao disparo, andorinhas voaram assustadas das torres.

BERNDT FOI POSTO para carregar móveis até o alojamento dos oficiais acima. Ele olhou para ver se tinha se mijado. Podia ouvir o radioperador num pequeno cômodo debaixo dos beirais, as transmissões em código e a voz cheia de estática. O operador desceu as escadas com seu bloco na mão e voltou momentos depois para desmontar seu equipamento. Seguiriam para leste.

De uma janela superior, Berndt observou a unidade SS passando uma mensagem pelo rádio portátil da divisão blindada para a pequena guarnição que deixavam para trás. Grutas e seus civis briguentos, agora disparando armas alemãs, carregaram tudo da cozinha e empilharam os suprimentos na traseira de um caminhão meia-lagarta com algum pessoal de apoio. As tropas embarcaram nos veículos. Grutas correu do castelo para juntar-se a eles. A unidade seguia em direção à Rússia, levando Grutas e os outros Hiwis. Eles pareciam ter esquecido Berndt.

Um esquadrão com uma metralhadora e o rádio ficou no castelo. Berndt esperou na latrina da torre antiga até escurecer. Toda a pequena guarnição alemã comia na cozinha, com apenas uma sentinela postada no pátio. Eles haviam encontrado algumas garrafas de gim num armário da cozinha. Berndt saiu da latrina da torre, grato pelo piso de pedra que não rangia.

Olhou para a sala de rádio. O aparelho estava sobre a cômoda de *madame*, frascos de perfume empurrados para o chão. Berndt olhou para aquilo. Pensou em Ernst morto na cozinha e em Cozinheiro cuspindo em Grutas com seu último suspiro. Berndt deslizou para a sala. Achou que deveria desculpar-se com *madame* pela intrusão. Desceu as escadas de serviço com os pés calçados só de meias, carregando suas botas, o rádio e o carregador de bateria, e saiu por uma porta falsa. O rádio e o car regador de bateria pesavam bastante, mais de vinte quilos. Berndt os carregou até o bosque e escondeu. Só lamentou não ter podido pegar o cavalo.

PENUMBRA E LUZ DO FOGO reluzindo nos troncos pintados do pavilhão de caça, brilhando nos olhos empoeirados dos troféus de cabeças de animais enquanto a família se reunia em volta da lareira. As cabeças dos animais eram velhas, e vinham perdendo o pelo por causa de gerações de crianças tocando-as através da balaustrada do patamar superior.

Babá tinha a banheira de cobre de Mischa num canto da estufa. Ela acrescentou água de uma chaleira para ajustar a temperatura, fez espuma de sabão e colocou a menina na água. A criança agitou alegremente a espuma. Babá buscou toalhas para aquecer diante do fogo. Hannibal tirou o pequeno bracelete do pulso de Mischa, mergulhou-o na espuma e soprou bolhas de sabão para ela. As bolhas, em seu breve voo no ar, refletiram todos os rostos brilhantes antes de estourarem acima do fogo. Mischa gostou de pegar as bolhas, mas queria seu bracelete de volta, só ficando satisfeita quando estava de novo em seu pulso.

A mãe de Hannibal tocava um contraponto barroco num pequeno piano.

Música suave, as janelas ocultas por cobertores enquanto a noite caía e as asas negras da floresta se fechavam ao redor. Berndt chegou exausto e a música parou. Lágrimas inundavam os olhos do conde Lecter enquanto ouvia o cavalariço. A mãe de Hannibal pegou a mão de Berndt e a afagou.

OS ALEMÃES COMEÇARAM imediatamente a se referir à Lituânia como Ostland, uma pequena colônia deles, que com o tempo poderia ser reassentada com arianos depois que as formas de vida inferiores eslavas fossem extintas. Colunas alemãs estavam nas estradas; nas ferrovias, trens alemães transportavam artilharia para o leste.

Aviões russos bombardearam e castigaram as colunas. Grandes bombardeiros Ilyushin martelavam as colunas através do pesado fogo antiaéreo que vinha dos canhões montados sobre os trens.

Os CISNES NEGROS voaram tão alto quanto podiam ir confortavelmente, os quatro em formação de voo, seus pescoços estendidos, procurando o sul, o rugido dos aviões acima deles enquanto rompia o alvorecer.

Uma rajada de fogo antiaéreo, e o cisne líder foi atingido de raspão e começou o longo mergulho para a terra, os outros pássaros girando, clamando por ar, perdendo altitude em grandes círculos. O cisne ferido bateu pesadamente em um campo aberto e não se moveu. Sua companheira pousou ao seu lado, cutucou-o com o bico, andou gingando em volta dele com grasnados insistentes.

Ele não se moveu. Uma rajada de artilharia e a infantaria russa tornou-se visível, movendo-se entre as árvores no fim da campina. Um blindado alemão pulou um fosso e atravessou a campina, disparando sua metralhadora giratória nas árvores, se aproximando. A fêmea abriu as asas para proteger o companheiro, muito embora o tanque fosse mais largo que suas asas, o motor tão ruidoso quanto seu coração disparado. O cisne assomou sobre seu companheiro silvando, açoitando o tanque com duros golpes de suas asas até o fim, e o tanque passou por cima deles, indiferente, uma papa de carne e penas grudada em suas lagartas.

4

A família Lecter sobreviveu nos bosques durante os terríveis três anos e meio da campanha oriental de Hitler. A extensa trilha na floresta para o pavilhão de caça era cheia de neve no inverno, com vegetação em excesso na primavera, os pântanos macios demais no verão para tráfego de tanques.

O pavilhão tinha um bom estoque de farinha e açúcar para durar pelo primeiro inverno, porém, mais importante, tinham sal em barris. No segundo inverno encontraram um cavalo morto e congelado. Conseguiram cortá-lo com machados e salgar a carne. Também salgaram trutas e perdizes.

Às vezes homens em trajes civis saíam da floresta à noite, silenciosos como sombras. O conde Lecter e Berndt falavam com eles em lituano, e uma vez eles trouxeram um homem com a camisa ensopada de sangue, que morreu num catre enquanto Babá limpava seu rosto.

Sempre que a neve estava alta demais para que saíssem, o Sr. Jakov dava aulas. Ele ensinava inglês e, muito mal, francês; ensinava história romana com uma pesada ênfase nos cercos de Jerusalém, e todos compareciam. Ele narrava cenas dramáticas de eventos históricos e histórias do Antigo Testamento, às vezes embelezando-as para a plateia além dos limites estritos da erudição.

Ele instruía Hannibal em matemática em separado, já que as aulas tinham alcançado um nível inacessível aos outros.

Entre os livros do Sr. Jakov, um exemplar encadernado em couro de *Tratado sobre a luz,* de Christian Huyghens. Hannibal ficou fascinado por ele, acompanhando o movimento da mente de Huyghens, sentindo-o mover-se em direção à descoberta. Ele associou o *Tratado sobre a luz* ao brilho da neve e às distorções do arco-íris nas vidraças das janelas. A elegância do pensamento de Huyghens era como as puras e simplificadas linhas do inverno, a estrutura sob as folhas. Uma caixa abrindo-se com um estalido e, no interior, um princípio que funciona o tempo todo. Era uma emoção garantida, e ele a havia sentido desde que aprendera a ler.

Hannibal Lecter sempre soubera ler, ou assim parecia à Babá. Ela leu para ele por um breve período quando tinha 2 anos, na maioria das vezes obras dos irmãos Grimm ilustradas com xilogravuras, nas quais todo mundo tinha feito furos com as unhas. Ele ouvia Babá ler, sua cabeça apoiada contra ela enquanto olhava para as palavras na página, e depois ela o descobriu lendo sozinho, pressionando a testa no livro e depois empurrando-o para a distância focal, lendo em voz alta no sotaque de Babá.

O pai de Hannibal tinha uma característica notável: a curiosidade. Quando a curiosidade era relativa ao filho, o conde Lecter fazia o criado descer os pesados dicionários da biblioteca do castelo. Inglês, alemão e os 23 volumes do dicionário lituano, e depois Hannibal ficava à vontade com os livros.

Quando tinha 6 anos, três coisas importantes lhe aconteceram.

Primeiro descobriu os *Elementos*, de Euclides, numa velha edição com ilustrações feitas à mão. Ele podia acompanhar as ilustrações com o dedo e colocar a testa contra elas.

Naquele outono ganhou uma irmãzinha, Mischa. Achou que ela parecia um esquilo vermelho enrugado. Refletiu particularmente que era uma pena que não se parecesse com a mãe deles.

Usurpado em todas as frentes, ele pensou em como seria conveniente se a águia que às vezes pairava sobre o castelo recolhesse sua irmãzinha e gentilmente a transportasse para um feliz lar camponês num país bem distante, onde todos os moradores parecessem esquilos e ela se sentisse à vontade. Ao mesmo tempo, ele descobria que a amava de um jeito que não podia evitar, e quando ela estivesse crescida o bastante, ele queria mostrar-lhe coisas, fazê-la ter a sensação da descoberta.

Também na época em que Hannibal tinha 6 anos, o conde Lecter encontrou seu filho calculando a altura das torres do castelo pela extensão de suas sombras, seguindo instruções que ele dizia vir do próprio Euclides. O conde Lecter então aprimorou os tutores dele. Seis semanas depois, chegou o Sr. Jakov, um erudito muito pobre de Leipzig.

O conde apresentou o Sr. Jakov a seu pupilo na biblioteca e os deixou a sós. A biblioteca aquecida tinha um ar frio que estava entranhado na pedra do castelo.

– Meu pai diz que o senhor me ensinará muitas coisas.

– Se você desejar aprender muitas coisas, posso ajudá-lo.

– Ele diz que o senhor é um grande erudito.

– Sou um estudante.

– Ele disse a minha mãe que o senhor foi expulso da universidade.

– Isso mesmo.

– Por quê?

– Porque sou judeu, mais exatamente um judeu asquenaze.

– Entendo. O senhor é infeliz?

– Por ser judeu? Não, sinto-me contente.

– Eu quis dizer se ficou infeliz por ser expulso da universidade.

– Estou feliz por estar aqui.

– Acha que mereço o seu tempo?

– Toda pessoa merece o nosso tempo, Hannibal. Se à primeira vista a pessoa parece tacanha, então olhe com mais empenho, olhe dentro dela.

– Eles o instalaram no quarto com uma grade de ferro sobre a porta?

– Sim, instalaram.

– Ela não tranca mais.

– Fico feliz em saber.

– É onde mantinham o tio Elgar – disse Hannibal, enfileirando suas canetas diante dele. – Foi em 1880, antes de eu ter nascido. Olhe para a vidraça no seu quarto. Tem uma data que ele rabiscou com um diamante. Estes são os livros dele.

Uma fileira de enormes livros encadernados em couro ocupava toda uma prateleira. O último estava queimado.

– O quarto terá um cheiro de fumaça quando chover. As paredes eram revestidas com fardos de feno para abafar suas declarações.

– O que quer dizer com declarações?

– Eram sobre religião, mas... o senhor conhece o significado de "lascivo" ou "lascívia"?

– Sim.

– Não estou bem certo, mas acredito que signifique o tipo de coisa que não se diria na frente de Mamãe.

– É o que também acho – disse o Sr. Jakov.

– Se olhar para a data na vidraça, é exatamente o dia em que a luz direta do sol alcança sua janela a cada ano.

– Ele estava esperando pelo sol.

– Sim, e foi o dia em que ele queimou tudo lá. Tão logo conseguiu a luz do sol, acendeu o feno com o monóculo que usava enquanto compunha estes livros.

Hannibal depois apresentou o castelo Lecter a seu tutor com um passeio pela propriedade. Atravessaram o pátio, com seu grande bloco de pedra. Havia uma argola de amarração na pedra e, em seu topo plano, as marcas de um machado.

– Seu pai disse que você media a altura das torres.

– Sim.

– Que altura têm?

– Quarenta metros, a do sul. As outras têm meio metro a menos.

– O que usou como gnômon?

– A pedra. Ao medir a altura da pedra e sua sombra, e ao medir a sombra do castelo à mesma hora.

– O lado da pedra não é exatamente vertical.

– Usei meu ioiô como um pêndulo.

– Poderia tomar ambas as medidas ao mesmo tempo?

– Não, Sr. Jakov.

– Que margem de erro poderia ter a partir da hora entre as medições das sombras?

– Um grau a cada quatro minutos enquanto a Terra gira. É chamada de Pedra do Corvo. Babá chama de *Rabenstein.* Ela está proibida de me instruir sobre isso.

– Entendo – disse o Sr. Jakov. – Tem uma sombra maior do que eu pensava.

Eles criaram o hábito de travar debates enquanto caminhavam, e Hannibal, argumentando ao lado dele, observava seu tutor se adaptar para falar com alguém muito mais novo. Com frequência o Sr. Jakov virava sua cabeça para o lado e falava para o ar acima de Hannibal, como se esquecesse que estava falando com uma criança. Hannibal imaginou se ele sentia falta de caminhar e conversar com alguém de sua idade.

Hannibal queria ver como o Sr. Jakov ia lidar com o mordomo, Lothar, e Berndt, o cavalariço. Eles eram homens cordiais e bastante argutos, bons no seu trabalho. Mas tinham outro tipo de mente. Hannibal viu que o Sr. Jakov não fazia nenhum esforço para esconder sua erudição, ou exibi-la, mas nunca comentou isso diretamente com ninguém. Em seu tempo livre, ensinava-os a usar um telescópio improvisado. O Sr. Jakov fazia suas refeições com Cozinheiro, de quem extraía uma certa quantidade de iídiche enferrujado, para surpresa da família.

As partes de uma antiga catapulta usada por Hannibal, o Terrível, contra os cavaleiros teutônicos estavam guardadas num celeiro na propriedade. No aniversário de Hannibal, o Sr. Jakov, Lothar e Berndt montaram a catapulta, substituindo a haste de arremesso por madeira nova sólida. Com ela lançaram um barril de água a uma altura maior que a do castelo, caindo para explodir com um maravilhoso espadanar de água na margem mais distante do fosso, fazendo as aves pernaltas alçarem voo.

Naquela semana, Hannibal teve o mais simples e marcante prazer de sua infância. Como presente de aniversário o Sr. Jakov mostrou-lhe uma prova não matemática do teorema de Pitágoras, usando ladrilhos e a marca deles num leito de areia. Hannibal olhou para a areia, andou em volta dela. O Sr. Jakov levantou um dos ladrilhos, ergueu as sobrancelhas e perguntou se Hannibal queria ver a prova de novo. E Hannibal entendeu. Entendeu com tamanha rapidez que pareceu estar sendo arremessado da catapulta.

O Sr. Jakov raramente levava um livro didático para seus debates, e raramente recomendava um. Aos 8 anos, Hannibal perguntou-lhe por quê.

– Você gostaria de se lembrar de tudo? – disse o Sr. Jakov.

– Sim.

– Lembrar nem sempre é uma bênção.

– Eu gostaria de me lembrar de tudo.

– Então você precisará de um palácio mental, para estocar as coisas nele. Um palácio na sua mente.

– Tem de ser um palácio?

– Vai crescer e ser enorme como um palácio – disse o Sr. Jakov. – Portanto também poderia ser lindo. Qual é o cômodo mais lindo que você conhece, um lugar que conheça muito bem?

– O quarto da minha mãe – disse Hannibal.

– Então é por lá que começaremos – disse o Sr. Jakov.

Duas vezes Hannibal e o Sr. Jakov observaram o sol tocar a janela de tio Elgar na primavera, mas no terceiro ano eles estavam escondidos na floresta.

5

Inverno, 1944-45

Quando a frente oriental se desintegrou, o exército russo se derramou como lava através da Europa Oriental, deixando para trás uma paisagem de fumaça e cinzas, povoada pelos famintos e pelos mortos.

Os russos chegavam do Leste e do Sul, subindo em direção ao mar Báltico a partir das segunda e terceira frentes bielorrussas, impelindo à frente delas unidades esfaceladas e em retirada das Waffen SS, desesperadas para alcançar o litoral, onde esperavam ser evacuadas de barco para a Dinamarca.

Era o fim das ambições dos Hiwis. Depois de terem fielmente matado e saqueado por seus senhores nazistas, assassinado judeus e ciganos, nenhum deles foi aceito nas SS. Eram chamados de Osttruppen, mal sendo considerados soldados. Milhares foram postos em batalhões escravos onde trabalhavam até a morte.

Mas uns poucos desertaram e passaram a atuar por conta própria...

UMA BELA PROPRIEDADE lituana perto da fronteira polonesa, aberta como uma casa de bonecas de um lado, onde uma bomba de artilharia arrebentara a parede. A família, tirada do porão pelo primeiro bombardeio e morta pelo segundo, jazia no chão da cozinha do térreo. Soldados mortos, alemães e russos, jaziam no jardim. Um carro do Estado-Maior alemão estava ao lado, partido em dois por uma bomba.

Um major da SS estava apoiado num divã em frente à lareira da sala de estar, o sangue congelado nas pernas de sua calça. Seu sargento puxou o cobertor de uma cama, colocou-o sobre ele e acendeu uma fogueira, mas a sala estava a céu aberto. Retirou as botas do major cujos dedos estavam enegrecidos. O sargento ouviu um ruído do lado de fora. Tirou seu fuzil do ombro e foi até a janela.

Uma ambulância, uma ZiS-44 de fabricação russa com as insígnias internacionais da Cruz Vermelha, rugia no caminho de cascalho.

Grutas saltou do veículo primeiro, com um jaleco branco.

– Somos suíços. Têm feridos? Quantos vocês são?

O sargento olhou por cima do ombro.

– São médicos, major – disse. – Vai querer ir com eles, senhor?

– O major assentiu.

Grutas e Dortlich, um palmo mais alto, retiraram a maca da ambulância.

O sargento saiu para falar com eles.

– Cuidado com o major, está ferido nas pernas. Os dedos estão congelados. Talvez gangrenados pelo frio. Vocês têm um hospital de campanha?

– Sim, claro, mas posso operar aqui – disse Grutas ao sargento e atirou nele duas vezes no peito, a poeira voando do seu uniforme. As pernas do homem vergaram e Grutas passou por cima dele pela porta e baleou o major, o tiro atravessando o cobertor.

Milko, Kolnas e Grentz saltaram da traseira do meia-lagarta. Usavam uma mistura de uniformes – polícia lituana, médicos lituanos, corpo médico estoniano, Cruz Vermelha internacional – , mas todos exibiam grandes insígnias médicas nas suas braçadeiras.

Há muito esforço envolvido em despir os mortos; os saqueadores grunhiam e xingavam, espalhando documentos e fotos das carteiras. O major ainda estava vivo e ergueu a mão para Milko. Este arrebatou o relógio do homem ferido e o enfiou no bolso.

Grutas e Dortlich carregaram para fora da casa um tapete enrolado e o jogaram no caminhão meia lagarta.

Puseram a padiola de lona no chão e nela jogaram relógios, óculos com aros de ouro, anéis.

Um blindado surgiu dos bosques, um tanque russo T-34 com camuflagem de inverno, seu canhão atravessando o campo, um atirador de pé no postigo.

Um homem escondido numa oficina atrás da casa da fazenda saiu de seu abrigo e correu pelo campo em direção às árvores, pulando sobre corpos, carregando nos braços um relógio de ouropel.

A metralhadora do tanque matraqueou, e o saqueador em fuga foi arremessado à frente, tropeçando para cair ao lado do relógio; o rosto, assim como a frente do relógio, esmagado. Seu coração e o relógio bateram uma vez e pararam.

– Peguem um corpo! – disse Grutas.

Eles lançaram um cadáver em cima da pilhagem sobre a padiola. A torreta do tanque girou na direção deles. Grutas agitou uma bandeira branca e apontou para a insígnia médica no caminhão. O tanque se foi.

Uma última olhada pela casa. O major ainda estava vivo. Agarrou-se à calça de Grutas enquanto ele passava. Envolveu os braços na perna do homem e não queria deixá-lo ir. Grutas inclinou-se para ele e arrancou a insígnia em seu colarinho.

– Deveríamos ter essas caveiras – disse ele. – Talvez as varejeiras possam encontrar uma na sua cara.

Ele atirou no peito do major, que largou sua perna e olhou para o próprio pulso, como se curioso acerca da hora de sua morte.

O caminhão sacudiu-se pelo campo, suas lagartas esmagando corpos. Quando chegaram aos bosques, a lona ergueu-se na traseira e Grentz jogou fora o corpo.

Do alto, um estridente bombardeiro de mergulho Stuka baixou sobre o tanque russo, seus canhões incandescentes. Sob a proteção da vegetação da floresta cerrada acima do tanque, a tripulação ouviu uma bomba explodir nas árvores e estilhaços baterem no casco blindado.

6

— Sabe que dia é hoje? – perguntou Hannibal por cima do mingau do desjejum no pavilhão de caça. – É o dia em que o sol alcança a janela de tio Elgar.

– A que horas vai aparecer? – perguntou o Sr. Jakov, como se não soubesse.

– Vai aparecer em volta da torre às dez e meia – disse Hannibal.

– Isso foi em 1941 – replicou o Sr. Jakov. – Você quer dizer que o momento da chegada será o mesmo?

– Sim.

– Mas o ano tem mais de 365 dias de duração.

– Mas, Sr. Jakov, este é o ano após o ano bissexto. Portanto 1941 foi a última vez que observamos.

– Então o calendário se ajusta com perfeição, ou vivemos por correções grosseiras?

Um graveto estalou na lareira.

– Acho que essas são perguntas separadas – disse Hannibal.

O Sr. Jakov ficou satisfeito, mas sua resposta não foi mais que outra pergunta:

– O ano 2000 será um ano bissexto?

– Não... sim, sim, será um ano bissexto.

– Mas ele é divisível por cem – replicou o Sr. Jakov.

– Mas é também divisível por quatrocentos – disse Hannibal.

– Exatamente – continuou o Sr. Jakov. – Será a primeira vez em que a regra gregoriana será aplicada. Talvez, nesse dia, sobrevivendo a todas as correções grosseiras, você recorde nossa conversa. Nesse estranho lugar. – Ele ergueu sua xícara.

– Ao próximo ano no castelo Lecter.

LOTHAR FOI O PRIMEIRO a ouvir, enquanto tirava água do poço, o rugido de um motor em marcha lenta e o estalar de galhos. Ele deixou o balde no poço e, em sua pressa, entrou no pavilhão sem limpar os pés.

Um tanque soviético, com camuflagem de inverno feita de neve e palha, esmagou a trilha de cavalos e entrou na clareira. Pintado em russo na torreta estavam VINGAR NOSSAS

GAROTAS SOVIÉTICAS E VARRER A PRAGA FASCISTA. Dois soldados de branco viajavam na traseira, sobre os radiadores. A torreta girou, apontando o canhão para a casa. Uma portinhola se abriu e um artilheiro com gorro branco de inverno surgiu atrás de uma metralhadora. O comandante estava posicionado em outra portinhola com um megafone. Ele repetiu sua mensagem em russo e alemão, berrando mais alto que o barulho do motor:

– Só queremos água, não faremos mal a vocês nem levaremos sua comida, a não ser que um tiro venha da casa. Se formos alvejados, todos vocês morrerão. Agora, saiam. Artilheiro, fique preparado. Se não vir rostos até a contagem de dez, abra fogo. – Ouviu-se um forte estalo enquanto o ferrolho da metralhadora recuava.

O conde Lecter saiu, de pé e empertigado à luz do sol, as mãos visíveis.

– Leve a água. Não faremos mal a vocês.

O comandante do tanque pôs o megafone de lado.

– Todos para fora, onde eu possa vê-los.

O conde e o comandante se entreolharam por um longo momento. O comandante mostrou as palmas das mãos. O conde fez o mesmo.

O conde voltou-se para a casa.

– Venham.

Quando o comandante viu a família, disse:

– As crianças podem ficar lá dentro, onde está quente. – E para seu artilheiro e a guarnição: – Cubram-nos. Vigiem as janelas acima. Liguem a bomba e podem fumar.

O artilheiro levantou seus óculos de proteção e acendeu um cigarro. Não passava de um garoto, a pele do rosto mais pálida em torno dos olhos. Ele viu Mischa espiando por trás da porta, encarou-a e sorriu.

Entre os tambores de combustível e água presos ao tanque havia uma pequena bomba movida a gasolina com uma corda para dar partida.

O motorista do tanque enfiou uma mangueira com filtro blindado dentro do poço. Após muitos puxões na corda, a bomba estrondeou, guinchou e entrou em ação.

O barulho cobriu o silvo do caça Stuka até este estar quase sobre eles. O artilheiro do tanque girou o cano da metralhadora, pelejando com a manivela para elevar sua arma, disparando enquanto o canhão piscante do Stuka abria sulcos no solo. Balas partiram guinchando do tanque, o artilheiro atingido, ainda disparando com o braço remanescente.

O para-brisa do Stuka se estilhaçou, os óculos do piloto se encheram de sangue, e o avião, ainda carregando uma de suas bombas, atingiu as copas das árvores, embicou sobre o jardim e seu combustível explodiu, os canhões debaixo de suas asas ainda disparando após o impacto.

Hannibal, no chão do pavilhão de caça, Mischa parcialmente debaixo dele, viu sua mãe jazendo no pátio, ensanguentada e com as roupas em chamas.

– Fique aqui! – disse para Mischa e correu até a mãe, a munição no avião explodindo, primeiro devagar e depois mais rápido, cápsulas voando para trás e atingindo a neve, chamas lambendo em torno da bomba remanescente debaixo da asa. O piloto estava sentado na cabine, morto, a face queimada, já era uma caveira com cachecol e capacete flamejantes, seu artilheiro morto atrás dele.

Só Lothar sobreviveu no pátio, e ergueu um braço ensanguentado para o garoto. Então Mischa correu até sua mãe. Lothar tentou alcançá-la e puxá-la para baixo enquanto ela passava, mas uma bala do canhão do avião em chamas o atravessou, o sangue borrifando a menininha. Mischa ergueu os braços e gritou para o céu. Hannibal, que empilhava neve nas roupas em chamas da mãe, levantou-se e correu até Mischa em meio aos disparos aleatórios e carregou-a até o pavilhão, para o porão. Os disparos lá fora se reduziram e pararam, enquanto as balas derretiam na culatra do canhão. O céu escureceu e a neve voltou, chiando sobre o metal quente.

Escuridão e mais neve. Hannibal entre os cadáveres, quanto tempo depois ele não sabia, neve caindo para polvilhar os cílios e o cabelo de sua mãe. Ela era o único cadáver não enegrecido e tostado. Hannibal puxou-a, mas o corpo estava grudado ao solo congelado. Pressionou o rosto contra o dela. O peito estava congelado; o coração, parado. Ele pôs um guardanapo na sua face e empilhou neve sobre ela. Formas escuras moveram-se nos limites do bosque. Sua lanterna refletiu-se nos olhos dos lobos. Hannibal gritou com eles e agitou uma pá. Mischa estava determinada a sair para ver a mãe – ele tinha de escolher. Levou a irmã de volta para dentro e deixou os mortos para a escuridão. O livro do Sr. Jakov estava incólume ao lado de sua mão enegrecida, até que um lobo comeu a capa de couro e, em meio às páginas espalhadas do *Tratado sobre a luz,* de Huyghens, lambeu da neve os miolos do Sr. Jakov.

Hannibal e Mischa ouviram fungadelas e resmungos lá fora. Hannibal preparava a fogueira. Para encobrir o barulho, tentou estimular Mischa a cantar; ele cantou para ela. A menina apertou o casaco nos punhos.

– *Ein Mannlein...*

Flocos de neve nas janelas. No canto de uma vidraça, um círculo escuro apareceu, feito pela ponta de uma luva. No círculo escuro apareceu um olho azul.

7

A porta então se escancarou e Grutas entrou com Milko e Dortlich. Hannibal agarrou uma lança de caçar javalis na parede, e Grutas, com seu infalível instinto, apontou a arma para a menininha.

– Largue isso ou atiro nela. Está me entendendo?

Os saqueadores pularam sobre Hannibal e depois sobre Mischa.

Com os saqueadores na casa, Grentz, do lado de fora, acenou para o caminhão meia-lagarta se aproximar, o veículo de olhos rasgados, suas luzes de blecaute iluminando os olhos dos lobos no final da clareira, um deles arrastando alguma coisa.

Os homens se reuniram em volta de Hannibal e sua irmã na lareira. O fogo desprendia das roupas dos saqueadores um fedor adocicado de semanas no campo e sangue velho empastado na sola de suas botas, à medida que eles se juntavam mais. Vigia de Panelas capturou um pequeno inseto de suas roupas e o esmagou com a unha do polegar.

Eles tossiam sobre as crianças. O hálito de Predador, cetose de sua dieta de restos, principalmente restos de carne, alguns raspados das lagartas do caminhão meia-lagarta, fizeram Mischa enterrar o rosto nas roupas de Hannibal. Ele a abrigou dentro do seu casaco e sentiu o coração da menina batendo acelerado. Dortlich tomou a tigela de mingau de Mischa e o devorou, tirando a última raspa com os dedos cicatrizados e colados. Kolnas estendeu sua tigela, mas Dortlich não dividiu o mingau com ele.

Kolnas era atarracado, e seus olhos adquiriram brilho quando olhou para o precioso metal. Ele tirou o bracelete do pulso de Mischa e o colocou no bolso. Quando Hannibal agarrou sua mão, Grentz o beliscou na lateral do pescoço e todo seu braço ficou dormente.

Artilharia distante ribombou.

Grutas disse:

– Se uma patrulha aparecer, de qualquer lado, estamos montando um hospital de campanha aqui. Salvamos estas crianças e estamos guardando as coisas de sua família no caminhão. Peguem uma cruz vermelha do caminhão e pendurem sobre a porta. Agora.

– Os outros dois congelarão se você deixá-los no caminhão – disse Vigia de Panelas. – Eles nos fizeram passar pela patrulha. Podem ser úteis de novo.

– Coloquem-nos no barracão – disse Grutas. – Deixem-nos trancados lá.

– Aonde eles iriam? – retrucou Grentz. – A quem contariam?

– Eles poderiam contar a você sobre a porra da vida deles, Grentz, em albanês. Tire seu rabo daqui e vá cuidar disso.

Na neve soprada pelo vento, Grentz tirou duas pequenas figuras do caminhão e levou-as para o barracão do celeiro.

8

Grutas tinha uma corrente fina, congelando contra a pele das crianças enquanto a enrolava em seus pescoços. Kolnas trancou os pesados cadeados. Grutas e Dortlich prenderam Hannibal e Mischa ao corrimão do patamar superior da escada, onde ficavam fora do caminho mas à vista. O chamado Vigia de Panelas trouxe-lhes de um quarto urinol e cobertor.

Através das barras do corrimão, Hannibal os viu jogar a banqueta do piano no fogo. Ele enfiou o colarinho de Mischa debaixo da corrente para proteger-lhe o pescoço.

A neve se aglomerava alta sobre o pavilhão, apenas as vidraças superiores das janelas permitindo uma luz cinzenta. Com a neve soprando pelas janelas e o vento uivando, o pavilhão de caça parecia um grande trem em movimento. Hannibal enrolou a si e à irmã no cobertor e no carpete do patamar. A tosse de Mischa se abrandou. A testa da menina estava quente contra a face de Hannibal. Do interior do casaco ele tirou uma crosta de pão dormido e a pôs na boca. Quando ficou macia, deu para ela.

Grutas mandava um de seus homens lá fora a cada poucas horas para limpar a neve da porta, mantendo uma trilha para o poço. E uma vez Vigia de Panelas levou uma caçarola de sobras para o celeiro.

Sob a neve, o tempo transcorria numa lenta dor. Kolnas e Milko carregavam a banheira de Mischa para a estufa tampada com uma prancha, que ficou chamuscada onde estava suspensa sobre a banheira, Vigia de Panelas alimentava o fogo com livros e tigelas de madeira. Com um olho na estufa, Vigia de Panelas pegou seu diário de contas. Empilhou pequenos itens do saque sobre a mesa para separar e contar. Com a mão comprida e fina, escreveu o nome de cada homem no topo de uma página.

Vladis Grutas
Zigmas Milko
Bronys Grentz
Enrikas Dortlich
Petras Kolnas

E no final escreveu seu próprio nome: *Kazys Porvik.*

Debaixo dos nomes, listou a partilha de cada homem no butim – óculos com aros de ouro, relógios, anéis e brincos, e dentes de ouro, que ele pesava numa xícara de prata roubada.

Grutas e Grentz vasculharam obsessivamente o pavilhão, revirando gavetas e arrancando o fundo de escrivaninhas.

Depois de cinco dias o tempo melhorou. Todos puseram raquetes de neve e levaram Hannibal e Mischa para o celeiro. Hannibal viu um fio de fumaça saindo da chaminé do barracão. Olhou para a grande ferradura de César pregada acima da porta para dar sorte e imaginou se o cavalo ainda estaria vivo. Grutas e Dortlich empurraram as crianças para dentro do celeiro e trancaram a porta. Através da fenda entre as portas duplas, Hannibal observou-os entrando no bosque. Estava muito frio no celeiro. Peças de roupa de criança estavam amontoadas sobre a palha. A porta do barracão estava fechada mas não trancada. Hannibal abriu-a. Enrolado em todos os cobertores dos catres e o mais próximo possível da pequena estufa estava um garoto de uns 8 anos. Seu rosto era escuro em volta dos olhos afundados. Vestia uma mistura de roupas, camada sobre camada, algumas de menina. Hannibal pôs Mischa atrás de si. O garoto afastou-se, recuando diante dele.

Hannibal disse "olá" em lituano, alemão, inglês e polonês. O garoto não respondeu. Havia frieiras vermelhas e inchadas em suas orelhas e em seus dedos. No decorrer do longo dia, ele conseguiu comunicar que vinha da Albânia e só falava sua língua natal. Disse chamar-se Agon. Hannibal deixou-o tocar seus bolsos à procura de comida, mas não permitiu que tocasse em Mischa. Quando Hannibal indicou que ele e sua irmã queriam metade dos cobertores, o garoto não resistiu. O jovem albanês sobressaltava-se a cada som, seus olhos girando para a porta, e fazia um gesto de cortar com a mão.

Os saqueadores voltaram pouco antes do crepúsculo. Hannibal os ouviu e espreitou pela fenda nas portas duplas do celeiro.

Estavam conduzindo um pequeno cervo faminto e cambaleante; um cordão de cortinado, saqueado de alguma mansão, em torno de seu pescoço e uma flecha cravada em seu flanco.

Milko pegou um machado.

– Não desperdice o sangue – disse Vigia de Panelas com autoridade de cozinheiro.

Kolnas chegou correndo com sua tigela, os olhos brilhando. Um grito veio do pátio e Hannibal tapou os ouvidos de Mischa contra o som do machado. O garoto albanês chorou e deu graças.

No fim do dia, quando os outros já tinham comido, Vigia de Panelas deu às crianças um osso para roer, com um pouco de carne e nervos nele. Hannibal comeu um pouco e mastigou uma papa para Mischa. O suco escorria por entre os dedos quando dava o alimento a ela, por isso preferiu dá-lo de boca a boca. Eles levaram Hannibal e Mischa de volta ao pavilhão e os prenderam na balaustrada da sacada, deixando o garoto albanês sozinho no celeiro. Mischa estava quente de febre, e Hannibal segurou-a apertado debaixo do tapete cheirando a mofo.

A gripe pegou todos eles; os homens deitavam o mais perto possível do fogo em extinção, tossindo uns sobre os outros, Milko achando o pente de Kolnas e sugando a gordura dele. O crânio do pequeno cervo jazia na banheira seca, cada fragmento fervido.

Então surgiu carne novamente, e os homens comeram com sons guturais, sem trocar olhares. Vigia de Panelas deu cartilagem e caldo para Hannibal e Mischa. Não levou nada para o celeiro.

O tempo não melhorava, o céu baixo e de um tom cinza-granito, os sons do bosque silenciaram exceto pelo estalo e quebra de galhos sobrecarregados de gelo.

A comida acabou dias antes de o céu clarear. A tosse pareceu mais alta na tarde brilhante depois que o vento diminuiu. Grutas e Milko saíram em raquetes de neve.

Após um sonho febril, Hannibal os ouviu retornar. Uma discussão e rixa em altos brados. Pelas barras do corrimão, viu Grutas lambendo uma pele de pássaro sangrenta, lançando-a depois para os outros, que caíram sobre ela como cachorros. O rosto de Grutas estava coberto de sangue e penas. Ele voltou o rosto sangrento para as crianças e disse:

– Ou comemos ou morremos.

Esta foi a última lembrança consciente que Hannibal Lecter teve do pavilhão de caça.

Por causa da escassez de borracha na Rússia, o tanque corria sobre rodas de trem que causavam uma vibração entorpecida através da blindagem e acabava borrando a visão do periscópio. Era um grande KV-1 pelejando por uma trilha através da floresta, sob um clima congelante, a frente russa movendo-se quilômetros para oeste a cada dia da retirada alemã. Dois homens de infantaria em camuflagem de inverno viajavam na traseira do tanque, amontoados sobre os radiadores, esperando atentos pelo estranho Lobisomem Alemão, um fanático deixado para trás com um foguete Panzerfaust para tentar destruir um tanque. Perceberam movimento no mato. O comandante do tanque ouviu os soldados em cima disparando, virou o tanque na direção do alvo para trazer sua metralhadora giratória para dar apoio. Seu visor de ampliação mostrou um garoto saindo da vegetação, balas levantando neve ao lado dele enquanto os soldados disparavam do tanque em movimento. O comandante ficou de pé na portinhola e parou de atirar. Eles haviam matado algumas crianças por engano, como costuma acontecer, e ficaram bastante contentes por não matarem essa.

Os soldados viram uma criança, magra e pálida, com uma corrente em volta do pescoço, a extremidade da corrente arrastando-se numa argola vazia. Quando o colocaram perto dos radiadores e cortaram a corrente, pedaços de pele vieram junto com os elos. Ele carregava excelentes binóculos numa mochila agarrada fortemente contra o peito. Eles o sacudiram, fazendo perguntas em russo, polonês e lituano improvisado até finalmente perceberem que ele não podia falar.

Os soldados tiveram vergonha de tomar os binóculos do garoto. Deram-lhe meia maçã e deixaram-no viajar atrás da torreta ao sopro quente dos radiadores até chegarem a uma aldeia.

9

Uma unidade motorizada soviética, com uma peça antitanque e um pesado lança-foguete, tinha se abrigado no abandonado castelo Lecter para passar a noite. Partiriam antes do alvorecer, deixando manchas de óleo escuro na neve do pátio. Uma caminhonete permaneceu na entrada do castelo, o motor ligado.

Grutas e seus quatro companheiros sobreviventes, em seus uniformes médicos, observavam do bosque. Fazia quatro anos desde que Grutas matara o cozinheiro no pátio do castelo, 14 horas desde que os saqueadores fugiram do pavilhão de caça em chamas, deixando seus mortos para trás.

Bombas estouravam ao longe, e no horizonte balas traçantes antiaéreas se arqueavam no céu.

O último soldado recuou da porta puxando estopim de um rolo.

– Diabo – disse Milko. – Vão chover pedras grandes como vagão de trem.

– Vamos de qualquer jeito – disse Grutas.

O soldado desenrolou o estopim até o fundo dos degraus, cortou-o e se agachou.

– De todo modo, a pocilga já foi saqueada – disse Grentz. – *C'est foutu.*

– *Tu débandes?* – replicou Dortlich.

– *Va te faire enculer* – disse Grentz.

Eles haviam aprendido rudimentos de francês quando a Divisão Totenkopf se reequipou perto de Marselha, e gostavam de insultar um ao outro nessa língua nos momentos tensos antes da ação. Os xingamentos os faziam recordar tempos agradáveis na França.

O soldado soviético nos degraus cortou o estopim a 10 centímetros da extremidade e enfiou uma cabeça de fósforo no corte.

– De que cor é o estopim? – perguntou Milko.

Grutas estava com os binóculos.

– É escuro, não sei ao certo.

Do bosque eles puderam ver o brilho de um segundo fósforo no rosto do soldado enquanto acendia o estopim.

– É laranja ou verde? – perguntou Milko. – É listrado?

Grutas não respondeu. O soldado foi até o caminhão, a seu tempo, rindo enquanto seus companheiros no veículo gritavam-lhe para se apressar, o estopim queimando atrás dele na neve.

Milko contava em voz baixa.

Tão logo o veículo sumiu de vista, Grutas e Milko correram para o estopim. O fogo no estopim cruzava agora a soleira da porta quando o alcançaram. Eles só puderam distinguir as listras quando chegaram perto. *Queima em doisminutospormetro doisminutospormetro doisminutospormetro.* Grutas cortou o estopim com seu canivete de mola.

Milko murmurou "foda-se tudo", subiu os degraus e entrou no castelo, seguindo o estopim, procurando por outros estopins, outras cargas de explosivo. Atravessou o grande vestíbulo rumo à torre seguindo o cordame e viu o que estava procurando: o estopim cortado num grande anel de cordel detonante. Voltou ao vestíbulo e gritou:

– Só tem um cordel principal. Este é o único estopim. Você estava certo.

Explosivos estavam colocados em volta da base da torre, coordenados pelo único anel de cordel detonante.

Os soldados soviéticos não tinham se incomodado em fechar a porta da frente, e o fogo produzido por eles ainda ardia na lareira do grande vestíbulo. Grafites marcavam as paredes nuas, e o chão próximo ao fogo estava cheio de excrementos e papel higiênico usado de seu último ato no relativo calor do castelo.

Milko, Grentz e Kolnas vasculharam os andares superiores.

Grutas fez sinal para que Dortlich o seguisse e desceram as escadas para o calabouço. A grade através da porta da adega pendia aberta, o cadeado quebrado.

Grutas e Dortlich partilharam uma lanterna. O facho amarelo iluminou cacos de vidro. A adega estava coalhada de garrafas de vinhos finos vazias, os gargalos quebrados por bebedores apressados. A mesa de degustação, derrubada por saqueadores, jazia contra a parede do fundo.

– Droga – disse Dortlich. – Não sobrou nada.

– Ajude-me – disse Grutas. Juntos, eles desencostaram a mesa da parede, cacos de vidro sob os pés. Encontraram a vela da decantação debaixo da mesa e a acenderam. – Agora, puxe o candelabro – pediu Grutas a Dortlich, que era mais alto. – Apenas dê um puxão, direto para baixo.

A prateleira de vinhos se afastou da parede do fundo. Dortlich procurou a pistola quando ela se moveu. Grutas entrou na câmara secreta atrás da adega. Dortlich o seguiu.

– Deus do Céu! – exclamou Dortlich.

– Traga o caminhão – ordenou Grutas.

10

Lituânia, 1946

Hannibal Lecter, 13 anos, estava de pé sozinho no cascalho debaixo do dique do fosso no antigo castelo Lecter e lançava crostas de pão na água escura. A horta, suas sebes divisórias crescidas em excesso, era agora a Horta Cooperativa do Orfanato do Povo, e cultivava, principalmente, nabos. O fosso e a superfície dele eram significantes. O fosso era constante;

sua superfície negra refletia as nuvens que passavam sobre as ameias das torres do castelo Lecter, tal como sempre fizeram.

Por cima do uniforme do orfanato Hannibal agora usava a camisa com as palavras pintadas NADA DE JOGOS. Ele era proibido de jogar o futebol dos órfãos no campo fora dos muros, mas não se lamentava. O jogo sempre era interrompido quando o cavalo de tiro César e seu cocheiro russo cruzavam o campo com a carroça carregada de lenha. César ficava contente em ver Hannibal quando ele podia visitá-lo no estábulo, mas não ligava muito para os nabos.

Hannibal observou os cisnes vindo através do fosso, um casal de cisnes negros que sobreviveu à guerra. Dois filhotes os acompanhavam, ainda penugentos, um viajando no dorso da mãe, o outro nadando atrás. Três garotos mais velhos no dique acima abriram espaço na sebe para observar Hannibal e os cisnes.

O cisne macho subiu na margem para desafiar Hannibal.

Um garoto louro chamado Fédor sussurrou para os outros:

– Olhem só aquele sacana preto batendo as asas para o idiota mudo... vai atacá-lo como fez quando vocês tentaram pegar os ovos. Vamos ver se o idiota mudo pode gritar.

Hannibal ergueu seus ramos de salgueiro e o cisne voltou para a água.

Desapontado, Fédor tirou da camisa um estilingue de borracha vermelha de câmara de ar e pegou uma pedra no bolso. A pedra atingiu a lama na beira do fosso, respingando nas pernas de Hannibal, que olhou inexpressivo para Fédor e balançou a cabeça. A próxima pedra disparada por o garoto bateu na água ao lado do filhote que nadava. Hannibal ergueu seus ramos, sibilando, enxotando os cisnes para fora de alcance.

Um sino tocou no castelo.

Fédor e seus seguidores viraram-se, rindo de sua diversão, e Hannibal se afastou da sebe girando um punhado de capim com uma grande bola de terra nas raízes. A bola acertou em cheio o rosto do garoto, e Hannibal, um palmo mais baixo, o atacou e empurrou pelo íngreme dique abaixo, para a água, agitando os braços atrás dele até que o teve na água escura, mantendo-o submerso, batendo com o cabo do estilingue repetidamente na sua nuca. A face de Hannibal curiosamente inexpressiva, apenas seus olhos com vida, seus cantos avermelhados. Hannibal esforçou-se para virar Fédor e encará-lo. Os companheiros do garoto desceram, mas não queriam brigar na água, gritaram pedindo ajuda a um monitor. O Primeiro Monitor Petrov levou os outros praguejando margem abaixo, estragou suas botas lustrosas e sujou de lama seu bastão.

NOITE NO GRANDE vestíbulo do castelo Lecter, agora despido do seu requinte e dominado por um grande retrato de Josef Stalin. Uma centena de garotos de uniforme, tendo terminado sua ceia, permanecia nas mesas de tábua cantando "A internacional". O diretor, levemente bêbado, regia a cantoria com seu garfo.

O Primeiro Monitor Petrov, recém-nomeado, e o Segundo Monitor, de botas e culotes, circulavam entre as mesas para se certificarem de que todos estavam cantando. Hannibal não cantava. O lado de sua face estava arroxeado e um dos olhos, semifechado. Em outra mesa Fédor observava, com uma bandagem no pescoço e arranhões no rosto. Um dos seus dedos numa tala.

Os monitores pararam diante de Hannibal, que segurava um garfo.

– Bom demais para cantar conosco, senhorzinho? – disse o Primeiro Monitor por cima do canto. – Você não é mais o senhorzinho aqui, é apenas mais um órfão, e vai ter de cantar!

O Primeiro Monitor brandiu sua prancheta contra o lado do rosto de Hannibal. Este não alterou sua expressão. Nem cantou. Uma gota de sangue correu pelo canto de sua boca.

– Ele é mudo – disse o Secundo Monitor. – Não faz sentido bater nele.

A canção terminou e a voz do Primeiro Monitor soou alta em meio ao silêncio.

– Para um mudo, ele pode gritar muito bem durante a noite – disse o Primeiro Monitor e golpeou-o com sua outra mão. Hannibal aparou o golpe com o garfo que empunhava, os dentes se cravando nos dedos do Primeiro Monitor, que começou a contornar a mesa atrás dele.

– Pare! Não bata nele de novo. Não o quero com marcas! – O diretor podia estar bêbado, mas era ele quem mandava.

– Hannibal Lecter, compareça a meu gabinete.

O gabinete do diretor continha uma escrivaninha excedente do exército, armários de arquivo e dois catres. Foi aqui que a mudança do cheiro no castelo mais afetou Hannibal. Em vez da mobília polida com óleo de limão perfumado só havia o frio fedor de mijo na lareira. As janelas estavam nuas, o único ornamento remanescente era a madeira entalhada.

– Hannibal, este era o quarto de sua mãe? Ele tem uma espécie de toque feminino.

O diretor era caprichoso. Ele podia ser amável, ou, quando seus fracassos o incitavam, cruel. Seus olhinhos estavam vermelhos e ele esperava por uma resposta.

Hannibal assentiu.

– Deve ser difícil para você viver nesta casa.

Não houve resposta.

O diretor pegou um telegrama de sua escrivaninha.

– Bem, você não ficará aqui por muito tempo. Seu tio está chegando para levá-lo para a França.

11

O fogo na lareira da cozinha fornecia a única luz. Nas sombras, Hannibal observava o ajudante de cozinha adormecido e babando numa cadeira perto do fogo, um copo vazio ao lado dele. Hannibal queria o lampião que estava na prateleira logo atrás dele. Ele podia ver o revestimento de vidro reluzir à luz do fogo.

A respiração do homem era profunda e regular, com um ronco de catarro. Hannibal moveu-se pelo piso de pedra, entrando na atmosfera de vodca e cebola do ajudante de cozinha, e aproximou-se por trás dele.

A alça de arame do lampião faria barulho. Melhor levantá-lo pela base e pelo topo, segurando firme o revestimento de vidro, de modo que não chocalhasse. Ergueu-o reto para fora da prateleira. Agora segurava o lampião com as duas mãos.

Um estalo alto, como um pedaço de lenha, vapor chiando, irrompeu na lareira, fazendo saltar fagulhas e pequenos carvões, uma brasa vindo descansar pertinho do pé do ajudante, no forro da sua bota de feltro.

Que utensílio estava perto? Em cima da bancada havia uma lata de café, uma caixa de 15 centímetros cheia de colheres de pau e espátulas. Hannibal direcionou o lampião para baixo e, com uma colher, empurrou a brasa para o centro do piso.

A porta para as escadas do calabouço ficava no canto da cozinha. Ela se abriu silenciosamente ao toque de Hannibal, que entrou na mais absoluta escuridão, recordando o patamar superior em sua mente, e fechou a porta atrás de si. Riscou um fósforo na parede, acendeu o lampião e desceu as escadas familiares, o ar esfriando enquanto descia. A luz do lampião pulava de uma câmara para outra enquanto atravessava as arcadas baixas para a adega. O portão de ferro continuava aberto.

O vinho, saqueado muito tempo atrás, havia sido substituído nas prateleiras por tubérculos, principalmente nabos. Hannibal lembrou a si mesmo de pôr algumas beterrabas no bolso – já que César iria comê-las na falta de maçãs, embora deixassem seus beiços vermelhos, fazendo parecer que usava batom.

Durante seu tempo de orfandade, vendo sua casa violada, tudo roubado, confiscado, maltratado, ele não parecia estar aqui. Hannibal pousou o lampião numa prateleira alta e arrastou alguns sacos de batatas e cebolas da frente das prateleiras de vinho. Subiu na mesa, agarrou o candelabro e puxou.

Nada. Soltou o candelabro e puxou de novo. Agora com todo o seu peso. O candelabro cedeu dois centímetros, com uma vibração que fez levantar poeira. Então ouviu um gemido das prateleiras de vinho. Ele fez força para baixo. Poderia pôr seus dedos na fenda e puxar.

As prateleiras de vinho se afastaram da parede com um forte gemido de dobradiças. Ele se virou para seu lampião, pronto para apagá-lo se ouvisse um som. Nada.

Foi aqui, neste cômodo, que ele viu Cozinheiro pela última vez, e por um momento a grande face redonda do homem apareceu-lhe numa clareza vívida, sem a opacidade que o tempo dá a nossas imagens dos mortos.

Hannibal pegou seu lampião e foi até a câmara oculta atrás da adega. Estava vazia.

Uma grande moldura dourada permanecia, fios de tela se projetando de onde a pintura tinha sido cortada. Havia sido o maior quadro da casa, uma cena romantizada da batalha de Žalgiris enfatizando as conquistas de Hannibal, o Terrível.

Hannibal Lecter, último de sua linhagem, ficou parado no castelo saqueado da sua infância, olhando para a moldura vazia, sabendo que ele era de sua linhagem e não de sua ascendência. Suas lembranças eram de sua mãe, uma Sforza, e do

Cozinheiro e do Sr. Jakov, de uma tradição que não era a sua. Ele podia vê-los na moldura vazia, reunidos diante da lareira do pavilhão de caça.

Ele não era Hannibal, o Terrível, de nenhum modo que compreendia. Ele conduziria sua vida sob o teto de sua infância. Mas era tão tênue quanto o céu, e quase tão inútil. Assim ele acreditava.

Todos haviam partido, as pinturas com faces que eram tão familiares quanto sua família.

Havia uma masmorra no centro da sala, um poço de pedra seco no qual Hannibal, o Terrível, podia lançar seus inimigos e esquecê-los. Tinha sido colocada uma cerca ao seu redor em anos recentes para evitar acidentes. Hannibal segurou seu lampião sobre o poço e a luz chegou a meio caminho abaixo. Seu pai lhe contara que na sua própria infância um amontoado de esqueletos permanecia no fundo da masmorra.

Uma vez, por diversão, Hannibal tinha sido baixado até a masmorra num cesto. Perto do fundo, algo estava rabiscado na parede. Ele não podia ler agora à luz da lanterna, mas sabia que estava lá, letras irregulares rabiscadas no escuro por um homem agonizante. Estava escrito: POURQUOI?

12

Os órfãos estavam adormecidos no comprido dormitório. Ficavam por ordem de idade. A extremidade do dormitório dos mais jovens tinha cheiro de jardim de infância. Os mais novos se abraçavam no sono e alguns gritavam por seus mortos, vendo nos rostos com que sonhavam uma preocupação e ternura que não iam mais encontrar.

Ainda havia alguns garotos mais velhos que se masturbavam sob as cobertas.

Cada criança tinha um baú e na parede acima de cada leito havia um espaço para pôr desenhos ou, raramente, uma foto da família.

Há uma fileira de desenhos grosseiros a creiom acima dos sucessivos leitos. Acima da cama de Hannibal Lecter está um perfeito desenho a giz e lápis da mão e do braço de um bebê, hipnotizante e comovente, com o braço roliço em perspectiva se estendendo para afagar. Há um bracelete nele. Debaixo do desenho, Hannibal dorme, suas pálpebras se crispando. Os músculos do maxilar se unem e suas narinas alargam-se e se estreitam a um bafejo sonhado de fôlego de cadaverina.

O pavilhão de caça na floresta. Hannibal e Mischa no cheiro de mofo do tapete no qual estão enrolados, o gelo nas janelas refratando a luz verde e vermelha. O vento sopra e por um momento a chaminé não funciona. Fumaça azul pende em camadas sob o teto pontiagudo, diante da balaustrada da sacada, e Hannibal ouve a porta da frente se escancarar e olha através da balaustrada. A banheira de Mischa está na estufa onde fervem a cabeça chifruda do cervo com alguns tubérculos secos. A água turva faz bater os chifres contra as paredes de metal da banheira, como se o pequeno cervo estivesse fazendo um último esforço para cornear. Olhos Azuis e Mão Colada chegam com uma rajada de ar frio, tirando suas raquetes de neve e apoiando-as contra a parede. Os outros se juntam a eles, Homem da Tigela cambaleando do canto com os pés ulcerados pelo frio. Olhos Azuis tira do bolso os corpos famintos de três passarinhos. Coloca um passarinho na água, com penas e tudo, até que fique macio o bastante para rasgar a pele. Lambe a pele sangrenta do animal, sangue e penas grudados em sua face, os homens se agrupando em torno dele. Joga a pele para eles, que caem sobre ela como cachorros.

Ele vira seu rosto manchado de sangue para a sacada. Cospe fora uma pena e fala:

– Ou comemos ou morremos.

Eles jogam na lareira o álbum da família Lecter e os brinquedos, castelo e bonecas de papel de Mischa. Hannibal está de pé junto à lareira agora, de repente, sem ter percebido que havia descido, e então eles estão no celeiro, onde há roupas espalhadas na palha, roupas de criança estranhas para ele, duras de sangue. Os homens se amontoam, farejando sua carne e a de Mischa.

Peguem-na, ela vai morrer de qualquer modo. Venham e aproveitem, venham e aproveitem.

Cantando agora, eles a trazem. "Ein Mannlein steht im Walde ganz still und stumm..."

Ele se agarra ao braço de Mischa, as duas crianças sendo arrastadas até a porta. Ele não soltará sua irmã, e Olhos Azuis bate a pesada porta do celeiro no seu braço, o osso estalando, abre aporta de novo e volta para Hannibal balançando um pedaço de lenha, bate na sua cabeça, golpes terríveis o atingindo, lampejos de luz atrás de seus olhos, martelando, e Mischa chamando "Anniba!"

E os golpes se tornam o bastão do Primeiro Monitor batendo na armação da cama, e Hannibal gritando: "Mischa! Mischa!"

– Cale-se! Cale-se! Levante-se, seu merdinha! – O Primeiro Monitor arrancou a roupa de cama do catre e arremessou para ele. Lá fora, no terreno frio rumo ao barracão de ferramentas, ele era empurrado a cutucadas de bastão. O Primeiro Monitor seguiu-o até o barracão, dando-lhe um empurrão. No barracão pendiam ferramentas de jardinagem, cordas, uns poucos instrumentos de carpintaria. O Primeiro Monitor pousou sua lanterna num barril e ergueu o bastão. Levantou sua mão enfaixada.

– É hora de pagar por isto.

Hannibal pareceu encolher-se, afastando-se da luz, sem sentir nada a que pudesse dar nome. O Primeiro Monitor percebeu o medo e foi atrás dele. Conseguiu uma boa pancada na coxa de Hannibal. O garoto estava junto à lanterna agora. Hannibal pegou uma foice e estourou a lanterna. Deitou no chão na escuridão, segurando a foice com as duas mãos acima de sua cabeça. Ouviu passadas vacilantes perto dele, girou a foice com firmeza no ar negro, nada acertou e ouviu a porta se fechar e o chocalhar de uma corrente.

– A VANTAGEM DE BATER num mudo é que ele não pode contar para ninguém – disse o Primeiro Monitor. Ele e o Segundo Monitor estavam olhando para um Delahaye estacionado no pátio de cascalho do castelo, um adorável exemplar da indústria automobilística francesa, azul-celeste, com bandeirolas diplomáticas no para-lamas dianteiro, da União Soviética e da República Democrática Alemã. O carro era exótico à maneira dos carros franceses anteriores à guerra, voluptuosos a olhos acostumados a tanques e jipes quadrados. O Primeiro Monitor queria rabiscar "fodam-se" na lataria do carro com sua faca, mas o motorista era grande e estava atento.

Do estábulo, Hannibal viu o carro chegar. Não correu para ele. Observou seu tio seguir para o castelo com um oficial soviético.

Hannibal espalmou sua mão contra a face de César. A comprida face do cavalo voltou-se para ele, mastigando aveia. O cavalariço soviético estava cuidando bem dele. Hannibal esfregou o pescoço do cavalo e pôs seu rosto junto à orelha virada, mas nenhum som saiu de sua boca. Beijou o cavalo entre os olhos. No fundo do palheiro, pendurado no espaço entre paredes duplas, estavam os binóculos de seu pai. Ele os pendurou no pescoço e cruzou o surrado campo de exercícios.

O Segundo Monitor olhava para ele dos degraus. Os poucos pertences de Hannibal estavam numa sacola.

13

Observando da janela do diretor, Robert Lecter viu seu motorista comprar do cozinheiro uma pequena salsicha e um pedaço de pão em troca de um maço de cigarros. Robert Lecter era agora o autêntico conde Lecter, com a morte de seu irmão. Ele já estava acostumado com o título, tendo-o utilizado ilegitimamente durante anos.

O diretor não contou o dinheiro, mas o enfiou no bolso interno do paletó, com um olhar para o coronel Timka.

– Conde, hã, camarada Lecter, eu só queria lhe dizer que vi duas de suas pinturas no palácio Catarina antes da guerra, e houve também algumas fotos publicadas no *Gorn*. Admiro bastante o seu trabalho.

O conde Lecter assentiu.

– Obrigado, diretor. A irmã de Hannibal, o que sabe dela?

– Um retrato de bebê não ajuda muito – disse o diretor.

– Estamos mostrando o retrato pelos orfanatos – disse o coronel Timka. Ele usava o uniforme da Polícia de Fronteira Soviética, e seus óculos com aros de aço combinavam com sua dentição também de aço. – Leva tempo. São muitos.

– E devo lhe dizer, camarada Lecter, a floresta está cheia de... restos mortais ainda não identificados – acrescentou o diretor.

– Hannibal nunca disse uma palavra? – perguntou o conde Lecter.

– Não para mim. Fisicamente ele é capaz de falar... grita o nome da irmã durante o sono. Mischa. Mischa. – O diretor fez uma pausa enquanto pensava em como explicar. – Camarada Lecter, eu seria... cauteloso com Hannibal até conhecê-lo melhor. Seria melhor se ele não brincasse com outros garotos até estar estabelecido. Alguém sempre sai machucado.

– Ele não é um valentão?

– São os valentões que saem machucados. Hannibal não observa a hierarquia social. Eles são sempre maiores, e Hannibal os machuca com muita rapidez e às vezes gravemente. Hannibal pode ser perigoso para pessoas maiores do que ele. Ele é gentil com os pequenos. Deixa que eles o provoquem um pouco. Alguns acham que ele também é surdo além de mudo e dizem na frente dele que ele é maluco. Ele lhes dá presentes, nas raras ocasiões em que há presentes para dar.

O coronel Timka consultou o relógio.

– Precisamos ir. Poderei encontrá-lo no carro, camarada Lecter?

O coronel Timka esperou até o conde Lecter estar fora da sala. Então estendeu sua mão. O diretor suspirou e passou-lhe o dinheiro.

Com uma piscada atrás dos óculos e um lampejo dos dentes, o coronel Timka lambeu o polegar e começou a contá-lo.

14

Uma chuvarada assentou a poeira enquanto eles percorriam os últimos quilômetros para o castelo, o cascalho molhado silvando debaixo do Delahaye enlameado, e o cheiro de ervas e terra revirada soprou através do carro. Então a chuva parou e a luz do entardecer ganhou um tom alaranjado.

O castelo era mais gracioso do que suntuoso na sua luz laranja. As fasquias nas suas muitas janelas eram curvadas como teias de aranha ao peso do orvalho. Para Hannibal, a galeria em arco do castelo desemaranhava-se da entrada como uma voluta de Huyghens.

Quatro cavalos de tiro, bafejando após a chuva, estavam amarrados a um finado tanque alemão que se projetava do foyer. Cavalos grandes como César. Hannibal ficou contente ao vê-los, esperou que fossem seu totem. O tanque estava montado sobre rodas. Pouco a pouco os cavalos o puxaram para fora da entrada como se estivessem extraindo um dente; eles mexiam as orelhas quando o cocheiro que os conduzia falava com eles.

– Os alemães explodiram a porta com seu canhão e puseram o tanque lá dentro para protegê-lo dos aviões – disse o conde a Hannibal enquanto o carro dava uma parada. Ele se acostumara a falar com o garoto sem esperar resposta. – Eles o deixaram aqui na retirada. Não podíamos movê-lo, por isso decoramos a maldita coisa com jardineiras e andamos em volta dela por cinco anos. Agora posso vender de novo meus quadros "subversivos" e podemos pagar para rebocá-lo daqui. Venha, Hannibal.

Um criado tinha observado o carro chegar e a governanta foi ao encontro do conde com guarda-chuvas, caso necessitassem deles. Um mastim os acompanhou.

Hannibal gostou de seu tio fazer as apresentações na entrada de carros, encarando os serviçais com cortesia, em vez de apressar-se para a casa falando por cima do ombro.

– Este é meu sobrinho, Hannibal. Ele agora está conosco e estamos contentes em recebê-lo. *Madame* Brigitte, minha governanta. E Pascal, que é encarregado de fazer as coisas funcionarem.

Madame Brigitte já fora uma criada de quarto de boa aparência. Era uma observadora rápida e leu Hannibal por sua postura.

O mastim saudou o conde com entusiasmo e avaliou Hannibal. O cachorro bufou. Hannibal abriu a mão para o mastim que, farejando, olhou para ele debaixo de suas sobrancelhas.

– Teremos de encontrar algumas roupas – disse o conde para *madame* Brigitte. – Procure nos meus velhos baús de escola no sótão para começar e depois compraremos roupas novas.

– E a menininha, senhor?

– Nada ainda, Brigitte – disse ele e encerrou o assunto com um balançar de cabeça.

Imagens enquanto Hannibal se aproximava da casa: o brilho das pedras molhadas no pátio, o polimento do pelo dos cavalos depois da chuva, o reluzir de um belo corvo bebendo da calha de chuva no canto do telhado; o movimento da cortina numa janela de cima; o brilho do cabelo de lady Murasaki, depois sua silhueta.

Lady Murasaki abriu o caixilho da janela. A luz da noite tocou sua face e Hannibal, pelos desgastes do pesadelo, deu seu primeiro passo na ponte dos sonhos...

Mudar-se dos alojamentos para uma casa particular é um doce alívio. A mobília do castelo era estranha e bem-vinda, uma mistura de períodos recuperados do sótão pelo conde e lady Murasaki depois da retirada dos saqueadores nazistas. Durante a ocupação, toda a mobília de luxo fora levada da França para a Alemanha num trem.

Hermann Goering e o próprio Führer há muito que cobiçavam as obras de Robert Lecter e outros artistas de destaque na França. Após a tomada da França, um dos primeiros atos de Goering foi prender Robert Lecter como um "artista eslavo subversivo" e apreender todas as pinturas "decadentes" que pudessem encontrar a fim de "proteger o público" de sua influência. As pinturas foram parar nas coleções particulares de Goering e Hitler.

Quando o conde foi libertado da prisão pelo avanço dos Aliados, ele e lady Murasaki puseram as coisas de volta no lugar tão bem quanto podiam, e o Estado-Maior proveu-lhes a subsistência até o conde Lecter voltar ao seu cavalete de pintor.

Robert Lecter acomodou o sobrinho em seu quarto. Farto em tamanho e iluminação, o quarto tinha sido preparado para Hannibal com cortinas e cartazes para animar o ambiente. Uma máscara kendo e espadas de bambu cruzadas foram afixadas na parede. Se fosse capaz de falar, Hannibal teria perguntado pela *madame*.

15

Hannibal foi deixado sozinho por menos de um minuto antes de ouvir uma batida à porta.

A criada de lady Murasaki, Chiyoh, estava parada ali, uma garota japonesa mais ou menos da idade de Hannibal, com o cabelo aparado nas orelhas. Chiyoh avaliou-o por um instante, depois um véu deslizou por seus olhos como os olhos pestanejantes de um gavião.

– Lady Murasaki envia saudações e boas-vindas – disse ela. – Se vier comigo... – Respeitosa e metódica, Chiyoh o conduziu até a sauna na antiga sala de prensa de vinhos numa dependência do castelo.

Para agradar sua esposa, o conde Lecter havia convertido a prensa de vinhos numa sauna japonesa, o tanque de pressão agora cheio com água quente, graças a um aquecedor Rube Goldberg adaptado a partir de uma destilaria de conhaque feita de cobre. A sala cheirava a fumaça de lenha e alecrim.

Candelabros de prata, enterrados no jardim durante a guerra, estavam fixados junto ao tanque. Chiyoh não acendeu as velas. Uma lâmpada elétrica serviria para Hannibal até que sua posição estivesse clara.

Chiyoh entregou-lhe toalhas e um roupão e apontou para um chuveiro no canto.

– Banhe-se primeiro, esfregue-se vigorosamente antes de entrar no tanque – disse ela. – O cozinheiro terá uma omelete para você depois do banho, e depois você deve descansar. – Ela fez-lhe uma careta que deveria ter sido um sorriso, jogou uma laranja na água do banho e esperou do lado de fora pelas roupas dele. Quando ele as passou pela porta, ela as pegou cautelosamente entre dois dedos, enrolou-as num bastão na sua outra mão e desapareceu com elas.

Era noite quando Hannibal despertou de repente, tal como acontecia nos alojamentos. Apenas seus olhos se moveram até que viu onde estava. Sentiu-se limpo em sua cama limpa. Através da janela brilhava o último dos longos crepúsculos franceses. Um quimono de algodão estava na cadeira ao lado dele. Hannibal o vestiu. O chão de pedra do corredor estava agradavelmente frio sob os pés, as escadas de pedra gastas como aquelas do castelo Lecter. Do lado de fora, sob o céu violeta, ele podia ouvir ruídos da cozinha em preparativos para o jantar.

O mastim o viu e balançou o rabo duas vezes sem se levantar.

Do banheiro veio o som de um alaúde japonês. Hannibal seguiu a música. Uma janela empoeirada brilhou com luz de velas vindo do interior. Hannibal olhou. Chiyoh sentava-se ao lado da banheira dedilhando as cordas de um comprido e elegante koto. Ela havia acendido as velas desta vez. O aquecedor de água estalou. O fogo debaixo dele crepitou, e fagulhas voaram. Lady Murasaki estava na água, como as flores aquáticas no fosso onde os cisnes nadavam e não cantavam. Hannibal observou, silencioso como os cisnes, e abriu os braços como asas.

Ele recuou da janela, retornou em meio ao lusco-fusco para seu quarto, um curioso peso sobre ele, e encontrou de novo sua cama.

Brasas suficientes permaneciam no quarto principal para reluzir no teto. O conde Lecter, na penumbra, se reanima ao toque e à voz de lady Murasaki.

– Senti sua falta, como senti quando você estava na prisão – disse ela. – Lembrei-me de um poema de uma ancestral, "O ano no Komachi", de mil anos atrás.

– Hum.

– Ela era muito passional.

– Estou ansioso para saber o que ela dizia.

– Um poema: *Hito ni awan tsuki no naki yo wa/omoiokite/ mune hashiribi ni/kokoro yaki ori.* Pode ouvir a música nele?

O ouvido ocidental de Robert Lecter não podia ouvir a música nele, mas, sabendo onde se ocultava a música, estava entusiasmado.

– Oh, claro. Diga-me o significado.

– Nenhum meio de vê-lo/nesta noite sem lua/deito-me acordada ansiando, ardendo/seios pegando fogo, coração em chamas.

– Meu Deus, Sheba.

Ela tomou um extraordinário cuidado para poupá-lo de esforço.

No salão do castelo, o alto relógio marca a hora tardia, suaves badalos nos corredores de pedra abaixo. A cadela mastim se agita no canil, e com 13 uivos curtos ela dá sua resposta ao relógio. Hannibal, em sua cama limpa, revira-se no sono. E sonha.

No celeiro, o ar é frio, as roupas das crianças são puxadas até suas cinturas enquanto Olhos Azuis e Mão Colada sentem a carne de seus braços. Os outros atrás deles gemem e rodeiam como hienas que têm de esperar. Aqui está aquele que sempre estende sua tigela. Mischa está tossindo e febril virando o rosto do hálito deles. Olhos Azuis agarra as correntes em torno de seus pescoços. Sangue e penas de uma pele de pássaro que ele comeu estão grudados em sua face.

A voz distorcida do Homem da Tigela:

– Pegue ela, ela vai morreeer de qualquer maneira. Ele ficará freeesco um pouco mais.

Olhos Azuis para Mischa, horrivelmente aliciando.

– Venha e divirta-se, venha brincar! Olhos Azuis começa a cantar e Mão Colada junta-se a ele:

Ein Mannlein steht im Walde ganz still und stumm,
Es hat von lauter Purpur ein Manlein um

Homem da Tigela traz sua tigela. Mão Colada pega o machado, Olhos Azuis agarra Mischa, e Hannibal, gritando, voa para ele, crava os dentes na bochecha de Olhos Azuis, Mischa suspensa no ar pelos braços, rodopiando para olhar de volta para ele.

– Mischa! Mischa! Os gritos atravessaram os corredores de pedra e conde Lecter e lady Murasaki irrompem no quarto de Hannibal. Ele rasgou o travesseiro com os dentes e penas estão voando. Hannibal rosna e grita, lutando, se debatendo, trincando os dentes. Conde Lecter põe seu peso em cima dele, prende os braços do garoto no cobertor e coloca os joelhos por cima.

– Calma, calma.

Temendo pela língua de Hannibal, lady Murasaki arranca o cinto de seu robe, aperta o nariz do garoto até ele abrir a boca para respirar e enfia o cinto entre seus dentes.

Ele estremece e fica imóvel como um pássaro que morre. O robe de lady Murasaki está aberto e ela segura o garoto contra si, mantém entre os seios o rosto dele, molhado com lágrimas de raiva, penas grudadas na face.

Mas é ao conde que ela pergunta:

– Tudo bem com você?

16

Hannibal levantou cedo e lavou o rosto na bacia e jarra sobre a mesa de cabeceira. Uma pequena pena flutuava sobre a água. Ele só tinha uma lembrança vaga e embaralhada da noite.

Atrás de si ouviu papel deslizando sobre o piso de pedra, um envelope empurrado debaixo de sua porta. Um raminho de salgueiro estava amarrado ao bilhete. Hannibal levou o bilhete até o rosto com as mãos em concha antes de ler.

Hannibal,

Ficarei muito contente se você me procurar no meu estúdio na Hora da Cabra. (Ou seja, dez da manhã na França.)

Murasaki Shikibu

Hannibal Lecter, 13 anos, o cabelo alisado com água, parou do lado da porta fechada do estúdio. Ele ouviu o alaúde. Não era a mesma canção que tinha ouvido do banho. Bateu.

– Entre.

Entrou numa combinação de estúdio com sala de estar, com um bastidor para bordado perto da janela e um cavalete para caligrafia.

Lady Murasaki estava sentada a uma mesa baixa de chá. Seu cabelo estava levantado, preso por grampos de marfim. As mangas do quimono farfalhavam enquanto ela arrumava flores.

Boas maneiras de cada cultura se enredavam, tendo uma meta comum. Lady Murasaki o recebeu com uma lenta e graciosa inclinação da cabeça.

Hannibal inclinou-se desde a cintura conforme seu pai lhe ensinara. Viu uma meada de fumaça azul de incenso cruzar a janela como um distante voo de pássaros, e a tênue veia azul no antebraço de lady Murasaki enquanto ela segurava uma flor, o sol rosado através de sua orelha. O alaúde de Chiyoh tocava suavemente detrás de um biombo.

Lady Murasaki o convidou a sentar-se diante dela. Sua voz era um agradável contralto com algumas notas aleatórias não encontradas na escala ocidental. Para Hannibal, seu discurso soava como música incidental em sininhos de vento.

– Se você não quiser francês, inglês ou italiano, poderíamos usar algumas palavras japonesas, como *kieuseru*. Significa "desaparecer". – Ela colocou um caule, ergueu a vista das flores e olhou para ele. – Meu mundo de Hiroshima se foi num relâmpago. Seu mundo foi arrancado de você também. Agora você e eu temos o mundo que fizermos... juntos. Neste momento. Nesta sala.

Ela pegou outras flores da esteira a seu lado e colocou-as na mesa junto do vaso. Hannibal podia ouvir as folhas farfalhando, e o barulhinho da manga do quimono dela enquanto lhe oferecia flores.

– Hannibal, onde as colocaria para obter o melhor efeito? Qualquer lugar que gostar.

Hannibal olhou para os botões.

– Quando você era pequeno, seu pai nos mandou seus desenhos. Você tem um olho promissor. Se preferir desenhar o arranjo, use o bloco a seu lado.

Hannibal pensou. Pegou duas flores e a faca. Viu o arco das janelas, a curva da lareira onde o samovar pendia sobre o fogo. Cortou mais curtos os caules das flores e colocou-os no samovar, criando um harmonioso vetor para o arranjo e para o estúdio. Pôs os caules cortados sobre a mesa.

Lady Murasaki pareceu satisfeita.

– Ahhhh. Podíamos chamar isto de *moribana,* o estilo oblíquo. – Ela pôs o peso sedoso de uma peônia em sua mão. – Mas onde você poderia colocar isto? Ou não a usaria, afinal?

Na lareira, a água no samovar ferveu e atingiu o ponto de ebulição. Hannibal ouviu, ouviu a água fervendo, e seu rosto mudou e o estúdio foi embora.

A banheira de Mischa na estufa do pavilhão de caça, a cabeça chifruda do cervinho batendo contra a banheira na água turva como se tentasse dar chifradas para escapar. Ossos chocalhando na agua turva.

De volta a si, de volta ao estúdio de lady Murasaki e à peônia, sangrenta agora, tombada sobre o tampo da mesa, faca retinindo ao lado dela. Hannibal se controlou, levantou-se segurando a mão ensanguentada atrás de si. Fez uma mesura para lady Murasaki e começou a deixar o estúdio.

– Hannibal,

Ele abriu a porta.

– Hannibal. – Ela rapidamente estava de pé ao lado dele. Ofereceu-lhe sua mão, sustentou o olhar dele com o seu; não o tocou, acenou com seus dedos. Ela tomou-lhe a mão ensanguentada e seu toque ficou registrado nos olhos dele, uma pequena mudança no tamanho das pupilas.

– Você vai precisar levar pontos. Serge nos leva de carro até a cidade.

Hannibal balançou a cabeça e apontou com o queixo para a moldura de bordado. Lady Murasaki olhou no rosto dele até certificar-se.

– Chiyoh, ferva uma agulha e fio.

Na janela, na melhor luz, Chiyoh trouxe para lady Murasaki uma agulha e linha enroladas em volta de um grampo de cabelo feito de ébano, fumegando da água fervente. Lady Murasaki segurou firme a mão dele e costurou-lhe o dedo, seis pontos caprichados. Gotas de sangue caíram na seda branca de seu quimono. Hannibal olhou-a fixamente enquanto ela trabalhava, sem mostrar qualquer reação à dor. Parecia estar pensando em outra coisa.

Ele olhava para o fio puxado firme, desenrolado do grampo de cabelo. O arco do buraco da agulha era uma função do diâmetro do grampo, pensou ele. Páginas de Huyghens espalhadas na neve, grudadas com massa encefálica.

Chiyoh aplicou uma folha de aloé, e lady Murasaki enfaixou a mão dele. Quando soltou-lhe a mão, Hannibal foi até a mesa de chá, pegou a peônia e arrumou o caule. Colocou a peônia no vaso, completando um elegante arranjo. Encarou lady Murasaki e Chiyoh.

Um movimento como um tremor de água atravessou seu rosto e ele tentou dizer "obrigado". Ela recompensou seu esforço com o menor e melhor dos sorrisos, mas ela não o deixou tentar por muito tempo.

– Você viria comigo, Hannibal? E poderia ajudar-me a levar as flores?

Juntos, eles subiram as escadas do sótão.

A porta do sótão tinha uma vez servido a alguém mais na casa; uma face estava entalhada nela, uma máscara cômica grega.

Lady Murasaki, carregando um castiçal, liderou o caminho até o amplo sótão. Passaram por uma coleção de trezentos itens, baús, enfeites de Natal, móveis de vime, trajes dos teatros Kabuki e Nô e uma fileira de marionetes de tamanho natural pendendo de uma barra.

Uma luz débil contornou a persiana de blecaute de uma janela afastada da porta. Sua vela iluminou um pequeno altar, a prateleira de Deus oposta à janela. Sobre o altar, havia retratos dos ancestrais dela e de Hannibal. Perto das fotografias estava um voo de garças de origami, muitas garças. Aqui estava um retrato dos pais de Hannibal no dia de seu casamento. Hannibal olhou detidamente para seus pais à luz da vela. Sua mãe parecia muito feliz. A única chama estava na sua vela – as roupas dela não estavam pegando fogo.

Hannibal sentiu uma presença se avultando ao lado e acima dele e espiou no escuro. Enquanto lady Murasaki erguia a persiana da janela, a luz surgiu sobre Hannibal e sobre a presença escura ao lado dele, surgiu sobre pés encouraçados, uma arma de guerra empunhada por luva metálica, um peitoral e por fim a máscara de ferro e o capacete com chifres de um comandante samurai. A armadura estava assentada sobre a plataforma elevada. As armas do samurai, as espadas curta e comprida, a adaga *tanto* e um machado de guerra, estavam num estrado diante da armadura.

– Vamos botar as flores aqui, Hannibal – disse lady Murasaki, limpando um lugar no altar diante das fotos de seus pais. – É aqui que eu rezo por você e peço vigorosamente que você reze por si mesmo, que consulte os espíritos de sua família em busca de sabedoria e força.

Por cortesia ele inclinou a cabeça para o altar por um momento, mas a atração da armadura o dominava, ele a sentia toda acima do seu flanco. Ele foi até a prateleira para tocar nas armas. Lady Murasaki o impediu com a mão erguida.

– Esta armadura ficava na embaixada em Paris quando meu pai foi embaixador na França antes da guerra. Nós a escondemos dos alemães. Eu só tocava nela uma vez por ano. No aniversário do meu tataravô eu me sentia honrada em limpar esta armadura e suas armas e lubrificá-las com óleo de camélia e óleo de cravo-da-índia, um adorável aroma.

Ela retirou a tampa de um frasquinho e ofereceu-lhe para cheirar.

Havia um pergaminho sobre o tablado diante da armadura. Estava aberto apenas o suficiente para mostrar o primeiro painel, o samurai usando a armadura numa recepção a seus comandados. Enquanto lady Murasaki arrumava as coisas na prateleira de Deus, Hannibal desenrolou o pergaminho para o próximo painel, onde a figura de armadura está presidindo a apresentação de cabeças de samurais, cada cabeça inimiga etiquetada com o nome do falecido, a etiqueta colada ao cabelo ou, em caso de calvície, atada à orelha.

Lady Murasaki tomou-lhe o pergaminho gentilmente e o enrolou de novo para mostrar apenas seu ancestral na armadura.

– Isto é depois da batalha do castelo de Osaka – disse ela.

– Há outros pergaminhos mais adequados que irão interessá-lo. Hannibal, agradaria muito a seu tio e a mim que você se tornasse o tipo de homem que seu pai foi, que seu tio é.

Hannibal olhou para a armadura com um ar perscrutador.

Ela leu a pergunta no rosto dele.

– Como ele também? De algumas maneiras, porém com mais compaixão – ela relanceou para a armadura como se pudesse ouvi-la e sorriu para Hannibal –, mas eu não diria isto em japonês na frente dele.

Ela chegou mais perto, o castiçal em sua mão.

– Hannibal, você pode deixar a terra do pesadelo. Você pode ser tudo que imaginar. Entre na ponte dos sonhos. Virá comigo?

Ela era muito diferente da mãe dele. Ela não era sua mãe, mas ele a sentia no seu peito. O olhar intenso dele pode tê-la incomodado; ela optou por refrear a animação.

– A ponte dos sonhos leva a qualquer lugar, mas primeiro ela passa pelo consultório médico e pela sala de aula – disse ela. – Você virá?

Hannibal a seguiu, mas primeiro pegou a peônia manchada de sangue, perdida entre as flores, e colocou-a sobre o tablado diante da armadura.

17

O Dr. J. Rufin clinicava no centro da cidade numa casa com um pequeno jardim. Um discreto letreiro ao lado do portão exibia seu nome e seus títulos: DOCTEUR EN MÉDECINE, PH.D., PSIQUIATRA.

O conde Lecter e lady Murasaki sentavam-se na sala de espera em meio aos pacientes do doutor, alguns dos quais tinham dificuldade de permanecer sentados quietos.

O consultório era bastante vitoriano com duas poltronas em lados opostos da lareira, uma chaise longue com acabamento franjado e, mais perto das janelas, uma mesa de exame e um esterilizador de aço inoxidável.

O Dr. Rufin, barbudo e de meia-idade, e Hannibal, sentado em uma das poltronas, o doutor falando para ele numa voz baixa e agradável.

– Hannibal, enquanto você observa o metrônomo oscilar, oscilar, e ouve o som de minha voz, você entrará num estado que chamamos de sono acordado. Não vou pedir-lhe para falar, mas quero que tente emitir um som vocal para indicar sim ou não. Você tem uma sensação de paz, de deixar-se levar.

Numa mesa entre os dois, o pêndulo de um metrônomo tiquetaqueante ia e voltava. Um relógio pintado com símbolos zodiacais e querubins tiquetaqueava na cornija da lareira. Enquanto o Dr. Rufin falava, Hannibal contava as batidas do metrônomo contra as do relógio. Elas entravam e saíam da fase. Hannibal imaginou se, contando os intervalos de entrada e saída da fase, e medindo o pêndulo oscilante do metrônomo, ele poderia calcular a extensão do pêndulo invisível dentro do relógio. Decidiu que sim, enquanto o Dr. Rufin falava.

– Um som com sua boca, Hannibal, qualquer som.

Hannibal, os olhos obedientemente fixos no metrônomo, fez um som baixo de peido ao expelir ar entre sua língua e o lábio inferior.

– Está muito bom – disse o Dr. Rufin. – Você permanece calmo no estado de sono acordado. E que som poderíamos usar para não? Não, Hannibal, não.

Hannibal produziu um som alto de peido ao tomar o lábio inferior entre os dentes e expelir ar de sua bochecha passando por sua gengiva superior.

– Isto é comunicação, Hannibal, e você pode fazê-lo. Acha que podemos ir em frente agora, eu e você juntos?

A afirmativa de Hannibal foi alta o bastante para ser ouvida na sala de espera,onde pacientes trocaram olhares ansiosos. O conde Lecter chegou a cruzar suas pernas e pigarrear e os adoráveis olhos de lady Murasaki se voltaram lentamente para o teto.

Um homem com cara de esquilo disse:

– Não fui eu.

– HANNIBAL, SEI QUE SEU SONO é frequentemente perturbado – disse o Dr. Rufin. – Permanecendo calmo agora no estado de sono acordado, pode me dizer alguma das coisas que vê nos sonhos?

Hannibal, contando os tiquetaques, fez o Dr. Rufin olhar pensativo.

O relógio usava o algarismo romano IV no mostrador, em vez de IIII, para ficar em simetria com o VIII do outro lado.

Hannibal imaginou se isto significava que ele tinha badalo romano – dois carrilhões, um significando "cinco" e outro significando "um".

O doutor entregou-lhe um bloco.

– Poderia talvez escrever algo sobre o que vê? Você chama o nome de sua irmã. Você a vê?

Hannibal assentiu.

No castelo Lecter alguns dos relógios tinham badalos romanos e outros não, mas todos os de badalo romano possuíam o IV em vez do IIII. Quando o Sr. Jakov abriu um relógio e explicou o mecanismo, contou sobre Knibb e seus primeiros relógios com badalo romano – seria bom visitar na sua mente o Salão dos Relógios para examinar o mecanismo. Ele pensou em ir lá imediatamente, mas seria uma longa espera para o Dr. Rufin.

– Hannibal, Hannibal. Quando pensa na última vez em que viu sua irmã, conseguiria escrever sobre o que você vê? Escreveria o que imagina que vê?

Hannibal escreveu sem olhar para o bloco, contando tanto as batidas do metrônomo quanto as do relógio ao mesmo tempo.

Olhando para o bloco, o Dr. Rufin pareceu encorajado.

– Você vê os dentes de leite dela? Apenas os dentes de leite? Onde você os vê, Hannibal?

Hannibal estendeu o braço e parou o pêndulo, considerou seu comprimento e a posição do peso contra uma escala no metrônomo. Escreveu no bloco: NUMA LATRINA, DOUTOR. POSSO ABRIR A PARTE DE TRÁS DO RELÓGIO?

HANNIBAL ESPERAVA lá fora com os outros pacientes.

– Foi você, não eu – disse o paciente com cara de esquilo.

– Você bem que poderia admitir. Tem chicletes aí?

– TENTEI PERGUNTAR-LHE mais sobre a irmã, mas ele se fechou – disse o Dr. Rufin. O conde estava de pé atrás da cadeira de lady Murasaki na sala de exame. – Para ser franco, ele é completamente obscuro para mim. Examinei-o, e fisicamente ele está bem. Encontrei cicatrizes no seu couro cabeludo, mas nenhuma evidência de fratura depressível. Mas eu imaginaria que os hemisférios de seu cérebro podem estar atuando de modo independente, como acontece em alguns casos de traumatismo craniano em que a comunicação entre os hemisférios fica comprometida. Ele segue vários rumos de raciocínio ao mesmo tempo, sem distração de nenhum, e um dos rumos é sempre para seu próprio divertimento.

"A cicatriz no seu pescoço é a marca de uma corrente congelada na pele. Já vi outras assim, só que depois da guerra, quando os campos de concentração foram abertos. Ele não contará o que aconteceu com a irmã. Acho que ele sabe, quer se dê conta ou não, e aí é que mora o perigo: a mente recorda o que pode e na sua própria velocidade. Ele se lembrará quando puder suportar.

"Eu não o forçaria, e é inútil tentar hipnotizá-lo, Se ele se lembrar rápido demais, poderia congelar por dentro para sempre para fugir da dor. Vocês o manterão em sua casa?"

– Sim – ambos responderam prontamente.

Rufin assentiu.

– Introduzam-no na família tanto quanto possam. Enquanto emerge, ele se tornará mais ligado a vocês do que imaginam.

18

O alto verão francês, uma névoa de pólen na superfície do Essonne e patos nos juncos. Hannibal ainda não falava, mas já dormia sem sonhos e tinha o apetite de um garoto de 13 anos em crescimento.

Seu tio Robert Lecter era mais caloroso e menos reservado do que seu pai tinha sido. Ele possuía uma espécie de irresponsabilidade de artista que havia resistido e combinado com a irresponsabilidade da idade.

Havia uma passagem no telhado onde se podia caminhar. O pólen se juntara nas depressões do telhado, dourando o limo, e paraquedas de teias de aranhas eram carregados pelo vento. Eles podiam ver a curva prateada do rio através das árvores.

O conde era alto e parecia um pássaro. Sua pele era parda na boa luz do telhado. Suas mãos no parapeito eram magras, mas pareciam as mãos do pai de Hannibal.

– Nossa família é um tanto incomum, Hannibal – disse ele. – Aprendemos isso cedo, espero que você já saiba. Você se tornará mais à vontade com isto nos próximos anos, se o incomodar agora. Você perdeu sua família e seu lar, mas tem a mim e tem Sheba. Ela não é maravilhosa? O pai dela levou-a a uma exposição minha no Museu Metropolitano de Tóquio, 25 anos atrás. Eu nunca tinha visto uma criança tão linda. Quinze anos depois, quando ele se tornou embaixador na França, ela veio também. Não pude acreditar na minha sorte e apareci na embaixada imediatamente, anunciando minha intenção de converter-me ao xintoísmo. Ele disse que minha religião não estava entre suas principais preocupações. Ele nunca me aprovou, mas gosta de minhas pinturas. Pinturas! Venha. Este é meu estúdio.

Era uma grande sala caiada de branco no último andar do castelo. Pinturas em andamento permaneciam nos cavaletes e a maioria apoiava-se contra as paredes. Uma chaise longue assentava-se numa plataforma baixa e, ao lado dela, num mancebo, havia um quimono. Uma tela coberta se assentava num cavalete próximo.

Passaram para uma sala adjacente, onde um grande cavalete sustentava um bloco em branco, carvão e alguns tubos de tinta.

– Fiz um espaço aqui para você, seu próprio estúdio – disse o conde. – Você pode encontrar alívio aqui, Hannibal. Quando sentir que pode explodir, faça desenhos! Pinte! Grandes movimentos do braço, um monte de cor. Não tente manter um foco ou usar de artimanhas enquanto desenha. Você obterá artimanhas o bastante de Sheba. – Ele olhou para o rio além das árvores. – Verei você no almoço. Peça à *madame* Brigitte para arranjar-lhe um chapéu. Iremos remar no fim da tarde, depois de suas lições.

Depois que o conde o deixou, Hannibal não foi imediatamente para seu cavalete; ele vagueou pelo estúdio olhando para as obras em andamento do tio. Pôs sua mão na chaise, tocou o quimono em seu gancho e o levou ao rosto. Ficou ali parado diante do cavalete coberto e levantou o pano. O conde estava pintando um nu de lady Murasaki na chaise longue. O quadro penetrou nos olhos arregalados de Hannibal, pontos de luz dançavam em suas pupilas, como pirilampos reluzindo na noite.

O OUTONO ESTAVA CHEGANDO, e lady Murasaki organizava ceias no gramado, onde podiam ver a lua da colheita e ouvir os insetos outonais. Eles esperavam pela ascensão da lua, Chiyoh tocando o alaúde no escuro quando os grilos davam uma chance. Com apenas o rugir da seda e um perfume a guiá-lo, Hannibal sempre sabia exatamente onde lady Murasaki estava.

Os grilos franceses não se comparavam ao soberbo cricrilar dos grilos do Japão, os suzumushi, explicou-lhe o conde. O tio escrevera para o Japão inúmeras vezes antes da guerra para obter grilos suzumushi para lady Murasaki, mas nenhum deles sobrevivera à viagem e ele nunca contou a ela.

Nas noites paradas, quando o ar está úmido após uma chuva, eles se distraíam com o jogo de identificação de aroma, Hannibal queimando uma variedade de cascas de árvore e incenso sobre uma lasca de mica para Chiyoh identificar. Lady Murasaki tocava o koto nestas ocasiões, de forma que Chiyoh podia se concentrar, sua professora às vezes fornecendo-lhe sugestões de um repertório que Hannibal não podia acompanhar.

Ele foi enviado para ser monitor das turmas na escola da aldeia, e foi objeto de curiosidade porque não podia falar. No seu segundo dia, um valentão mais velho cuspiu no cabelo de um garoto menor da primeira série e Hannibal quebrou o cóccix e o nariz do cuspidor. Ele foi mandado para casa, sua expressão inalterável no caminho.

Em vez disso, Chiyoh lhe dava aulas em casa. Ela havia sido prometida há anos ao filho de uma família diplomática no Japão e agora, aos 13, estava aprendendo com lady Murasaki as aptidões de que necessitaria.

A instrução era muito diferente daquela do Sr. Jakov, mas os temas tinham uma beleza peculiar, como a matemática do Sr. Jakov, e Hannibal os achava fascinantes.

De pé junto à boa luz das janelas do seu salão, lady Murasaki ensinava caligrafia e, pintando sobre folhas do jornal diário, podia obter efeitos notavelmente delicados com um pincel largo. Aqui estava o símbolo para a eternidade, uma forma triangular agradável de contemplar. Debaixo deste gracioso símbolo, a manchete no jornal dizia: MÉDICOS INDICIADOS EM NUREMBERG.

– Este exercício é chamado Eternidade em Oito Pinceladas – disse ela. – Tente.

No fim da aula, lady Murasaki e Chiyoh dobravam uma garça em origami, que mais tarde colocariam sobre o altar no sótão.

Hannibal pegou um pedaço de papel de origami para fazer uma garça. O olhar indagador de Chiyoh para lady Murasaki o fez sentir-se como um intruso por um momento. Lady Murasaki entregou-lhe uma tesoura. (Mais tarde corrigiria Chiyoh pelo lapso, que não poderia ser permitido num ambiente diplomático.)

– Chiyoh tem uma prima em Hiroshima chamada Sadako – explicou lady Murasaki. – Ela está morrendo de envenenamento por radiação. Sadako acredita que se fizer mil garças de papel origami ela vai sobreviver. Sua energia é limitada, e nós a ajudamos a cada dia a fazer garças de papel. Sejam as garças curativas ou não, enquanto as fazemos ela permanece em nossos pensamentos, junto com outros em cada lugar envenenado pela guerra. Você poderia fazer garças para nós, Hannibal, e nós as faríamos para você. Vamos fazer garças juntos para Sadako.

19

Às quintas-feiras a aldeia tinha uma boa feira livre em volta da fonte e da estátua do marechal Foch. Havia ao vento o odor de vinagre da barraca de picles e os peixes e crustáceos sobre leitos de alga marinha traziam o cheiro do oceano.

Uns poucos rádios tocavam melodias conflitantes. O tocador de realejo e seu macaco, libertados após o café da manhã da sua frequente hospedagem na cadeia, executaram "Sous les Ponts de Paris" à exaustão, até que alguém deu-lhes um copo de vinho e um doce, respectivamente. O tocador de realejo bebeu o vinho de um gole só e confiscou metade do doce de amendoim, o macaco notando com seus olhos espertos em que bolso seu dono guardou a guloseima. Dois gendarmes deram ao músico as habituais admoestações fúteis e foram para a barraca de pastéis.

O objetivo de lady Murasaki era a Legumes Bulot, a melhor barraca de vegetais para obter aipo, o preferido do conde, que costumava acabar cedo.

Hannibal seguia atrás dela carregando um cesto. Parou para observar enquanto um queijeiro azeitava uma extensa corda de piano e a usava para cortar uma enorme peça de queijo Grana. O queijeiro deu-lhe uma fatia e pediu-lhe que o recomendasse à *madame*.

Lady Murasaki não viu quaisquer aipos expostos e, antes que tivesse a chance de perguntar, o Sr. Bulot dos Vegetais trouxe um cesto de debaixo da banca.

– *Madame*, estes são tão especiais que eu não permitiria que o sol os tocasse. Esperando sua chegada, eu os cobri com este pano umedecido não com água, mas com o orvalho da horta.

Em frente à barraca do verdureiro, Paul Momund sentava-se com seu avental ensanguentado a um cepo de açougueiro, limpando galinhas, jogando as vísceras num balde e dividindo moelas e fígados entre duas tigelas. O açougueiro era um homem grande e carnudo com uma tatuagem no antebraço – uma cereja com a legenda: *Voici la Mienne, où est la Tienne?* O vermelho da cereja tinha ficado mais pálido do que o sangue nas suas mãos. O irmão de Paul Açougueiro, mais indicado para lidar com público, trabalhava sob o letreiro Momund Carnes Nobres.

O irmão trouxe-lhe um ganso para limpar. Paul serviu-se de uma bebida da garrafa ao lado dele e limpou o rosto com a mão sangrenta, deixando sangue e penas nas suas bochechas.

– Vá devagar, Paul – disse seu irmão. – Temos um longo dia pela frente.

– Por que você não depena a porra do ganso? Acho que você é melhor para depenar do que para trepar – disse Paul Açougueiro, para seu intenso divertimento.

Hannibal estava olhando para uma cabeça de porco num mostruário quando ouviu a voz de Paul.

– Ei, japonesa!

E a voz de Bulot dos Vegetais:

– Por favor, *monsieur*! Isto é inaceitável.

E Paul de novo.

– Ei, japonesa! Me diga: é verdade que a xoxota de vocês é enviesada? Com um pequeno tufo de pelos retos como uma explosão?

Hannibal viu Paul então, seu rosto enodoado de sangue e penas, *tal como o Olhos Azuis, como o Olhos Azuis devorando uma pele de pássaro.*

Paul virou-se para o irmão agora.

– Eu lhe digo, tive uma japa em Marselha uma vez que podia tomar todo o seu...

O pernil de carneiro que se esmagou na cara de Paul arremessou-o para trás num derramamento de vísceras de aves, Hannibal em cima dele, o pernil subindo e descendo até que escapuliu da mão de Hannibal, o garoto procurando atrás de si a faca sobre o cepo. Não a encontrando, encheu a mão de vísceras de galinha e amassou-as no rosto de Paul, o açougueiro golpeando-o com suas enormes mãos sujas de sangue. O irmão de Paul chutou Hannibal na nuca, pegou um osso de vitelo do balcão. Lady Murasaki, invadindo a barraca, o empurrou e depois gritou:

– *Kiai!*

Lady Murasaki segurou uma grande faca de açougueiro contra a garganta do irmão de Paul, exatamente onde ele sangraria um porco, e disse:

– Fiquem perfeitamente imóveis, *monsieurs.*

Eles congelaram por um longo momento, os apitos da polícia chegando, as mãos enormes de Paul em volta da garganta de Hannibal e o olho de seu irmão se repuxando para o lado em que o aço tocava seu pescoço, Hannibal rateando, tateando a mesa. Os dois gendarmes, escorregando nas vísceras, separaram Paul Açougueiro e Hannibal, um deles tirando o garoto de cima do açougueiro, erguendo-o do chão e colocando-o do outro lado da barraca.

A voz de Hannibal estava enferrujada pelo desuso, mas o açougueiro o entendeu. Ele disse "animal" muito calmamente. Soou como taxonomia em vez de insulto.

O POSTO POLICIAL ficava em frente à praça, um sargento atrás do balcão.

O comandante dos gendarmes estava hoje em trajes civis, um amarrotado terno tropical. Tinha seus 50 anos e estava cansado da guerra. No seu gabinete ofereceu cadeiras a lady Murasaki e Hannibal e ele próprio também se sentou. Sua mesa estava vazia a não ser por uma bandeja de Cinzano e um frasco do remédio estomacal Clanzoflat. Ofereceu um cigarro a lady Murasaki. Ela recusou.

Os dois gendarmes da feira bateram e entraram. Ficaram de pé contra a parede, examinando lady Murasaki de esguelha.

– Alguém aqui atacou vocês ou ofereceu resistência? – perguntou o comandante aos policiais.

– Não, senhor.

Ele fez sinal para que eles dessem continuidade ao depoimento.

O gendarme mais velho consultou seu caderno de anotações.

– O verdureiro Bulot declarou que o açougueiro tornou-se inconveniente e estava tentando pegar uma faca, gritando que ia matar todo mundo, inclusive as freiras na igreja.

O comandante revirou os olhos para o teto, clamando por paciência.

– O açougueiro foi partidário de Vichy e é muito odiado, como provavelmente já sabem – disse ele. – Cuidarei dele. Lamento pelo insulto que sofreu, lady Murasaki. E você, meu jovem, se vir esta dama ofendida novamente, quero que venha me procurar. Entendeu?

Hannibal assentiu.

– Não terei ninguém atacado nesta aldeia, a não ser por mim mesmo. – O comandante levantou-se e ficou de pé atrás do garoto. – Desculpe-nos, *madame*, e você, Hannibal, venha comigo.

Lady Murasaki ergueu a vista para o policial. Ele balançou levemente a cabeça.

O comandante levou Hannibal para os fundos do posto policial, onde havia duas celas, uma ocupada por um bêbado adormecido, a outra recém-evacuada pelo tocador de realejo e seu macaco, cuja tigela de água permanecia no chão.

– Fique parado aqui.

Hannibal parou no meio da cela. O comandante fechou a porta da cela com um clangor que fez o bêbado se agitar e resmungar.

– Olhe para o chão. Vê como as tábuas estão manchadas e encolhidas? Elas são banhadas com lágrimas. Experimente a porta. Faça isto. Verá que ela não se abrirá desse lado. Temperamento forte é um dom útil mas perigoso. Use o bom senso e nunca ocupará uma cela como esta. Nunca dou mais de uma chance. Esta é a sua. Mas não repita o que fez. Não bata em mais ninguém com carne.

O comandante acompanhou lady Murasaki e Hannibal até o carro deles. Quando Hannibal entrou, lady Murasaki teve um momento a sós com o policial.

– Comandante, não quero que meu marido saiba. O Dr. Rufin pode lhe dizer a razão.

Ele assentiu.

– Se o conde ficar sabendo e me perguntar, direi que foi uma briga de bêbados e que aconteceu de o garoto estar no meio. Sinto muito se o conde não está bem. Fora isso, ele é o mais afortunado dos homens.

Era possível que o conde, em seu isolamento no castelo, jamais ouvisse falar do incidente. Mas à noitinha, enquanto fumava um charuto, o chofer Serge voltou da aldeia com os jornais vespertinos e o chamou à parte.

A FEIRA DAS SEXTAS-FEIRAS era em Villiers, a 16 quilômetros. O conde, grisalho e insone, desceu do carro enquanto Paul Açougueiro carregava a carcaça de um cordeiro para sua barraca. A bengala do conde acertou Paul no lábio superior. O conde investiu contra ele, agredindo-o com a bengala.

– Pedaço de merda, você insultou minha esposa!

Paul deixou cair o cordeiro e empurrou Lecter duramente, a frágil silhueta do conde voando de costas contra um balcão. O conde investiu de novo, brandindo sua bengala, e então parou, um ar de surpresa no rosto. Ergueu as mãos a meio caminho do colete e caiu de cara no chão da barraca do açougueiro.

20

Irritado com o tom lamuriento e gemido dos hinos e a absurda lengalenga do funeral, Hannibal Lecter, 13 anos e o último de sua linhagem, ficou ao lado de lady Murasaki e Chiyoh na porta da igreja, apertando mãos absortamente na fila de condolências, as mulheres descobrindo as cabeças tão logo deixavam a igreja, por causa do preconceito de pós-guerra contra mantilhas.

Lady Murasaki dando respostas gentis e corretas.

A percepção que Hannibal teve do cansaço dela o tirou de dentro de si mesmo, e ele descobriu que estava falando o que não teria de falar, sua voz reencontrada degenerando rapidamente para um coaxar. Se lady Murasaki ficou surpresa ao ouvi-lo, não o demonstrou, mas pegou-lhe a mão e apertou-a firme enquanto estendia a outra mão para o seguinte na fila de pêsames.

Um bando de repórteres da imprensa de Paris e de agências de notícias estava presente para cobrir o funeral de um artista de vulto que os evitava em vida. Lady Murasaki nada tinha para dizer a eles.

Na tarde deste dia interminável, o advogado do conde foi ao castelo acompanhado de um funcionário da Receita. Lady Murasaki serviu-lhes chá.

– *Madame*, hesito em me intrometer no seu pesar – disse o funcionário da Receita –, mas quero assegurar-lhe de que terá tempo de sobra para fazer outros arranjos antes que o castelo vá a leilão para quitar imposto de transmissão *causa mortis*. Gostaria que pudéssemos aceitar o prêmio do seguro de vida, mas como sua posição de residente na França entrará agora em questão, isso é impossível.

A noite chegou, afinal. Hannibal conduziu lady Murasaki até a porta do quarto dela, e Chiyoh improvisou um catre para dormir ali com ela.

Hannibal deitou acordado no seu quarto por longo tempo, e quando o sono chegou veio acompanhado de sonhos.

O rosto sujo de sangue e penas de Olhos Azuis se transformou no rosto de Paul Açougueiro, e depois retornou.

Hannibal acordou no escuro e isso não parou, os rostos como hologramas no teto. Agora que já podia falar, ele não gritou.

Levantou-se e subiu em silêncio as escadas para o estúdio do conde. Hannibal acendeu os candelabros de ambos os lados do cavalete. Os retratos nas paredes, acabados e inacabados, haviam adquirido presença com a partida do seu autor. Hannibal sentiu as pinturas forcejando em direção ao espírito do conde como se pudessem encontrá-lo respirando.

Os pincéis limpos de seu tio repousavam numa lata, suas peças de giz e carvão nas bandejas sulcadas. A pintura de lady Murasaki se fora, e ela havia também tirado seu quimono do gancho.

Hannibal começou a desenhar com grandes movimentos do braço, como se o conde o estivesse orientando, tentando deixar ir, dando grandes pinceladas diagonais pelo papel de jornal, chicotadas de cor. Não funcionou. Quando a madrugada chegou, ele parou de forçar; desistiu e simplesmente observou o que sua mão lhe revelou.

21

Hannibal sentava-se em um toco numa clareira ao lado do rio, dedilhando o alaúde e observando uma teia de aranha. A aranha era uma esplêndida tecedora amarela e preta. A teia vibrava enquanto a aranha trabalhava. O animal parecia excitado pelo alaúde, correndo para várias partes da sua teia para verificar se havia prisioneiros enquanto Hannibal dedilhava as cordas. Ele podia chegar perto da canção japonesa, mas ainda vacilava. Pensou na agradável voz de contralto de lady Murasaki falando inglês, com suas ocasionais notas fora da escala ocidental. Ele dedilhou mais perto da teia e depois mais distante. Um besouro em voo lento bateu na teia e a aranha correu para pegá-lo.

O ar estava parado e quente, o rio perfeitamente tranquilo. Perto das margens, baratas-d'água corriam pela superfície e libélulas disparavam por sobre os juncos. Paul Açougueiro remava seu pequeno bote com uma das mãos e deixou-o à deriva perto dos salgueiros pendentes sobre a margem. Os grilos cricrilavam na cesta de iscas de Paul, atraindo uma mosca de olhos vermelhos, que voou da mão de Paul enquanto ele pegava um grilo e o colocava no seu anzol. Lançou-o na água sob os salgueiros e tão logo ele afundou sua vara de pescar ganhou vida.

Paul retirou o peixe e o colocou junto com os outros na fieira estendida sobre o costado do bote. Ocupado com o peixe, ele apenas entreouvia um dedilhar de cordas no ar. Sugou o sangue de peixe em seu polegar e remou até um pequeno píer na margem em que seu caminhão estava estacionado. Usou o banco tosco no píer para limpar o peixe maior e colocá-lo numa sacola de lona com gelo. Os outros peixes ainda estavam vivos na fieira na água. Eles puxavam a corrente sob o píer numa tentativa de se ocultar.

Um tangido no ar, uma melodia fragmentada de algum lugar distante da França. Paul olhou para o caminhão como se pudesse ser um barulho mecânico. Subiu a margem, ainda carregando o facão de limpar peixe, e examinou o caminhão, verificou a antena e os pneus. Certificou-se de que as portas estavam trancadas. Novamente o tangido, uma progressão de notas.

Paul seguiu o som, contornando alguns arbustos na pequena clareira, onde descobriu Hannibal sentado no toco dedilhando o alaúde japonês, seu estojo apoiado numa motocicleta. Ao lado dele estava um bloco de desenho. Paul voltou imediatamente ao caminhão e procurou vestígios de açúcar perto da tampa do tanque de combustível. Hannibal não ergueu a vista do alaúde até que o açougueiro retornou e parou diante dele.

– Paul Momund, carnes nobres – disse Hannibal. Ele estava vivenciando uma acuidade de visão, com orlas de vermelho refratado como gelo numa janela ou a borda de uma lente.

– Você começou a falar, seu mudinho escroto. Se mijou no meu distribuidor, vou arrancar a porra de sua cabeça. Não tem nenhum gendarme para protegê-lo aqui.

– Nem para proteger você – disse Hannibal e dedilhou várias notas. – O que você fez é imperdoável. – Hannibal depositou o alaúde e pegou seu bloco de desenho. Erguendo a vista para Paul, ele usou o dedo mindinho para fazer um pequeno ajuste no bloco.

Ele virou a página e se levantou. Estendeu uma página em branco para Paul.

– Você deve desculpas por escrito a uma certa dama. – Paul tinha um cheiro desagradável para ele, de sebo e cabelo sujo.

– Garoto, você é louco de ter vindo aqui.

– Escreva aí que você lamenta, que se deu conta de ser desprezível e que nunca mais olhará para ela ou lhe dirigirá a palavra na feira.

– Pedir desculpas à japonesa? – Paul riu. – A primeira coisa que farei é jogá-lo no rio e dar-lhe uma enxaguada. – Ele pôs sua mão na faca. – Depois talvez rasgue suas calças e meta alguma coisa onde você não quer.

Ele veio então na direção de Hannibal, o garoto recuando para sua motocicleta e o estojo do alaúde.

Hannibal parou.

– Você perguntou sobre a xoxota dela, creio. Especulou que segue em qual direção?

– Ela é sua mãe? A xoxota japonesa é enviesada! Você deveria foder a japonezinha e descobrir.

Paul atacou rápido, suas grandes mãos erguidas para trucidar.

Num único movimento, Hannibal sacou a espada curva do estojo do alaúde e cortou Paul ao longo da barriga.

– Enviesada assim?

O grito do açougueiro agitou as árvores, e os pássaros voaram às pressas. Paul colocou as mãos em si mesmo e elas voltaram cobertas de sangue espesso. Olhou abaixo para o ferimento e tentou recompor-se, os intestinos vazando em suas mãos, escapando dele. Hannibal deu um passo para o lado e cortou Paul nos rins.

– Ou mais tangencial à espinha?

Rodopiando a espada para fazer um xis em Paul, os olhos do açougueiro arregalados em choque, ele tentando correr, acertou agora a clavícula, um silvo arterial que salpicou o rosto de Hannibal. Os dois golpes seguintes cortaram seus tendões e ele caiu aleijado e mugindo como um bezerro.

Paul sentou-se apoiado contra o toco. Ele não podia erguer os braços.

Hannibal o encara.

– Gostaria de ver meu desenho?

Ele mostra o bloco. O desenho é a cabeça de Paul Açougueiro numa travessa com um nome etiquetado em seu cabelo. A etiqueta diz: PAUL MOMUND, CARNES NOBRES. A visão de Paul começa a escurecer. Hannibal gira a espada e para Paul tudo fica oblíquo por um instante, antes de perder a pressão do sangue e advir a escuridão.

Na sua própria escuridão, Hannibal ouve a voz de Mischa enquanto o cisne está vindo, e ela diz em voz alta: "Ooooh, Anniba!"

A tarde escureceu. Hannibal permaneceu bem no crepúsculo, seus olhos fechados, apoiado no toco no qual repousava a cabeça do açougueiro. Ele abriu os olhos e ficou sentado por longos minutos. Por fim se levantou e foi até o cais. A fieira de peixes era feita de corrente fina e a visão dela o fez coçar a cicatriz em volta do pescoço. Os peixes no encordoado ainda estavam vivos. Ele molhou sua mão antes de tocá-los, soltando-os um por um.

– Vão – disse ele. – Vão. – E atirou a corrente vazia bem longe na água.

Ele também libertou os grilos.

– Vão, vão! – disse a eles. Olhou para o peixe grande já limpo na sacola de lona e isto aguçou seu apetite.

– Hum – salivou.

22

A morte violenta de Paul Açougueiro não foi nenhuma tragédia para muitos dos aldeões, cujo prefeito e vários vereadores tinham sido fuzilados pelos nazistas como represália pela atividade da Resistência Francesa durante a ocupação.

A maior parte do corpo de Paul jazia numa mesa de zinco na sala de embalsamamento na Pompes Funèbres Roget, onde ele havia substituído o conde Lecter sobre a laje. À noitinha, um Citroën preto estacionou junto à agência funerária. Um gendarme postado em frente apressou-se em abrir a porta do carro.

– Boa noite, inspetor.

O homem que saltou tinha seus 40 anos, elegante num terno. Retribuiu a pronta saudação do gendarme com um aceno de cabeça amigável, virou-se para o carro e falou para o motorista e outro policial no banco traseiro.

– Levem as caixas para a delegacia.

O inspetor encontrou o dono da funerária, *monsieur* Roget, e o chefe de polícia na sala de embalsamamento, todas as torneiras, mangueiras e utensílios esmaltados com suprimentos em caixas cobertas de vidro.

O chefe de polícia ficou radiante ao ver o policial de Paris.

– Inspetor Popil! Estou feliz que pôde vir. Não deve se lembrar de mim, mas...

O inspetor avaliou o chefe de polícia.

– Claro que me lembro. Comandante Balmain. Você entregou De Rais a Nuremberg e sentou-se atrás dele no julgamento.

– Vi que trouxe a prova. É uma honra, senhor.

– O que temos?

O assistente do agente funerário, Laurent, puxou o lençol.

O corpo de Paul Açougueiro ainda estava vestido, compridas listras de vermelho em diagonal através dele onde a roupa não estava ensopada com sangue. Faltava a cabeça.

– Paul Momund, ou boa parte dele – disse o chefe de polícia. – Isso é o dossiê dele?

Popil assentiu.

– Curto e feio. Ele embarcou judeus de Orleans. – O inspetor examinou o cadáver, andou em volta dele, pegou mão e braço de Paul, sua grosseira tatuagem mais brilhante agora em contraste com sua lividez. Comentou desligadamente, como se para si mesmo. – Ele tem ferimentos defensivos nas mãos, mas as lesões nos nós dos dedos já têm alguns dias. Ele brigou recentemente.

– E com frequência – disse o funerário.

O assistente Laurent se intrometeu.

– No último sábado ele teve uma briga de bar, e quebrou os dentes de um homem e de uma garota. – Laurent sacudiu a cabeça para ilustrar a força dos golpes, o penteado pompadour balançando em seu pequeno crânio.

– Uma lista, por favor, de seus desafetos recentes – disse inspetor. Ele inclinou-se sobre o cadáver, farejando. – Vocês não fizeram nada neste corpo, *monsieur* Roget?

– Não, *monsieur*. O chefe de polícia me proibiu especificamente de...

O inspetor Popil o chamou até a mesa. Laurent veio junto.

– Este é o cheiro de alguma coisa que usa aqui?

– Tem cheiro de cianureto – disse Roget. – Ele foi envenenado primeiro!

– Cianureto tem cheiro de amêndoa queimada – replicou Popil.

– Cheira também como remédio para dor de dente – disse Laurent, inconscientemente esfregando sua mandíbula.

O funerário virou-se para seu assistente.

– Cretino! Está vendo os dentes dele aqui?

– Já sei. Óleo de cravo-da-índia – disse o inspetor Popil. – Comandante, poderíamos ter a presença do farmacêutico com seus livros?

Sob orientação do *chef*, Hannibal assou o esplêndido peixe com suas escamas com ervas numa crosta de sal marinho da Bretanha e agora o retirou do forno. A crosta se rompeu à batida firme com as costas da faca do *chef* e se desfez, as escamas vindo junto com ela, e a cozinha foi tomada por um aroma maravilhoso.

– Veja bem, Hannibal – disse o *chef* –, os melhores nacos do peixe são aqueles próximos à cabeça. Isto é verdade com muitas criaturas. Quando for cortar à mesa, dê um pedaço desse para *madame* e o outro para o convidado de honra. Claro que, se estiver trabalhando na cozinha, você mesmo as come.

Serge entrou carregando compras do mercado. Começou a desempacotá-las.

Por trás de Serge, lady Murasaki entrou silenciosamente na cozinha.

– Encontrei Laurent no Petit Zinc – anunciou Serge. – Ainda não encontraram a maldita cabeça feia do açougueiro. Ele disse que o corpo cheirava a... vejam só... a óleo de cravo-da-índia, essa coisa para dor de dente. Ele disse...

Hannibal viu lady Murasaki e interrompeu Serge.

– A senhora realmente devia comer alguma coisa, *madame*. Este peixe vai ficar delicioso.

– E eu trouxe sorvete de pêssego, de pêssego fresco – disse Serge.

Lady Murasaki fitou os olhos de Hannibal por um longo momento.

Ele sorriu para ela, perfeitamente calmo.

– Pêssego! – disse ele.

23

Meia-noite, lady Murasaki deitada em sua cama. A janela estava aberta para uma suave brisa que carregava a fragrância de uma mimosa brotando num canto do pátio abaixo. Ela afastou as cobertas para sentir o ar em movimento nos seus braços e pés. Seus olhos estavam abertos, olhando para o teto escuro, e pôde ouvir os minúsculos estalidos quando piscava os olhos.

Lá embaixo, no pátio, a velha cadela mastim se agitava no sono, suas narinas abertas enquanto ela tomava um bocado de ar. Umas poucas rugas apareceram em sua testa e a cadela relaxou de novo para sonhos agradáveis de caça e sangue em sua boca.

Acima, lady Murasaki no escuro, o piso do sótão crepitou. Peso sobre as tábuas, não o guincho de um camundongo. Lady Murasaki inspirou profundamente e pousou os pés no frio piso de pedra do quarto. Vestiu seu quimono leve, ajeitou o cabelo, recolheu flores de um vaso no vestíbulo e, carregando um castiçal, subiu as escadas para o sótão.

A máscara entalhada na porta do sótão sorria para ela. Lady Murasaki se empertigou, pôs a mão na face entalhada e empurrou. Sentiu a corrente de ar pressionar o quimono contra suas costas, um pequeno empurrão e longe, bem no fundo do sótão escuro, ela viu o bruxuleio de uma minúscula luz. Seguiu em direção à ela, seu castiçal brilhando sobre as máscaras do teatro Nô que a observavam e a fileira de marionetes pendentes que gesticulavam no deslocamento de ar de sua passagem. Passou pelos cestos de vime e pelos baús etiquetados de sua vida com Robert, chegando por fim ao altar da família e à armadura onde velas ardiam.

Um objeto escuro estava no altar diante da armadura. Ela o viu silhuetado contra as velas. Pousou seu castiçal num caixote perto do altar e olhou firmemente para a cabeça de Paul Açougueiro colocada num vaso raso de flores suiban. A face de Paul está limpa e pálida, os lábios estão intactos, mas faltam as bochechas e um pouco de sangue escorre de sua boca, onde se empoça no vaso como água debaixo de um arranjo floral. Uma etiqueta pregada no cabelo de Paul. Na etiqueta lê-se em calcografia: *Momund, Carnes Nobres.*

A cabeça de Paul está de frente para a armadura, os olhos voltados acima para a máscara do samurai. Lady Murasaki voltou seu rosto para cima e falou em japonês:

– Boa noite, Honrado Ancestral. Por favor, perdoe-me por este buquê inadequado. Com todo o respeito, não é o tipo de auxílio que eu tinha em mente.

Automaticamente, ela catou do chão uma flor já murcha presa a uma fita e a colocou na manga de seu quimono, os olhos se movendo o tempo todo. A espada longa estava em seu lugar, bem como o machado de guerra. Mas faltava a espada curta.

Ela recuou um passo, foi até a janela do sótão e abriu-a. Inspirou fundo. A pulsação soava em seus ouvidos. A brisa agitava seu quimono e as velas.

Um suave chocalhar atrás dos figurinos Nô. Uma das máscaras tinha olhos dentro dela, observando-a.

Ela disse em japonês:

– Boa noite, Hannibal.

Da escuridão veio uma resposta em japonês:

– Boa noite, minha senhora.

– Podemos continuar em inglês, Hannibal? Há assuntos que prefiro manter resguardados do meu ancestral.

– Como queira, senhora. Seja como for, já esgotei meu japonês.

Ele veio para a luz então, carregando a espada curta e um pano de limpeza. Ela foi na direção dele. A espada longa estava em sua prateleira diante da armadura. Poderia alcançá-la se fosse necessário.

– Eu poderia ter usado a faca do açougueiro – disse Hannibal. – Mas usei a espada de Masamune-dono porque parecia mais adequada. Espero que não se importe. Nenhuma lasca na lâmina, garanto-lhe. O açougueiro era mole como manteiga.

– Receio por você.

– Por favor, não fique preocupada. Eu me livrarei... disso.

– Não precisava fazer isso por mim.

– Fiz por mim mesmo, por causa do valor de sua pessoa, lady Murasaki. Nenhum ônus sobre a senhora, afinal. Acho que Masamune-dono permitiu o uso de sua espada. De fato, é um instrumento impressionante.

Hannibal devolveu a espada curta a sua bainha e, com um gesto respeitoso para a armadura, recolocou-a na prateleira.

– A senhora está tremendo – disse ele. – Está em perfeito domínio de si mesma, e ainda assim treme como um passarinho. Eu não teria me aproximado da senhora sem flores. Eu a amo, lady Murasaki.

Abaixo, do lado de fora do pátio, o grito em duas notas de uma sirene de carro policial francês soou apenas uma vez. A mastim despertou e começou a latir.

Lady Murasaki se apressou para Hannibal, tomando as mãos dele nas suas, segurando-as junto ao rosto. Beijou-lhe a testa, e então o intenso sussurro em sua voz:

– Depressa! Lave bem suas mãos! Chiyoh tem limões nos seus aposentos.

Bem lá embaixo na porta, a aldrava ribombou.

24

Lady Murasaki deixou o inspetor Popil esperando durante cem batimentos do seu coração antes de aparecer na escada.

Ele estava parado com seu assistente no centro do vestíbulo de pé-direito alto e olhou acima para ela no patamar. Ela o via alerta e imóvel, como uma bela aranha à espreita diante dos batentes cheios de teias das janelas, e além das janelas era a noite sem fim.

O fôlego de Popil veio um tanto agudamente à visão de lady Murasaki. O som foi amplificado na abóbada do vestíbulo, e ela estava ouvindo.

Sua descida parecia um movimento sem nenhum incremento de passos. Suas mãos estavam dentro das mangas.

Serge, os olhos injetados, anunciou:

– Lady Murasaki, estes cavalheiros são da polícia.

– Boa noite.

– Boa noite, *madame*. Lamento incomodá-la tão tarde, mas preciso fazer perguntas ao seu... sobrinho?

– Sobrinho. Posso ver suas credenciais?

A mão dela saiu da manga lentamente. Leu todo o texto nas credenciais e examinou a fotografia.

– Inspetor POP-il?

– Po-PIL, *madame*.

– Usa a Legião de Honra na fotografia, inspetor.

– Sim, *madame*.

– Obrigada por ter vindo pessoalmente.

Uma fragrância, fresca e lânguida, envolveu Popil enquanto ela lhe devolvia a identidade. Ela observou o rosto dele ao chegar, e via agora uma mudança momentânea em suas narinas e nas pupilas dos olhos.

– *Madame*...?

– Murasaki Shikibu.

– *Madame* é a condessa Lecter, geralmente tratada por seu título japonês como lady Murasaki – disse Serge, uma ousadia para ele ao falar com um policial.

– Lady Murasaki, eu gostaria de falar com a senhora em particular, e depois com seu sobrinho em separado.

– Com todo o devido respeito a sua função, receio que não seja possível, inspetor – disse lady Murasaki.

– Oh, *madame*, é inteiramente possível – replicou o inspetor Popil.

– O senhor é bem-vindo aqui em nossa casa, e inteiramente bem-vindo para falar com nós dois juntos.

Hannibal falou das escadas:

– Boa noite, inspetor.

Ele voltou-se para Hannibal.

– Meu jovem, quero que venha comigo.

– Certamente, inspetor.

Lady Murasaki disse para Serge:

– Poderia pegar meu xale?

– Não será necessário, *madame* – disse Popil. – A senhora não irá. Eu a entrevistarei amanhã. E não farei mal a seu sobrinho.

– Está tudo bem, senhora – disse Hannibal.

Dentro de suas mangas, o aperto de Lady Murasaki nos seus pulsos relaxou um pouco em alívio.

25

A sala de embalsamamento era escura e silenciosa exceto pelo lento gotejar de uma bica. O inspetor estava de pé à porta com Hannibal, pingos de chuva em seus ombros e sapatos.

Momund estava lá. Hannibal podia farejá-lo. Ele esperou Popil acender a luz, interessado para ver o que o policial consideraria um intervalo dramático.

– Acha que reconheceria Paul Momund se o visse de novo?

– Darei o melhor de mim, inspetor.

Popil acendeu a luz. O agente funerário havia removido as roupas de Momund e as colocado em sacolas de papel conforme instruído. Ele havia fechado o abdome com uma sutura grosseira sobre um pedaço de capa de chuva impermeável e colocado uma toalha sobre o pescoço cortado.

– Lembra-se da tatuagem do açougueiro?

Hannibal andou em volta do corpo.

– Sim. Eu não tinha lido isto.

O garoto olhou para o inspetor Popil por sobre o corpo. Ele viu nos olhos do inspetor um forte traço de inteligência.

– O que diz? – perguntou o inspetor.

– *Aqui está o meu, onde está o seu?*

– Talvez devesse dizer: Aqui está o seu, onde está a minha? Aqui está o seu primeiro assassinato, onde está minha cabeça? O que você acha?

– Acho que provavelmente é indigno do senhor. Eu assim esperaria. O senhor espera que os ferimentos dele sangrem em minha presença?

– O que disse este açougueiro que o deixou tão louco?

– Não me deixou louco, inspetor. Sua boca ofendia qualquer um que a ouvisse, inclusive a mim. Ele era um grosseirão.

– O que disse ele, Hannibal?

– Ele perguntou se era verdade que as genitálias japonesas eram enviesadas. "Ei, japonesa!", foi como se dirigiu a ela.

– Enviesadas. – O inspetor Popil tracejou a linha de pontos através do abdome de Paul Momund, quase tocando a pele dele. – Enviesado desse jeito? – O inspetor examinou o rosto de Hannibal procurando alguma coisa. Nada encontrou, portanto fez outra pergunta. – Como se sente ao vê-lo morto?

Hannibal olhou debaixo da toalha que cobria o pescoço.

– Indiferente – disse.

O POLÍGRAFO INSTALADO na delegacia era o primeiro que os policiais da aldeia tinham visto, e havia uma considerável curiosidade sobre ele. O operador, que viera de Paris com o inspetor Popil, fez diversos ajustes, alguns puramente teatrais, enquanto os tubos aqueciam e o isolamento adicionava um cheiro de algodão queimado à atmosfera de suor e cigarros. Depois, o inspetor, vendo Hannibal observando a máquina, fez com que todos deixassem a sala, só ficando ele, Hannibal e o operador, que ligou o instrumento no garoto.

– Diga seu nome – disse o operador.

– Hannibal Lecter. – A voz do garoto estava enferrujada.

– Qual a sua idade?

– Treze anos.

As agulhas de tinta corriam suavemente sobre o papel do polígrafo.

– Há quanto tempo reside na França?

– Seis meses.

– Conhecia o açougueiro Paul Momund?

– Nunca fomos apresentados.

As agulhas não tremiam.

– Mas sabia quem ele era.

– Sim.

– Teve uma altercação, ou seja, uma briga, com Paul Momund na feira livre de quinta-feira?

– Sim.

– Frequenta a escola?

– Sim.

– A escola exige uniforme?

– Não.

– Teve algum sentimento de culpa pela morte de Paul Momund?

– Sentimento de culpa?

– Limite suas respostas a sim e não.

– Não.

Os altos e baixos nas linhas de tinta eram constantes. Nenhum aumento na pressão sanguínea, nenhuma elevação nos batimentos cardíacos, respiração constante e calma.

– Você sabe que o açougueiro está morto.

– Sim.

O operador pareceu fazer diversos ajustes nos botões da máquina.

– Você estudou matemática?

– Sim.

– Estudou geografia?

– Sim.

– Você matou Paul Momund?

– Não.

Nenhum tremor diferente nas linhas pintadas. O operador tirou seus óculos, um sinal para o inspetor Popil de que o exame estava terminado.

Um notório ladrão de Orleans com extenso prontuário policial substituiu Hannibal na cadeira. O ladrão esperou enquanto o inspetor e o operador do polígrafo conferenciavam no corredor.

Popil examinou a fita de papel.

– Tudo em branco.

– O garoto não reage a nada – disse o operador. – Ele é um órfão de guerra entorpecido ou tem uma quantidade monstruosa de autocontrole.

– Monstruosa – repetiu Popil.

– Você quer interrogar o ladrão primeiro?

– Ele não me interessa, mas quero testá-lo. E quero botá-lo algumas vezes diante do garoto. Está me entendendo?

NA DESCIDA DA LADEIRA que levava à aldeia, uma motocicleta encostou com suas luzes apagadas, o motor desligado. O piloto usava macacão e capacete pretos. Silenciosamente, a moto contornou uma esquina no lado mais distante da praça deserta, desapareceu brevemente atrás de um carro dos correios estacionado diante da agência e seguiu em frente, com o piloto empurrando-a com esforço, sem dar partida no motor antes da descida para fora da aldeia.

O inspetor Popil e Hannibal sentavam-se no gabinete do chefe de polícia. Popil leu o rótulo na garrafa de Clanzoflat do chefe e pensou em tomar uma dose.

Então ele pôs na mesa o rolo de fita do polígrafo e o empurrou com o dedo. Os picos pareciam-lhe como os contrafortes de uma montanha obscurecida por uma nuvem.

– Você matou o açougueiro, Hannibal?

– Posso lhe fazer uma pergunta?

– Sim.

– É uma longa distância desde Paris. O senhor é especialista em mortes de açougueiros?

– Minha especialidade são crimes de guerra, e Paul Momund era suspeito de vários. Crimes de guerra não terminam com a guerra, Hannibal. – Popil fez uma pausa para ler o anúncio em cada face do cinzeiro. – Talvez eu entenda sua situação melhor do que você pensa.

– Qual é minha situação, inspetor?

– Você ficou órfão na guerra. Viveu numa instituição, trancado dentro de si mesmo, sua família morta. E, por fim, por fim sua linda madrasta compensou tudo isso. – Querendo ganhar intimidade, Popil pôs sua mão no ombro de Hannibal. – O aroma próprio dela abafa a fragrância do campo. E então o açougueiro a ofende. Se você o matou, eu poderia compreender. Conte-me. Juntos, poderíamos explicar a um magistrado...

Hannibal recuou na sua cadeira, fugindo ao toque de Popil.

– *O aroma próprio dela abafa a fragrância do campo?* Posso perguntar se é um poeta, inspetor?

– Você matou o açougueiro?

– Paul Momund matou a si mesmo. Ele morreu de estupidez e grosseria.

O inspetor Popil tinha considerável experiência e conhecimento do pavoroso, e esta era a voz que Popil tinha ouvido; possuía um timbre levemente diferente e, surpreendentemente, vinha do corpo de um garoto.

Este comprimento de onda específico ele não tinha ouvido antes, mas o reconheceu como o Outro. Tinha passado algum tempo desde que sentira a emoção da caçada, a qualidade preênsil do cérebro oposto. Sentia isso no couro cabeludo e nos antebraços. Ele vivia para isso.

Parte dele desejava que o ladrão tivesse matado o açougueiro. Outra parte considerava quão solitária e carente de companhia lady Murasaki ficaria com o garoto internado numa instituição.

– O açougueiro estava pescando. Ele tinha sangue e escamas na faca, mas não tinha nenhum peixe. O cozinheiro diz que você trouxe um peixe excelente para o jantar. Como conseguiu o peixe?

– Pescando, inspetor. Mantemos uma linha com iscas na água atrás da casa de barcos. Eu lhe mostrarei se quiser, inspetor. O senhor optou por crimes de guerra?

– Sim.

– Por ter perdido sua família na guerra?

Sim.

– Posso perguntar como?

– Alguns em combate. Outros foram embarcados para o Leste.

– Capturou quem fez isso?

– Não.

– Mas eram colaboradores de Vichy... homens como o açougueiro.

– Sim.

– Podemos ser totalmente honestos um com o outro?

– Perfeitamente.

– Lamenta ver Paul Momund morto?

NO LADO MAIS DISTANTE da praça, o barbeiro da aldeia, M. Rubin, saiu de uma rua lateral frondosa para o passeio noturno com seu pequeno terrier. M. Rubin, após conversar com os fregueses o dia inteiro, continuava a conversar à noite com seu cachorro. Ele puxou o cachorro para fora do gramado em frente aos correios.

– Você deveria ter feito suas necessidades no gramado de Felipe, onde ninguém estava olhando – disse M. Rubin.

– Agora corre o risco de ser multado. Como você não tem dinheiro, quem vai pagar sou eu.

Em frente ao prédio dos correios havia uma caixa postal sobre um poste. O cachorro forcejou em direção ao poste e levantou a perna.

Vendo um rosto acima da caixa postal, Rubin disse:

– Boa noite, *monsieur*. – E para o cachorro: – Cuidado para não mijar nas pernas deste senhor. – O cachorro gemeu e então Rubin notou que não havia pernas do outro lado do poste.

A MOTOCICLETA GANHOU velocidade ao longo da estrada pavimentada, quase excedendo o facho de luz opaca de seu farol. Uma vez, quando um carro se aproximou do outro lado, o piloto se ocultou entre as árvores da beira da estrada até que as lanternas traseiras do carro sumissem de vista.

No escuro galpão de estocagem do castelo, o farol da moto foi apagado, o motor tiquetaqueando enquanto esfriava. Lady Murasaki retirou o capacete preto e ajeitou o cabelo com a mão.

OS FACHOS DAS LANTERNAS da polícia convergiram para a cabeça de Paul Momund em cima da caixa postal. A palavra *boche* estava pintada em sua testa. Boêmios e trabalhadores noturnos se reuniam para ver.

O inspetor Popil trouxe Hannibal para perto e olhou para ele à luz que reluzia do rosto do homem morto. Ele não detectou qualquer mudança na expressão do garoto.

– A Resistência matou Momund afinal – disse o barbeiro e explicou a todos como o havia encontrado, cuidadosamente omitindo as transgressões do seu cachorro.

Alguns na multidão achavam que uma criança como Hannibal não deveria estar vendo aquilo. Uma mulher idosa, uma enfermeira noturna voltando para casa, disse isto em voz alta.

POPIL MANDOU-O PARA casa num carro da polícia. Hannibal chegou ao castelo na aurora rósea e colheu algumas flores antes de entrar, ordenando-as por altura em seu punho. O poema para acompanhá-las veio-lhe quando estava cortando os caules de modo nivelado. Encontrou o pincel de lady Murasaki ainda molhado no estúdio e usou-o para escrever:

A garça noturna revelada
Pela ascensão da lua da colheita...
O *que é mais adorável?*

Hannibal dormiu facilmente mais tarde naquele dia. Sonhou com Mischa no verão antes da guerra. Babá colocou a banheira dela no jardim do pavilhão de caça, deixando que o sol aquecesse a água; as borboletas do repolho voejavam ao redor de Mischa na água. Ele colheu uma berinjela para a menina, que abraçou o legume púrpura aquecido pelo sol.

Quando acordou havia um bilhete debaixo da porta juntamente com um broto de glicínia. O bilhete dizia: ALGUÉM ESCOLHERIA A GARÇA, SE CERCADO POR SAPOS.

26

Chiyoh preparava-se para sua partida para o Japão instruindo Hannibal em japonês básico, na esperança de que ele pudesse conversar com lady Murasaki, poupando-a do tédio de falar inglês.

Ela o considerou um aluno apto na tradição Heian de comunicação por poema e estimulou-o na prática de trocar poemas, confidenciando que esta era uma grande deficiência no seu prometido noivo. Ela fez Hannibal jurar que zelaria por lady Murasaki, usando uma variedade de juramentos feitos sobre objetos que ela achava serem sagrados para os ocidentais.

Exigiu também súplicas no altar do sótão e um juramento de sangue que envolvia furar seus dedos com um alfinete.

Eles não podiam fazer o tempo parar. Quando Lady Murasaki e Hannibal faziam as malas para Paris, Chiyoh as fazia para o Japão. Serge e Hannibal ergueram o baú de Chiyoh para o vagão-bagageiro na Gare de Lyon, enquanto lady Murasaki sentava-se ao lado dela no trem, segurando-lhe a mão até o último minuto. Algum estranho observando-as poderia tê-las considerado sem emoção enquanto trocavam uma mesura final.

Hannibal e Lady Murasaki sentiram agudamente a ausência de Chiyoh na volta para casa. Agora só havia eles dois.

O APARTAMENTO DE PARIS, deixado vago antes da guerra pelo pai de lady Murasaki, era muito japonês em sua sutil interação de sombras e laca. Se a mobília, descoberta peça por peça, trouxe a lady Murasaki lembranças de seu pai, ela não o demonstrou.

Ela e Hannibal amarraram as pesadas cortinas, deixando entrar o sol. Hannibal olhou abaixo para a Place de Vosges, toda luz e espaço e tijolo vermelho aquecido, uma das mais lindas praças de Paris, apesar de um jardim ainda devastado da guerra.

Lá, no campo abaixo, o rei Henrique II disputara um torneio sob as cores de Diana de Poitiers e caíra com o olho perfurado por lascas fatais. Nem mesmo Vesálio, à beira do seu leito, pôde salvá-lo.

Hannibal fechou um olho e especulou onde exatamente Henrique havia caído – talvez bem ali onde estava parado agora o inspetor Popil, segurando um vaso de planta e olhando acima para as janelas. Hannibal não acenou para ele.

– Acho que tem visita, senhora – disse ele por sobre o ombro.

Lady Murasaki não perguntou quem. Quando houve a batida na porta, ela o deixou esperando algum tempo antes de atender.

Popil entrou com a planta e uma embalagem de doces da Casa Fauchon. Houve uma leve confusão enquanto ele tentava tirar o chapéu tendo as duas mãos ocupadas. Lady Murasaki tirou-lhe o chapéu.

– Bem-vinda a Paris, lady Murasaki. A florista jura que esta planta cairá bem no seu terraço.

– Terraço? Desconfio que estão me investigando, inspetor... o senhor já descobriu que tenho um terraço.

– Não apenas isso... confirmei a presença de um vestíbulo e desconfio fortemente que tem uma cozinha.

– Então o senhor trabalha de cômodo em cômodo?

– Sim, este é o meu método, vou de um cômodo para o outro.

– Até chegar aonde? – Ela viu alguma cor no rosto dele e o perdoou. – Podemos deixar isto bem claro?

Hannibal estava desencaixotando a armadura quando chegaram a ele. Ele se levantou ao lado do caixote, segurando a máscara samurai. Ele não virou seu corpo na direção do inspetor Popil, mas girou a cabeça como uma coruja para fitar o policial. Vendo o chapéu de Popil nas mãos de lady Murasaki, Hannibal avaliou o tamanho e o peso de sua cabeça em 19,5 centímetros e 6 quilos.

– Algum dia colocou esta máscara? – perguntou o inspetor.

– Eu não a mereço.

– Imagino.

– Algum dia usou suas muitas condecorações, inspetor?

– Quando as cerimônias as exigem.

– Chocolates da Fauchon. Muito amável, inspetor Popil. Eles irão afastar o cheiro do campo.

– Mas não o aroma de óleo de cravo-da-índia. Lady Murasaki, preciso discutir a questão de sua residência.

Popil e lady Murasaki conversavam no terraço. Hannibal observava-os pela janela, revisando sua estimativa do tamanho do chapéu de Popil para vinte centímetros. No decorrer da conversa, Popil e lady Murasaki mudaram a planta de lugar diversas vezes para variar sua exposição à luz. Eles pareciam precisar de alguma coisa para fazer.

Hannibal não parou de desencaixotar a armadura, mas ajoelhou-se ao lado do caixote e descansou sua mão no punho da espada curta. Olhou para o policial através dos olhos da máscara.

Podia ver lady Murasaki rindo. O inspetor Popil devia estar fazendo alguma tentativa ineficaz de frivolidade e ela estava rindo por gentileza, supôs Hannibal. Quando voltaram para dentro, lady Murasaki deixou os dois a sós.

– Hannibal, por ocasião de sua morte, seu tio estava tentando descobrir o que aconteceu com sua irmãzinha na Lituânia. Posso tentar também. A coisa está difícil no Báltico agora. Às vezes os soviéticos cooperam, mas na maior parte do tempo, não. Mas continuo em cima deles.

– Obrigado.

– Do que você se lembra?

– Estávamos vivendo no pavilhão de caça. Houve uma explosão. Posso lembrar de ter sido recolhido por soldados e viajar num tanque até a aldeia. Nesse meio-tempo, não sei. Tento lembrar, mas não consigo.

– Falei com o Dr. Rufin.

Nenhuma reação visível a isso.

– Ele não quis discutir quaisquer fatos específicos das conversas com você.

Nada, ainda.

– Mas ele disse que você é muito preocupado com sua irmã, naturalmente. Disse que com o tempo sua memória poderia retornar. Se algum dia se lembrar de alguma coisa, me diga, por favor.

Hannibal olhou com firmeza para o inspetor.

– Por que não o faria? – Ele desejou que pudesse ouvir um relógio. Seria bom ouvir um relógio.

– Quando falamos depois... do incidente de Paul Momund, eu lhe disse que perdi parentes na guerra. Pensar sobre isso me é muito penoso. Sabe por quê?

– Diga-me, inspetor.

– Porque acho que deveria tê-los salvado, horrorizo-me ao descobrir alguma coisa que não fiz e que poderia ter feito. Se você sente o medo da mesma maneira que eu, não permita que isto afaste alguma lembrança que poderia ter sido útil para Mischa. Você pode me dizer o que quiser.

Lady Murasaki entrou na sala. Popil levantou-se e mudou de assunto.

– O Lycée é uma boa escola e você merece progredir lá. Se eu puder ajudá-lo, o farei. Aparecerei na escola de vez em quando para ver como está se saindo.

– Mas o senhor prefere vir aqui – disse Hannibal.

– Onde será bem-vindo – completou lady Murasaki.

– Boa tarde, inspetor – disse Hannibal.

Lady Murasaki conduziu Popil à saída e retornou furiosa.

– O inspetor Popil gosta de você, posso ver no rosto dele – disse Hannibal.

– E o que ele pode ver no seu? É perigoso provocá-lo.

– Você o achará tedioso.

– E acho que você está sendo rude. Não combina com você. Se quiser ser rude com uma visita, faça isso em sua própria casa – disse lady Murasaki.

– Lady Murasaki, quero ficar aqui com você.

A raiva desapareceu dela.

– Não. Passaremos os fins de semana e feriados juntos, mas você deve ficar como interno na escola, como exige o regulamento. Você sabe que minha mão está sempre no seu coração.
– E ela a pôs lá.

No seu coração. A mão que segurara o chapéu de Popil estava no seu coração. A mão que segurava a faca na garganta do irmão de Momund. A mão que agarrou o cabelo do açougueiro, jogara sua cabeça numa sacola e a colocara sobre a caixa postal. Seu coração batia contra a palma da mão dela. O rosto dela insondável.

27

Os sapos haviam sido preservados em formol desde antes da guerra, e as cores diferenciadoras que seus órgãos um dia tiveram há muito estavam desbotadas. Havia um sapo para cada seis estudantes no malcheiroso laboratório da escola. Um círculo de alunos se aglomerava em volta de cada bandeja na qual o pequeno cadáver repousava, o farelo encardido de borracha usada empoeirando a mesa enquanto eles desenhavam. A sala de aula era fria, ainda sendo pouco o suprimento de carvão, e alguns garotos usavam luvas com os dedos cortados.

Hannibal veio, olhou para o sapo e retornou à carteira para trabalhar. Ele só fez duas viagens. O professor Bienville desconfiava de qualquer um que escolhesse sentar no fundo da sala. Ele se aproximou de Hannibal pelo flanco e suas suspeitas se justificaram quando viu o garoto desenhando um rosto em vez do sapo.

– Hannibal Lecter, por que não está desenhando o espécime?

– Já terminei, professor. – Hannibal ergueu a folha de cima e lá estava o sapo, perfeitamente reproduzido, na posição anatômica e circunscrita como o desenho do homem de Leonardo. Os internos estavam chocados e ofuscados.

O professor olhou cuidadosamente no rosto de Hannibal.

Ajeitou a dentadura com a língua e disse:

– Terei que levar este desenho. Há alguém que deveria vê-lo. Você terá crédito por isso. – O professor virou a folha de cima do bloco de Hannibal e olhou para o rosto. – Quem é esse?

– Não sei ao certo, senhor. Um rosto que já vi em algum lugar.

De fato, era o rosto de Vladis Grutas, mas Hannibal não conhecia este nome. Era um rosto que ele tinha visto na lua e no teto à meia-noite.

UM ANO DE luz cinzenta através das janelas da sala de aula. Pelo menos a luz era difusa o bastante para se desenhar, e as salas de aula mudavam à medida que os instrutores o colocavam numa turma mais adiantada, e depois em outra, e em outra.

Por fim, um feriado longe da escola.

No seu primeiro outono desde a morte do conde e da partida de Chiyoh, as perdas de lady Murasaki ressuscitavam nela. Quando o marido era vivo, no outono ela preparava ceias ao ar livre numa campina perto do castelo e ia com o conde, Hannibal e Chiyoh, para ver a lua da colheita e ouvir os insetos de outono.

Agora, no terraço da sua residência em Paris, ela lia para Hannibal uma carta de Chiyoh falando dos preparativos do seu casamento, e eles observaram a lua ficando cheia, mas nenhum grilo podia ser ouvido.

Hannibal dobrou sua cama de lona na sala de estar bem cedo pela manhã e foi pedalar junto ao Sena até o Jardin des Plantes, onde fez outra de suas frequentes indagações sobre animais. Neste dia saiu com uma nota rabiscada com um endereço...

Dez minutos depois, na Place Monge com Rue Ortolan, ele encontrou a loja: POISSONS TROPICAUX, PETITES OISEAUX & ANIMAUX EXOTIQUES.

Hannibal pegou um pequeno portfólio de sua mochila e entrou.

Havia fileiras de tanques e gaiolas na pequena frente da loja, gorjeios, pios e o zumbido de rodas de gaiolas de hamster. O ambiente cheirava a grãos, penas e ração de peixe.

De uma gaiola ao lado da caixa registradora, um enorme papagaio dirigiu-se a Hannibal em japonês. Um japonês idoso com rosto agradável veio do fundo da loja, onde estava cozinhando.

– *Gomekudasai, monsieur*? – disse Hannibal.

– *Irasshaimase, monsieur* – disse o proprietário.

– *Irasshaimase, monsieur* – repetiu o papagaio.

– Tem um grilo suzumushi à venda, *monsieur*?

– *Non, je suis desoleé, monsieur* – disse o proprietário.

– *Non, je suis desoleé, monsieur* – disse o papagaio.

O proprietário franziu o cenho para o papagaio e mudou para o inglês a fim de confundir o pássaro enxerido.

– Temos uma variedade de excelentes grilos de brigas. Lutadores ferozes, sempre vitoriosos, famosos onde quer que grilos se reúnam.

– É um presente para uma dama japonesa que sente falta do canto dos grilos suzumushi nesta época do ano – disse Hannibal. – Um grilo comum não serve.

– Eu jamais sugeriria um grilo francês, cujo canto só é agradável por suas associações sazonais. Mas não tenho nenhum suzumushi à venda. Talvez ela se divertisse com um papagaio com um vasto vocabulário japonês, cujas expressões abarcam todas as fases da vida.

– Não haveria um suzumushi do senhor?

O proprietário olhou à distância por um momento. A lei sobre importação de insetos e seus ovos era rígida neste começo da nova República.

– Gostaria de ouvi-lo?

– Eu me sentiria honrado – disse Hannibal.

O proprietário desapareceu atrás de uma cortina no fundo da loja e voltou com uma pequena gaiola de grilo, um pepino e uma faca. Ele colocou a gaiola sobre o balcão e, sob o ávido olhar do papagaio, cortou uma fina fatia de pepino e enfiou-a na gaiola do grilo. Num instante veio o nítido canto de guizo do suzumushi. O proprietário ouvia com uma expressão extasiada enquanto o canto se repetia.

O papagaio imitou o canto do grilo tão bem quanto pôde – alta e repetidamente. Nada recebendo em troca, ficou ofensivo e irritado, fazendo Hannibal pensar no seu tio Elgar. O proprietário cobriu a gaiola.

– *Merde* – disse o papagaio debaixo do pano.

– Acha que eu poderia alugar um suzumushi, digamos assim, numa base semanal?

Que tipo de taxa acharia apropriada? – indagou o proprietário.

– Eu estava pensando numa permuta – disse Hannibal. Ele tirou de seu portfólio um desenho em bico de pena de um besouro sobre um caule vergado.

O proprietário, segurando o desenho cuidadosamente pelas beiradas, voltou-o para a luz. Ele o apoiou em seguida contra a caixa registradora.

– Eu poderia indagar entre meus sócios. Poderia voltar depois da hora do almoço?

Hannibal andou a esmo, comprou uma ameixa numa banca de rua e comeu-a. Descobriu uma loja de artigos de caça e pesca com troféus na vitrine – a cabeça de um carneiro selvagem, de um cabrito-montês. Apoiado num canto da vitrine um elegante rifle de dois canos Holland & Holland. Era maravilhosamente bem-acabado; a madeira parecia ter crescido em torno do metal e, juntos, metal e madeira tinham a qualidade sinuosa de uma linda serpente.

A arma era elegante e bonita de uma das maneiras como lady Murasaki o era. O pensamento não era confortável para ele sob os olhos das cabeças de troféu.

O proprietário estava esperando por ele com o grilo.

– Vai devolver a gaiola depois de outubro?

– Não existe nenhuma chance de que ele possa sobreviver ao outono?

– Ele talvez resista até o inverno se o mantiver aquecido. Você pode me trazer a gaiola numa... numa época apropriada. – Ele deu o pepino a Hannibal. – Não dê tudo de uma vez ao suzumushi – disse.

LADY MURASAKI FOI ao terraço depois das preces, pensamentos do outono ainda em sua expressão.

Jantar na mesa baixa do terraço num crepúsculo luminoso. Eles ainda estavam no talharim quando, agraciado com um pepino, o grilo a surpreendeu com seu canto cristalino, cricrilando do esconderijo no escuro debaixo das flores. Cantou de novo, o nítido canto de guizo do suzumushi.

Seus olhos clarearam e ela voltou ao presente. Sorriu para Hannibal.

– Vejo que você e o grilo cantam em concerto com meu coração.

– Meu coração palpita à sua visão, que ensinou meu coração a cantar.

A lua se ergueu para a canção do suzumushi. O terraço pareceu se erguer junto com ela, atraído para dentro do tangível luar, erguendo-os para um lugar acima da terra, livre de fantasmas, um lugar desassombrado, e estar lá juntos era o suficiente.

NA HORA CERTA ele diria que o grilo era emprestado, que devia devolvê-lo quando chegasse a lua minguante. Era melhor não ficar com ele por tempo demais no outono.

28

Lady Murasaki conduzia sua vida com uma certa elegância que adquiriu por dedicação e gosto, e fazia isso com o pouco dinheiro que lhe restara depois que o castelo foi vendido e as dívidas saldadas. Ela teria dado a Hannibal tudo que ele pedisse, mas ele não pedia.

Robert Lecter pagara para Hannibal as despesas escolares mínimas, porém nada mais que isso.

O elemento mais importante no orçamento de Hannibal era uma carta de sua própria lavra. A carta era assinada pelo *Dr. Gamil Jolipoli, Alergista,* e alertava a escola de que Hannibal tinha uma grave reação a pó de giz e que deveria sentar-se o mais longe possível do quadro-negro.

Uma vez que suas notas eram excepcionais, ele sabia que os professores realmente não se importariam com o que ele estivesse fazendo, desde que os outros alunos não vissem e seguissem seu mau exemplo.

Livre para sentar-se sozinho no fundo da sala de aula, ele era capaz de produzir pássaros com rápidas pinceladas em tinta e aquarela no estilo de Musashi Miyamoio, enquanto apenas entreouvia a aula.

Coisas japonesas estavam na moda em Paris. Os desenhos eram pequenos e se adequavam ao limitado espaço de parede dos apartamentos da cidade e podiam ser embalados facilmente numa mala de turista. Ele os assinava com um golpe seco, o símbolo chamado Eternidade em Oito Pinceladas.

Havia um mercado para esses desenhos no Quartier, nas pequenas galerias ao longo da Rue Saints-Pères e da Rue Jacob, embora algumas galerias exigissem que ele entregasse seu trabalho em horas tardias, para evitar que seus clientes soubessem que os desenhos eram feitos por uma criança.

No fim do verão, enquanto ainda havia luz do sol nos Jardins de Luxemburgo depois das aulas, ele desenhava os barquinhos de brinquedo no lago esperando a hora de fechar. Depois caminhava para Saint-Germain para a ronda das galerias – o aniversário de lady Murasaki se aproximava e ele estava de olho numa peça de jade na Place Furstenberg.

Ele conseguiu vender o desenho do barquinho para um decorador na Rue Jacob, mas reservava os esboços em estilo japonês para uma pequena galeria pirata na Rue Saints-Pères. Os desenhos impressionavam mais quando eram combinados e emoldurados, e ele encontrara um bom moldurista que lhe daria crédito.

Carregava os trabalhos numa mochila pelo Boulevard Saint-Germain. As mesas externas dos cafés estavam repletas, palhaços de rua colocavam adesivos nos passantes para diversão da multidão no Café Flore. Nas ruazinhas mais perto do rio, a Rue Saint-Benoit e a Rue de l'Abbaye, os clubes jazzísticos continuavam fechados, mas os restaurantes já estavam abertos.

Hannibal estava tentando esquecer seu almoço na escola, uma *entrée* conhecida como "Restos Mortais do Mártir", e examinou as contas de alimentação com um agudo interesse enquanto caminhava. Esperava em breve ter o dinheiro para um jantar de aniversário e procurava por ouriços-do-mar.

Monsieur Leet, da galeria Leet, estava se barbeando para um encontro noturno quando Hannibal tocou sua campainha. As luzes continuavam acesas na galeria, embora as cortinas estivessem baixadas. Leet tinha uma impaciência belga com os franceses e um desejo voraz de espoliar americanos, que, acreditava, comprariam qualquer coisa. A galeria apresentava pintores representativos decadentes, pequena estatuária e antiguidades, e era conhecida por pinturas e paisagens marinhas.

– Boa noite, *monsieur* Lecter – disse Leet. – É um prazer vê-lo. Acredito que esteja bem. Devo pedir-lhe que aguarde enquanto encaixoto uma pintura, que deve seguir esta noite para Filadélfia, na América.

Pela experiência de Hannibal, uma recepção tão calorosa em geral mascarava uma atitude inescrupulosa. Ele entregou a *monsieur* Leet os desenhos e seu preço escrito com mão firme.

– Posso dar uma olhada por aí?

– À vontade.

Era agradável estar longe da escola, admirar bons quadros. Depois de uma tarde desenhando barcos no lago, Hannibal estava pensando sobre água, os problemas de retratá-la. Pensou a respeito da névoa de Turner e suas cores, impossíveis de imitar, e percorreu quadro a quadro olhando para a água, o ar acima da água. Chegou a uma pequena pintura sobre um cavalete, o Grande Canal em brilhante luz solar, tendo ao fundo a Santa Maria della Salute.

Era um Guardi do castelo Lecter, Hannibal reconheceu antes de saber, um lampejo de memória por trás de suas pálpebras, e agora a pintura familiar diante dele nesta moldura. Talvez fosse uma cópia. Ele a pegou e examinou-a detidamente. A tela estava manchada num pequeno padrao de pontos marrons no canto superior esquerdo. Quando era pequeno tinha ouvido seus pais comentarem que a nódoa era um "truque de raposa" e ele passou minutos olhando para a tela, tentando formar a imagem de uma raposa ou a impressão de suas patas. A pintura não era uma cópia. A moldura queimava em suas mãos.

Monsieur Leet entrou na sala. Franziu o cenho.

– Não se deve tocar em quadros a menos que esteja disposto a comprar. Aqui está um cheque para você. – Leet riu. – É muito generoso, mas não dá para comprar um Guardi.

– Não, hoje não. Até a próxima vez, *monsieur* Leet.

29

O inspetor Popil, impaciente com os tons suaves da sineta, empurrou a porta da Galerie Leet na Rue Saint-Pères.

Recebido pelo dono, foi direto ao ponto:

– Onde você obteve o Guardi?

– Comprei-o de Kopnik, quando ele desfez a sociedade – disse Leet. Ele enxugou seu rosto e pensou em como aquele abominável francês Popil olhava para seu casaco desabotoado. – Ele disse que o obteve de um finlandês, cujo nome não disse.

– Mostre-me a fatura – disse Popil. – Você é obrigado a ter aqui a lista de Artes e Monumentos sobre obras de arte roubadas. Mostre-me isso também.

Leet comparou a lista de documentos roubados com seu próprio catálogo.

– Olhe, veja aqui, o Guardi pilhado está descrito de modo diferente. Robert Lecter listou a pintura roubada como *Vista de Santa Maria della Salute,* e comprei este quadro como *Vista do Grande Canal.*

– Tenho um mandado judicial para apreender este quadro, seja lá como for chamado. Eu lhe darei um recibo. Descubra-me este "Kopnik", *monsieur* Leet, e poderá evitar um monte de coisas desagradáveis.

– Kopnik está morto, inspetor. Ele foi meu sócio nesta firma, que era chamada de Kopnik e Leet. Leet e Kopnik teria sido melhor.

– Tem os registros dele?

– O advogado dele deve ter.

– Procure por eles, *monsieur* Leet. Procure muito bem – disse Popil. – Quero saber como este quadro saiu do castelo Lecter para a Galeria Leet.

– Lecter – disse Leet. – Não é o garoto que faz estes desenhos?

– Sim.

– Extraordinários – comentou Leet.

– Sim, extraordinários – replicou Popil. – Embrulhe o quadro para mim, por favor.

LEET APARECEU no Quai des Orfèvres em dois dias, carregando documentos. Popil arranjou para ele sentar-se no corredor junto à sala marcada Audition 2, onde o ruidoso interrogatório de um suspeito de estupro estava sendo entremeado por tabefes e gritos. Popil deixou Leet marinando nesta atmosfera por 15 minutos antes de recebê-lo em seu gabinete.

O marchand entregou-lhe um recibo, mostrando que Kopnik comprou o Guardi de um certo Emppu Makinen por 8 mil libras esterlinas.

– Você acha isto convincente? – perguntou Popil. – Eu não acho.

Leet pigarreou e olhou para o chão. Vinte segundos se passaram.

– O promotor público está ansioso para iniciar um processo criminal contra você, *monsieur* Leet. Ele é um calvinista dos mais rígidos, sabe o que isto significa?

– A pintura foi...

Popil levantou a mão, calando Leet.

– Por enquanto quero que esqueça o seu problema. Presumo que poderia interceder a seu favor, se eu assim optar. Quero que me ajude. Quero que olhe para isto. – Passou a Leet um maço de páginas de papel fino. – Esta é a lista das obras que a Comissão de Arte está trazendo para Paris da Coleção Especial de Munique. Tudo arte roubada.

– Para expor no Jeu de Paume.

– Sim, os reclamantes vão poder ver estas obras lá. Eu a circulei, na metade da segunda página.

– *A Ponte dos Suspiros,* Bernardo Belloto, 36 por 30 centímetros, óleo sobre prancha.

– Conhece esta pintura? – perguntou Popil.

– Já ouvi falar, claro.

– Se for autêntica, foi tirada do castelo Lecter. Você sabe que é reconhecidamente comparada com outra pintura da Ponte dos Suspiros.

– Sim, de Canaletto, pintada no mesmo dia.

– Também levada do castelo Lecter, provavelmente roubada na mesma ocasião pela mesma pessoa – disse Popil.

– Quanto dinheiro a mais ganharia vendendo as duas juntas, em vez de separadamente?

– Quatro vezes mais. Nenhuma pessoa racional separaria as obras.

– Então elas foram separadas por ignorância ou por acidente. Duas pinturas da Ponte dos Suspiros. Se a pessoa que as roubou ainda tem uma delas, não gostaria de obter a outra de volta? – disse Popil.

– Muito.

– Haverá publicidade acerca desta pintura quando for exposta no Jeu de Paume. Você vai à exposição comigo e veremos quem fica farejando em torno dela.

30

O convite de lady Murasaki levou-a ao Jeu de Paume antes da multidão que se agitava nas Tulherias, impaciente para ver mais de quinhentas obras de arte roubadas trazidas da Coleção Especial de Munique pela Comissão Aliada para

Monumentos, Belas Artes e Arquivos, numa tentativa de encontrar seus legítimos proprietários.

Algumas das peças estavam fazendo sua terceira viagem entre França e Alemanha, tendo sido roubadas primeiro por Napoleão na Alemanha e trazidas para a França, depois roubadas pelos alemães e levadas para casa, e então trazidas de volta à França mais uma vez pelos Aliados.

Lady Murasaki encontrou no térreo do Jeu de Paume uma espantosa mistura de imagens ocidentais. Quadros religiosos sangrentos enchiam uma extremidade do salão, um açougue de Cristos pendurados.

Para aliviar-se, ela virou-se para *Banquete de Carne,* uma alegre pintura de um suntuoso bufê, tendo como único presente um cão spaniel prestes a servir-se do presunto. Além desta havia grandes telas atribuídas à "Escola de Rubens", apresentando mulheres rechonchudas de pele rosada rodeadas por roliços bebês com asas.

E foi onde o inspetor Popil teve a primeira visão de lady Murasaki no seu Chanel falsificado, esguia e elegante contra os nus rosados de Rubens.

Popil logo viu Hannibal subindo as escadas vindo do andar de baixo. O inspetor não se deixou ver, mas observava.

Ah, agora eles se viram um para o outro, a linda japonesa e seu protegido. Popil estava interessado em ver como se cumprimentavam; eles pararam a poucos passos de distância e, embora não se inclinassem, um reconheceu a presença do outro com um sorriso. Depois se uniram num abraço. Ela beijou Hannibal na testa e tocou-lhe a face, e imediatamente passaram a conversar.

Pendendo acima da sua calorosa saudação estava uma boa cópia de *Judite Decapitando Holofernes,* de Caravaggio. Popil poderia ter se divertido, antes da guerra. Agora sua nuca formigava.

Popil fez contato visual com Hannibal e acenou para um pequeno escritório perto da entrada, onde Leet esperava.

– A Coleção Especial de Munique diz que a pintura foi apreendida de um contrabandista na fronteira da Polônia, um ano e meio atrás – disse Popil ao marchand, já a seu lado.

– Ele abriu o bico? Disse quem foi sua fonte? – perguntou Leet.

Popil balançou a cabeça.

– O contrabandista foi estrangulado na prisão militar em Munique por um preso de confiança alemão. O preso desapareceu naquela mesma noite. Queima de arquivo, achamos. Era um beco sem saída.

Dirigiu-se a Hannibal:

– A pintura está pendurada na posição 88, perto da esquina. *Monsieur* Leet diz que parece autêntica. Hannibal, poderia identificá-la se fosse a pintura levada de sua casa?

– Sim.

– Se for a sua pintura, Hannibal, toque seu queixo. Se for abordado, você está apenas muito feliz em vê-la, tem só uma curiosidade passageira acerca de quem a roubou. Você é ambicioso, quer tê-la de volta e vendê-la o mais breve possível, mas quer também seu par.

"Seja difícil, Hannibal, egoísta e mimado – disse Popil com inadequado prazer. – Acha que pode fazer isso? Ter algum atrito com sua guardiã? A pessoa vai querer um meio de fazer contato com você, não o contrário. Ela se sentirá mais segura se vocês dois estiverem em disputa. Insista num meio de contatá-lo. Leet e eu vamos sair, nos dê uns dois minutos antes de você entrar no show.

"Vamos – disse Popil para Leet ao seu lado. – Estamos do lado legal do negócio, homem, não é preciso esquivar-se."

Hannibal e lady Murasaki olhando, olhando ao longo de uma fileira de pequenas pinturas.

Lá, ao nível do olho, *A Ponte dos Suspiros.* A visão da obra afetou Hannibal mais do que a descoberta do Guardi; com este quadro ele viu a face de sua mãe.

Outras pessoas estavam entrando agora, listas de obras de arte nas mãos, documentação de propriedade debaixo dos braços. Entre a multidão estava um homem alto num terno incrivelmente inglês.

Segurando sua lista diante do rosto, ele ficou bem próximo a Hannibal para ouvir.

– Essa tela era uma das duas que minha mãe tinha em seu ateliê de costura – disse Hannibal. – Quando deixamos o castelo pela última vez, ela a entregou a mim para levá-la para Cozinheiro. E me disse para não borrar a parte de trás.

Hannibal retirou o quadro da parede e virou-o. Faíscas surgiram em seus olhos. Lá, no verso do quadro, estava o esboço a giz de uma das mãos de um bebê, bastante gasto agora, só restando o polegar e o indicador. O traçado estava protegido com uma camada vitrificada.

Hannibal olhou para ela por um longo tempo. Neste momento impetuoso achou que o polegar e o indicador se mexiam, um fragmento de uma onda.

Com esforço ele recordou as instruções de Popil. *Se for a sua pintura, toque no queixo.*

Ele inspirou fundo e por fim deu o sinal.

– Esta é a mão de Mischa – disse à lady Murasaki. – Quando eu tinha 8 anos estavam caiando o andar superior. Esta pintura e seu par foram removidas para um divã no quarto de minha mãe e cobertas com um lençol. Mischa e eu entramos debaixo dele. Era nossa tenda, a gente brincava de nômades do deserto. Tirei um giz do meu bolso e tracejei em volta da mão de Mischa para afastar o mau-olhado. Meus pais ficaram furiosos, mas a pintura não foi danificada e no fim eles se divertiram, acho.

Um homem de chapéu-coco se aproximou apressado, seu crachá pendendo de uma tira em volta do pescoço.

O *homem dos Monumentos irá adverti-lo. Entre rapidamente em divergência com ele,* havia instruído Popil.

– Por favor, não faça isso, não toque – disse o funcionário.

– Eu não tocaria se não me pertencesse – replicou Hannibal.

– Até que prove ser o proprietário, não toque, ou terei que escoltá-lo para fora do prédio. Deixe-me chamar alguém do Registro.

Tão logo o funcionário os deixou, o homem no terno inglês se apresentou.

– Sou Alec Trebelaux – disse ele. – Posso ter alguma utilidade para vocês.

O inspetor Popil e Leet observavam a 20 metros de distância.

– Conhece ele? – indagou Popil.

– Não – disse Leet.

Trebelaux convidou Hannibal e lady Murasaki até o abrigo de uma janela de batente numa reentrância. Tinha seus 50 anos, sua cabeça calva profundamente bronzeada de sol, bem como suas mãos. Na boa luz da janela, a descamação em suas sobrancelhas ficou visível. Hannibal nunca o tinha visto antes.

A maioria dos homens ficava feliz ao ver lady Murasaki. Trebelaux não ficou; e ela percebeu isso de imediato, embora as maneiras dele fossem lisonjeiras.

– Estou encantado em conhecê-la, *madame*. Existe alguma questão de curadoria?

– *Madame* é minha conselheira altamente considerada – disse Hannibal. – Você negocia comigo.

Seja ambicioso, dissera Popil. *Lady Murasaki será a voz da moderação.*

– Existe sim uma questão de curadoria, *monsieur* – disse lady Murasaki.

– Mas o quadro é meu – disse Hannibal.

– Você terá de apresentar sua reclamação em uma audiência perante a Comissão, que já tem uma agenda lotada por um ano e meio. O quadro ficará sob custódia até então.

– Estou na escola, *monsieur* Trebelaux. Contava em ser capaz de...

– Posso ajudá-lo – disse Trebelaux.

– Diga-me como, *monsieur.*

– Tenho uma audiência marcada sobre outra questão daqui a três semanas.

– O senhor é um marchand? – perguntou lady Murasaki.

– Eu seria um colecionador, se pudesse, *madame*. Mas para comprar preciso vender. É um prazer ter lindas coisas em minhas mãos mesmo que por pouco tempo. A coleção da família no castelo Lecter era pequena mas requintada.

– Conheceu a coleção? – disse lady Murasaki.

– As perdas do castelo Lecter foram listadas no MBAA por seu falecido... Robert Lecter, creio.

– E poderia apresentar meu caso na sua audiência? – perguntou Hannibal.

– Eu poderia reclamar por você com base na Convenção de Haia de 1907. Deixe-me explicar a você...

– Sim, baseado no Artigo 46, já falamos sobre isso – disse Hannibal, olhando para lady Murasaki e lambendo os lábios para parecer ambicioso.

– Mas falamos sobre um monte de opções, Hannibal – disse lady Murasaki.

– E se eu não quiser vender, *monsieur* Trebelaux? – perguntou Hannibal.

– Você teria que esperar sua vez diante da Comissão. Já pode ser um adulto à época.

– Esta pintura tem um par, segundo explicou meu marido – disse lady Murasaki. – As duas juntas valem muito mais. Por acaso não saberia onde está a outra, a de Canaletto?

– Não, *madame*.

– Seria muito mais valioso o seu tempo para encontrá-la, *monsieur* Trebelaux. – Ela encontrou os olhos de Trebelaux. – Pode me dizer como eu posso contatá-lo? – perguntou, a ênfase mais suave no "eu".

Ele deu o nome de um pequeno hotel perto da Gare de l'Este, apertou a mão de Hannibal sem olhar para ele e desapareceu na multidão.

Hannibal se registrou como um reclamante, e ele e lady Murasaki percorreram a grande miscelânea de obras de arte. Ver o traçado da mão de Mischa o deixou entorpecido, exceto por seu rosto, no local em que pôde sentir o toque dela, batendo na sua bochecha.

Ele parou diante de uma tapeçaria chamada O *Sacrifício de Isaque* e olhou-a por um longo tempo.

– Nossos corredores de cima eram repletos de tapeçarias pendentes – disse ele. – Eu podia ficar na ponta dos pés e alcançar as extremidades. – Ele virou-se para o canto do tecido e olhou atrás dele. – Sempre preferi este lado da tapeçaria. Os fios e cordéis que fazem o quadro.

– Como pensamentos emaranhados – comentou lady Murasaki.

Ele deixou cair o canto da tapeçaria e Abraão estremeceu, segurando a garganta retesada de seu filho, o anjo estendendo a mão para deter a faca.

– Acha que Deus pretendia comer Isaque, e por isso disse a Abraão para matá-lo? – perguntou Hannibal.

– Não, Hannibal. Claro que não. O anjo intervém a tempo.

– Nem sempre – disse Hannibal.

Quando Trebelaux os viu sair do prédio, molhou seu lenço no toalete masculino e voltou ao quadro. Olhou em torno rapidamente. Nenhum funcionário do museu olhava para ele. Com uma pequena emoção, ele arriou o quadro e, erguendo a cobertura vitrificada, esfregou com o lenço molhado o contorno da mão de Mischa no verso. Isso poderia ter acontecido por manipulação inadequada quando o quadro foi apreendido. Bem como para tirar do caminho o valor sentimental.

31

O policial à paisana René Aden esperou do lado de fora do hotel de Trebelaux até ver a luz se apagar no terceiro andar do prédio sem elevadores. Depois seguiu para a estação de trem para um rápido lanche e teve sorte de retornar ao posto a tempo de ver Trebelaux sair do hotel carregando uma sacola de ginástica.

O merchand pegou um táxi da fila do lado de fora da Gare de l'Este e atravessou o Sena até uma sauna na Rue de Babylone e entrou. Aden estacionou seu carro sem identificação policial numa área de incêndio, contou até cinquenta e entrou na recepção. O ar era espesso e cheirava a unguento. Homens em roupão de banho liam jornais em vários idiomas.

Aden não queria tirar suas roupas e ir atrás de Trebelaux na sauna. Ele era um homem resoluto, mas seu pai havia morrido de pé de trincheira e ele não queria tirar seus sapatos neste lugar. Pegou um jornal na prateleira e sentou-se numa cadeira.

Trebelaux fez barulho com os tamancos pequenos demais para ele através de sucessivas salas com homens deitados em bancos de cerâmica, entregando-se ao calor.

As saunas exclusivas podiam ser alugadas por intervalos de 15 minutos. Ele foi para a segunda. Sua entrada já havia sido paga. O ar era espesso e ele enxugou seus óculos na toalha.

– Você demorou – disse Leet do meio do vapor. – Já estou quase derretendo.

– O funcionário só me deu o recado depois que eu tinha ido para a cama – explicou Trebelaux.

– A polícia o esteve observando hoje no Jeu de Paume; eles sabem que o Guardi que você me vendeu é quente.

– Quem os pôs atrás de mim? Você?

– De jeito nenhum. Eles acham que você sabe quem tem as pinturas do castelo Lecter. Sabe?

– Não. Talvez meu cliente saiba.

– Se você conseguir a outra *Ponte dos Suspiros*, posso repassar as duas telas – disse Leet.

– Onde poderia vendê-las?

– Isso é problema meu. Um comprador importante da América. Uma instituição, digamos. Você sabe alguma coisa ou estou suando a troco de nada?

– Voltarei a lhe procurar – disse Trebelaux.

Na tarde seguinte, Trebelaux comprou uma passagem para Luxemburgo na Gare de l'Este. O agente Aden observou-o embarcar no trem com sua maleta. O carregador pareceu insatisfeito com sua gorjeta.

Aden deu um rápido telefonema para o Quai des Orfèvres e pulou a bordo do trem no último momento, exibindo seu distintivo para o condutor.

A NOITE CAÍA QUANDO o trem se aproximou de sua parada em Meaux. Trebelaux levou seu kit de barbear para o banheiro. Ele pulou fora do trem no momento em que este começava a partir, abandonando sua maleta.

Um carro esperava por ele a um quarteirão da estação.

– Por que aqui? – disse Trebelaux enquanto sentava-se ao lado do motorista. – Eu poderia ter ido até sua casa em Fontainebleau.

– Temos negócios aqui – disse o homem ao volante. – Bons negócios. – Trebelaux o conhecia como Christophe Kleber.

Kleber dirigiu até um café perto da estação, onde comeu um jantar reforçado, erguendo sua tigela para beber a *vichyssoise*. Trebelaux beliscava uma salada *nicoise* e escreveu suas iniciais na beira do prato com vagem.

– A polícia apreendeu o Guardi – disse Trebelaux enquanto chegava o *paillard* de vitela de Kleber.

– Então você contou a Hercule. Não deveria falar essas coisas ao telefone. Qual é a questão?

– Estão dizendo a Leet que foi saqueado no Leste. Foi?

– Claro que não. Quem está perguntando?

– Um inspetor de polícia com uma lista da Artes e Monumentos. Ele disse que foi roubado. Foi?

– Você olhou para o carimbo?

– Um carimbo do Comissariado de Esclarecimento, de que vale isso? – disse Trebelaux.

– O policial disse quem era o dono do quadro do Leste? Se for judeu, não importa. Os Aliados não estão mandando de volta obras de arte tomadas dos judeus. Os judeus estão mortos. Os soviéticos simplesmente ficam com elas.

– Não é um policial, é um *inspetor* de polícia – afirmou Trebelaux.

– Falou como um suíço. Qual o nome dele?

– Popil, alguma coisa Popil.

– Ah – disse Kleber, enxugando sua boca com um guardanapo. – O que eu imaginava. Nenhuma dificuldade então. Ele esteve na minha folha de pagamentos por anos. É apenas uma extorsão. O que Leet contou a ele?

– Nada ainda. Mas Leet parece nervoso. Por ora ele jogará a culpa em Kopnik, seu colega morto.

– Leet não sabe de nada, nenhuma pista de onde você obteve o quadro?

– Leet pensa que o consegui em Lausanne, conforme combinamos. Ele está reclamando seu dinheiro de volta. Eu disse que ia verificar com meu cliente.

– Tenho Popil na mão e cuidarei disso, esqueça a coisa toda. Tenho algo muito mais importante para lhe falar. Poderia talvez viajar para a América?

– Não faço as coisas através da alfândega.

– Alfândega não é problema seu, somente as negociações enquanto estiver lá. Você tem que ver a coisa antes que ela se vá, então você a vê de novo lá, do outro lado da mesa na sala de reunião de um banco.

– Que tipo de coisa?

– Pequenas antiguidades. Alguns ícones, um saleiro. Daremos uma olhada, você me diz o que acha.

– E quanto ao outro?

– Você está seguro, fique tranquilo – disse Kleber.

Kleber era seu nome apenas na França. Seu nome de batismo era Penas Kolnas e ele conhecia o nome do inspetor Popil, mas não de sua folha de pagamentos.

32

O batelão Christabel estava atado com apenas uma amarra num cais do rio Mame, a leste de Paris, e se pôs a caminho tão logo Trebelaux embarcou. Era um barco negro de duas proas, de construção holandesa, com duas guaritas baixas para passar sob as pontes e um canteiro no convés com arbustos em floração.

O dono do batelão, um homem esguio com olhos azuis pálidos e uma expressão agradável, estava no passadiço para recepcionar Trebelaux e convidá-lo a descer.

– Prazer em conhecê-lo – disse o homem e estendeu a mão. Os pelos na mão do proprietário cresciam para trás, na direção do pulso, fazendo sua mão parecer arrepiante para o suíço. – Siga *monsieur* Milko. Tenho coisas a resolver lá embaixo.

O proprietário demorou-se no convés com Kolnas. Passearam por um longo momento entre as jardineiras de terracota e pararam ao lado do único objeto feio no bem cuidado jardim, um tambor de óleo de duzentos litros com buracos grandes o bastante para entrar um peixe, o tampo cortado com maçarico e amarrado atrás frouxamente com arame. Uma lona estava espalhada no convés debaixo dele. O dono do barco bateu no tambor de aço com bastante força para fazê-lo retinir.

– Venha – disse ele.

No convés inferior ele abriu um armário de prateleiras alto. Continha uma variedade de armas: um fuzil Dragunov com mira telescópica, uma submetralhadora Thompson americana, duas Schmeissers alemãs, cinco armas antitanque para usar contra outros barcos, uma variedade de pistolas. O dono do barco selecionou um tridente de pesca com as pontas limadas. Entregou-o a Kolnas.

– Não vou cortá-lo demais – disse o dono do barco em tons agradáveis. – Eva não está aqui para limpar o arpão. Você faz isto no convés depois que descobrirmos o que ele sabe. Fure-o bem, de modo que não faça flutuar o tambor.

– Milko pode... – começou Kolnas.

– Ele foi ideia sua, é problema seu e você faz isso. Você não corta carne todo dia? Milko o trará para cima morto e o ajudará a colocá-lo no barril quando você o tiver golpeado o suficiente. Pegue as chaves dele e reviste seu quarto. Cuidaremos do marchand Leet se for preciso. Nada de pontas soltas. Nada mais de arte por um tempo – disse o dono do barco, cujo nome na França era Victor Gustavson.

Victor Gustavson é um empresário muito bem-sucedido, negociando morfina que pertencia às SS e prostitutas novas, principalmente mulheres. Seu nome é uma fachada para Vladis Grutas.

LEET CONTINUAVA VIVO, mas sem qualquer das pinturas. Estavam retidas num cofre do governo durante anos enquanto a corte de justiça estava num impasse sobre se o acordo croata relativo a reparações de guerra podia ser aplicado à Lituânia. Enquanto isso Trebelaux olhava sem ver do barril no fundo do Marne, agora não mais careca, mas hirsuto com uma cabeleira verde de algas e zosteras que ondulava na correnteza como os cachos de sua juventude.

Nenhuma outra pintura do castelo Lecter viria à tona por anos.

Através dos bons ofícios do inspetor Popil, Hannibal Lecter tinha permissão de visitar os quadros sob custódia de tempos em tempos ao longo dos anos seguintes. Enraivecia-se por sentar-se no silêncio taciturno do cofre sob as vistas de um guarda, perto o bastante para ouvir a respiração adenoide do homem.

Hannibal olha para a pintura que tomou das mãos de sua mãe e sabe que o passado não é o passado, afinal; a besta que bafejou seu hálito fétido sobre ele e Mischa continua a respirar, está respirando agora. Ele vira a *Ponte dos Suspiros* na parede e olha fixamente para o verso da pintura por minutos a cada vez – apagaram a impressão da mão de Mischa, há apenas um quadrado em branco agora onde ele projeta seus sonhos fervilhantes.

Ele está crescendo e mudando, ou talvez emergindo como o que sempre foi.

Parte II

Quando eu disse que a Misericórdia ficava
Dentro dos limites do bosque,
Eu me referia à besta leniente com garras
E mandíbulas sangrentas de rápida ação.

– Lawrence Spingarn

33

No palco central da Ópera de Paris, o tempo do doutor Fausto ia se esgotando no seu pacto com o Demônio. Hannibal Lecter e lady Murasaki observavam de um camarote à esquerda do palco enquanto os apelos de Fausto para evitar as chamas subiam até o teto à prova de fogo do grande teatro de Garnier.

Hannibal, aos 18 anos, estava torcendo por Mefistófeles e desdenhando Fausto, mas apenas entreouvia o clímax. Ele observava e respirava lady Murasaki, vestida com esmero para a ópera. Cintilações de luz vinham dos camarotes opostos enquanto cavalheiros viraram seus binóculos de ópera do palco para admirá-la também.

Ela estava silhuetada contra as luzes do palco, tal como Hannibal a vira pela primeira vez no castelo quando era garoto.

As imagens vieram-lhe na ordem: *brilho de um belo corvo bebendo da calha de chuva, brilho do cabelo de lady Murasaki. Primeiro sua silhueta, depois ela abriu o caixilho da janela e a luz tocou sua face.*

Hannibal percorrera um longo caminho na ponte dos sonhos. Havia crescido para usar os trajes a rigor do falecido conde, enquanto na aparência lady Murasaki permanecia exatamente a mesma.

A mão dela fechou-se sobre o tecido de sua saia e ele ouviu o farfalhar do pano acima da música. Sabendo que ela podia sentir seu olhar, Hannibal desviou a vista, olhando em volta do camarote.

O camarote tinha classe. Atrás das poltronas, resguardada dos camarotes opostos, havia uma pequena chaise de vime em pés de palito para onde os amantes podiam se retirar enquanto a orquestra lá embaixo fornecia o fundo musical – na temporada anterior, um cavalheiro idoso havia sucumbido a um ataque cardíaco na chaise durante os acordes finais do "Voo do Moscardo", como Hannibal soube pelo serviço de ambulância.

Hannibal e lady Murasaki não estavam sozinhos no camarote.

No par de assentos da frente sentavam-se o chefe de polícia de Paris e sua esposa, deixando pouca dúvida sobre como Lady Murasaki conseguira os ingressos. Do inspetor Popil, claro. Que bom que o próprio não pudera vir – provavelmente ocupado com investigação de assassinato, se Deus ajudasse, uma investigação bem perigosa e que consumisse bastante seu tempo, que fosse acompanhado pelo mau tempo, com a ameaça de um raio fatal.

As luzes aumentaram e o tenor Beniamino Gigli recebeu os aplausos de pé que merecia, e de uma plateia exigente. O chefe de polícia e sua esposa viraram-se no camarote e todos trocaram apertos de mão, a palma de cada um deles ainda entorpecida pelos aplausos.

A esposa do chefe de polícia tinha um olhar brilhante e curioso. Fixou-o em Hannibal, ajustado à perfeição nos trajes a rigor do conde. Não pôde resistir a uma pergunta.

– Rapaz, meu marido diz que você é a pessoa mais jovem a ser admitida numa faculdade de medicina na França. É verdade?

– Os registros não estão completos, *madame*. Provavelmente há aprendizes de cirurgião...

– É verdade que você lê seus livros didáticos de um fôlego só e em uma semana os devolve à livraria para pegar seu dinheiro de volta?

Hannibal sorriu.

– Oh, não, *madame*. Isto não é inteiramente verdadeiro – disse ele. *Imagine de onde veio esta informação? Da mesma fonte dos ingressos.* Hannibal inclinou-se mais perto da dama. Tentando uma frase que o livrasse daquela situação, ele virou os olhos para o chefe de polícia, inclinou-se para beijar a mão da dama e sussurrou ruidosamente: – Isso parece um crime para mim.

O chefe de polícia estava de bom humor, tendo visto Fausto pagar por seus pecados.

– Farei vista grossa a isto, meu jovem, se confessar de uma vez a minha mulher.

– A verdade, *madame*, é que não pego meu dinheiro de volta. O livreiro cobra uma taxa de devolução de 200 francos pelo incômodo.

Saindo então e descendo a grande escadaria do teatro, debaixo das *torchières*, Hannibal e lady Murasaki descendo mais rápido do que Fausto para se afastar da multidão, pinturas de Pil no teto movendo-se sobre eles, asas em toda parte em tinta e pedra. Havia táxis na Place de l'Opera. O braseiro de carvão de um ambulante envolvia o ar com um bafo do pesadelo de Fausto. Hannibal sinalizou para um táxi.

– Estou surpreso que tenha contado ao inspetor sobre meus livros – disse ele já dentro do táxi.

– Ele descobriu por si mesmo – disse lady Murasaki. – Contou ao chefe de polícia, que contou à mulher. Ela precisa flertar. Você não é naturalmente obtuso, Hannibal.

Ela não fica à vontade em lugares fechados comigo agora; ela expressa uma irritação.

– Desculpe.

Ela olhou rapidamente para ele enquanto o táxi passava sob um poste de luz.

– Sua animosidade turva seu julgamento. O inspetor Popil não desiste de você porque você o intriga.

– Não, minha dama, você é quem o intriga. Espero que ele a entedie com seu verso...

Lady Murasaki não satisfez a curiosidade de Hannibal.

– Ele sabe que você é o primeiro da turma – disse ela. – Está orgulhoso disso. Seu interesse é amplamente benigno.

– Amplamente benigno não é um diagnóstico feliz.

As árvores estavam em floração na Place de Vosges, fragrantes na noite de primavera. Hannibal dispensou o táxi, sentindo o rápido olhar de lady Murasaki mesmo na escuridão da galeria. Hannibal não era criança, ele não devia ficar mais ali.

– Ainda tenho uma hora e quero caminhar – disse ele.

34

— Você ainda tem tempo para um chá – disse lady Murasaki.

Ela o levou para o terraço de imediato, claramente preferindo ficar ao ar livre com ele, que não sabia como reagir a isso. Ele tinha mudado e ela não. Um sopro de brisa e a chama do lampião a óleo cresceu. Quando ela serviu chá verde, Hannibal pôde sentir a pulsação no punho dela, e a leve fragrância da manga de sua roupa entrava nele como um pensamento próprio.

– Uma carta de Chiyoh – disse ela. – Ela desmanchou o noivado. Diplomacia não mais se adequa a ela.

– Ela está feliz?

– Acho que sim. Foi uma boa combinação no velho modo de pensar. Como posso desaprovar? Ela escreve que está fazendo o que eu fazia... seguindo seu coração.

– Seguindo para onde?

– Um jovem na Universidade de Kioto, faculdade de engenharia.

– Eu gostaria de vê-la feliz.

– E eu gostaria de ver você feliz. Tem dormido, Hannibal?

– Quando há tempo. Cochilo num sofá quando não posso dormir no meu quarto.

– Você sabe o que quero dizer.

– Se eu sonho? Sim. Você não revisita Hiroshima nos seus sonhos?

– Eu não chamo os meus sonhos.

– Preciso lembrar, da maneira que puder.

À porta ela deu-lhe uma caixa de *bento* com um petisco para a noite e pacotes de chá de camomila.

– Para dormir – disse ela.

Ele beijou a mão de lady Murasaki, não o pequeno toque de polidez francesa, mas beijou as costas da mão dela de modo a sentir seu sabor.

Ele repetiu o haicai que escrevera para ela tanto tempo atrás, na noite do açougueiro.

A garça noturna revelada
Pela ascensão da lua da colheita...
O que é mais adorável?

– Isto não é a colheita – disse ela, sorrindo, pondo a mão no coração dele como tinha feito desde que tinha 13 anos. E então ela afastou a mão e o local no peito dele ficou frio.

– Você realmente devolve seus livros?

– Sim.

– Então pode se lembrar de tudo neles.

– Tudo o que é importante.

– Então pode se lembrar de que é importante não provocar o inspetor Popil. Sem ser provocado ele é inofensivo para você. E para mim.

Ela vestiu a irritação como a um quimono de inverno. Vendo isso, posso usar o fato para evitar pensar nela no banho no castelo tanto tempo atrás, suafaceepeitoscomofloresaquáticas? Como os lírios rosa e creme no fosso? Posso? Não posso.

Ele saiu na noite, desconfortável na sua caminhada pelos primeiros dois quarteirões, e emergiu das ruas estreitas do Marais para atravessar a ponte Louis Phillippe, com o Sena deslizando sob a ponte, tocada pela lua.

Vista do leste, Notre Dame era como uma grande aranha com suas pernas de arcobotante e os muitos olhos de suas janelas redondas. Hannibal podia ver a catedral-aranha de pedra fugindo às pressas da cidade na escuridão, agarrando o trem extra da Gare d'Orsay como um verme para seu deleite ou, melhor ainda, avistar um nutritivo inspetor de polícia saindo do seu serviço no Quai des Orfèvres, uma presa fácil.

Ele cruzou a ponte para a Île de la Cité e contornou a catedral. Sons do ensaio de um coro vinham de Notre Dame.

Hannibal fez uma pausa debaixo dos arcos da entrada central, olhando para o Juízo Final em relevo nas arcadas e lintéis acima da porta. Ele o estava considerando para um mostruário no seu palácio da memória, para registrar uma complexa dissecação da garganta: lá no lintel superior, São Miguel segurava uma balança de pratos, como se ele próprio estivesse realizando uma autópsia. A balança de São Miguel não diferia daquela do osso hioide, e ele era abobadado pelos Santos do Processo Mastoide. O lintel inferior, para onde os condenados estavam sendo levados em grilhões, seria a clavícula, e a sucessão de arcos serviria como as camadas estruturais da garganta, para um catecismo fácil de recordar: *esterno-hioide, omo-hioide, tiro-hioide, juuuugular, amém.*

Não, não deveria fazer. O problema era a iluminação. Mostruários no palácio da memória deviam ser bem iluminados, com generosos espaços entre eles. Esta pedra suja era também muito monocromática. Hannibal errara certa vez uma questão na prova porque a resposta era escura, e na sua mente ele a havia colocado contra um fundo escuro. A dissecação completa do triângulo cervical marcada para a próxima semana exigiria mostruários claros e bem espaçados.

Os últimos coristas saíram da catedral, carregando suas vestimentas nos braços. Hannibal entrou. Notre Dame estava às escuras, exceto por velas votivas. Ele foi até a Santa Joana d'Arc em mármore perto da saída do lado sul. Diante dela, fileiras de velas reluziam na imagem da porta. Hannibal apoiou-se contra um pilar na escuridão e olhou através das chamas para o rosto da santa. *Fogo nas roupas de sua mãe.* As chamas da vela se refletiam vermelhas nos seus olhos.

A luz de velas brincava sobre Santa Joana e dava expressões aleatórias a sua face, como melodias ao acaso em sininhos de vento. Memória, memória. Hannibal imaginou se Santa Joana, com suas memórias, preferiria uma vela votiva a fogo. Ele sabia que sua mãe preferiria.

Passos do sacristão se aproximando, suas chaves ruidosas ecoando das paredes próximas primeiro, depois novamente do teto alto. Suas passadas também faziam um sapateado duplo enquanto soavam do chão e ecoavam para baixo da vasta escuridão acima.

O sacristão viu os olhos de Hannibal primeiro, brilhando vermelhos além da luz de velas, e uma cautela primal se agitou nele. A nuca do sacristão formigou e ele fez uma cruz com suas chaves. Ah, era apenas um homem, e um jovem, aliás. O sacristão ondulou suas chaves diante dele como um turíbulo.

– É hora – disse ele e gesticulou com o queixo.

– Sim, é hora, e já passada – replicou Hannibal e saiu para a noite pela porta lateral.

35

Através do Sena, no Pont au Double e abaixo da Rue de la Bûcherie, onde ele ouviu um saxofone e risos de um clube de jazz num porão. Um casal fumando na porta, uma exalação de narcótico envolvendo-os. A garota se pôs na ponta dos pés para beijar a face do rapaz e Hannibal sentiu o beijo nitidamente em seu rosto. Fragmentos da música misturavam-se com a canção correndo em sua cabeça, conservando tempo, tempo. Tempo.

Ao longo da Rue Dante e através do amplo Boulevard Saint-Germain, sentindo o luar em sua cabeça, e atrás o Cluny para a Rue de l'École de Médecine e a entrada noturna para a faculdade de medicina, onde uma luz opaca estava acesa.

Hannibal destrancou a porta e entrou.

Sozinho no prédio, vestiu um jaleco branco e pegou a prancheta com a lista de suas tarefas. O mentor e supervisor de Hannibal na faculdade de medicina era o professor Dumas, um talentoso anatomista que optou por ensinar em vez de clinicar como meio de vida. Dumas era um homem brilhante distraído e carecia do brilho de um cirurgião. Ele exigia que cada um de seus alunos escrevesse uma carta para o cadáver anônimo que iam dissecar, agradecendo a este específico doador pelo privilégio de estudar seu corpo, incluindo garantias de que seria tratado com respeito e coberto o tempo todo em qualquer área que não estivesse sob estudo imediato.

Para as preleções do dia seguinte Hannibal ia preparar duas apresentações: uma reflexão da caixa torácica, expondo o pericárdio intacto, e uma delicada dissecação craniana.

Noite no laboratório de anatomia macroscópica. A ampla sala, com suas janelas altas e grandes ventiladores, estava fria o bastante, de modo que os cadáveres cobertos, preservados com formol, permanecessem sobre as vinte mesas pela noite toda. No verão eles seriam devolvidos ao tanque de cadáveres ao final do dia de trabalho. Pequenos corpos deploráveis debaixo dos lençóis, os não reclamados, os esfomeados encontrados amontoados nos becos, ainda se abraçando na morte até o rigor passar e depois, no banho de formol no tanque de cadáveres com seus companheiros, eles se deixam ir afinal.

Frágeis e parecendo passarinhos, eles eram enrugados como os passarinhos congelados e caídos na neve que homens famintos depenavam com os dentes.

Com 40 milhões de mortos na guerra, parecia estranho a Hannibal que os estudantes de medicina tivessem de usar cadáveres há muito preservados em tanques, sua cor desbotada pelo formol.

Ocasionalmente, a faculdade tinha sorte o bastante para obter um cadáver de um criminoso dos patíbulos ou do pelotão de fuzilamento no forte Montrouge ou Fresnes, ou da guilhotina em La Santé. Devido a sua dissecação craniana, Hannibal teve sorte em ter a cabeça de um graduado de La Santé que o observava da pia agora, a fisionomia empastada com sangue e palha.

Enquanto a serra de autópsia da escola aguardava por um novo motor, já pedido há meses, Hannibal tinha modificado uma furadeira elétrica americana, soldando uma pequena lâmina rotativa à ponta da furadeira para ajudar numa dissecação. Ela possuía um conversor de corrente do tamanho de uma cesta de pão que provocava um zumbido tão alto quanto a serra.

Hannibal tinha terminado com a dissecação do peito quando faltou eletricidade, como acontecia com frequência, e as luzes se apagaram. Ele trabalhou na pia à luz de um lampião a querosene, limpando o sangue e a palha da face do sujeito enquanto aguardava a volta da eletricidade.

Quando a luz voltou, ele não perdeu tempo em desfazer-se do escalpo e remover o tampo do crânio numa dissecação coronal para expor o cérebro. Injetou os maiores vasos sanguíneos com gel colorido, perfurando o mínimo possível a dura-máter que cobria o cérebro. Era mais difícil, porém o professor, que tendia ao teatral, queria ele mesmo remover a dura-máter diante da classe, puxando fora a cortina do cérebro, de modo que Hannibal a deixou quase intacta.

Ele descansou a mão enluvada levemente sobre o cérebro. Obcecado por memória e pelos pontos em branco em sua própria mente, desejou que pelo toque pudesse ler os sonhos do homem morto, que pela força de vontade pudesse explorar os seus próprios.

O laboratório à noite era um bom lugar para pensar, o silêncio quebrado apenas pelo tilintar dos instrumentos e, raramente, pelo gemido de um paciente no estágio inicial de dissecação, quando os órgãos ainda poderiam conter algum ar.

Hannibal realizou uma meticulosa dissecação parcial do lado esquerdo da face, depois fez esboços da cabeça, tanto do lado dissecado da face quanto do lado intacto, pois as ilustrações anatômicas faziam parte de sua erudição.

Agora ele queria estocar para sempre na sua mente as estruturas musculares, neurais e venosas da face. Sentado com sua mão enluvada na cabeça do paciente, Hannibal foi para o centro de sua própria mente e entrou no vestíbulo do palácio da memória. Ele optou por música nos corredores, um quarteto de cordas de Bach, e passou rapidamente pelo Salão da Matemática, pelo da Química, para uma sala que tinha adotado recentemente do Museu Carnavalet e que rebatizou de Salão do Crânio. Levou apenas alguns minutos para estocar tudo, associando detalhes anatômicos com o conjunto do arranjo de mostruários no Carnavalet, tomando cuidado para não pôr os azuis venosos da face contra os azuis nas tapeçarias.

Quando havia acabado no Salão do Crânio, fez uma pausa momentânea no Salão da Matemática, perto da entrada. Era uma das partes mais velhas do palácio em sua mente. Ele queria fazer um agrado a si mesmo com a sensação que teve aos 7 anos, quando compreendeu a prova que o Sr. Jakov lhe revelou. Todas as sessões tutoriais do Sr. Jakov no castelo estavam agora estocadas lá, mas nenhuma das suas conversas no pavilhão de caça.

Tudo do pavilhão de caça estava fora do palácio da memória, ainda nos terrenos, mas nos galpões escuros dos seus sonhos, chamuscados de preto como o pavilhão de caça, e para chegar lá ele teria de ir para fora. Teria de atravessar a neve onde páginas rasgadas do *Tratado sobre a luz* de Huygens eram sopradas pelo vento sobre o sangue e os miolos do Sr. Jakov, espalhados e congelados.

Nesses corredores do palácio ele podia escolher música ou não, mas nos galpões não podia controlar o som, e um determinado som lá poderia matá-lo.

Ele emergiu do palácio da memória de volta para sua mente, de volta para trás de seus olhos e para seu corpo de 18 anos, que sentava-se ao lado da mesa no laboratório de anatomia, sua mão pousada num cérebro.

Ele fez esboços por mais uma hora. No seu desenho acabado, as veias e nervos da metade dissecada da face refletiam o paciente sobre a mesa. O lado incólume da face não parecia o paciente, afinal. Era a face dos galpões. Era a face de Vladis Grutas, embora Hannibal só pensasse nele como Olhos Azuis.

SUBIU OS CINCO LANCES de escadas estreitas até seu quarto acima da escola de medicina e dormiu.

O teto do sótão inclinava-se, e o lado baixo era caprichado, harmonioso, japonês, com uma cama baixa. Sua escrivaninha ficava no lado alto do cômodo. As paredes em volta e sobre a escrivaninha estavam repletas de imagens, desenhos de dissecações, ilustrações anatômicas em progresso. Em cada caso, os órgãos e vasos estavam fidedignamente representados, mas as faces eram aquelas que ele via em sonhos. Acima de tudo, um crânio de um gibão de caninos longos observava de uma prateleira.

Ele podia se lavar até que o odor de formol saísse, e o cheiro químico do laboratório não chegava até aquela altura no velho prédio. Ele não carregava para seu sono imagens grotescas dos mortos e semidissecados, nem dos criminosos, decapitados ou enforcados, que ele às vezes escolhia das cadeias. Só havia uma imagem, um som, que podia desviá-lo do sono. E ele nunca sabia quando isso estava chegando.

Ocaso da lua. A luz do luar, difundida pelo vidro da janela ondulado e empolado, se arrasta pelo rosto de Hannibal e avança silenciosamente parede acima. Toca a mão de Mischa no desenho acima do leito, move-se sobre as faces parciais nos desenhos anatômicos, estica-se sobre os rostos dos seus sonhos, e chega, por fim, ao crânio do gibão, primeiro brilhando branca sobre os grandes caninos e depois nos ossos proeminentes acima das profundas cavidades oculares. Do escuro interior do seu crânio, o gibão observa Hannibal adormecido. O rosto de Hannibal é uma criança. Ele faz um ruído e se vira para o lado, liberando o braço de um aperto invisível.

De pé com Mischa no celeiro ao lado do pavilhão, abraçando-a, apertando-a, Mischa tossindo, Homem da Tigela apalpa a carne dos braços deles e fala, mas nenhum som sai de sua boca, apenas seu hálito desagradável visível no ar congelante. Mischa enterra o rosto no peito de Hannibal para fugir do hálito do Homem da Tigela. Olhos Azuis está dizendo alguma coisa, e agora eles estão cantando, aliciando. Vendo o machado e a tigela. Voando em cima de Olhos Azuis, gosto de sangue e restolho de barba, eles estão levando Mischa. Eles têm o machado e a tigela. Libertando-se e correndo atrás deles, pés se erguendo muuuuuito leeentamente para a porta, Olhos Azuis e Homem da Tigela segurando Mischa pelos pulsos acima do chão, ela girando a cabeça para olhar desesperadamente para ele através da neve ensanguentada e gritando...

Hannibal acordou, sufocando, agarrando-se no fim do sonho, mantendo os olhos firmemente fechados e tentando ir adiante do ponto em que acordou. Ele mordeu a fronha do travesseiro e forçou-se a prosseguir no sonho. Como os homens se chamavam? Quais eram os seus nomes? Quando ele perdeu o som? Não podia se lembrar de como foi. Queria saber como eles se chamavam. Precisava terminar o sonho. Entrou no palácio da memória e tentou atravessar os terrenos para os galpões escuros, passar pelos miolos do Sr. Jakov na neve, mas não conseguiu. Podia suportar ver as roupas de sua mãe em chamas, seus pais, Berndt e o Sr. Jakov mortos no pátio. Podia ver os saqueadores se movendo abaixo dele e Mischa no pavilhão de caça. Mas não podia passar por Mischa suspensa no ar, girando a cabeça para fitá-lo. Não conseguia lembrar de nada depois disso, só pôde se lembrar de muito mais tarde: ele viajando num tanque, encontrado pelos soldados com a corrente em volta do pescoço. Ele queria se lembrar. Tinha que se lembrar. *Dentesnumalatrina.* O lampejo não vinha com frequência; fazia-o soerguer-se. Olhou para o gibão à luz da lua. *Dentes muito menores do que esses. Dentes de bebê. Não terríveis. Como os meus podem ser. Preciso ouvir as vozes carregadas pelo hálito fedorento deles, sei como suas palavras cheiram. Tenho que me lembrar de seus nomes. Tenho que achá-los. E acharei. Como posso interrogar a mim mesmo?*

36

O professor Dumas escreveu à mão com letra clara e legível, coisa rara num médico. Seu bilhete dizia: HANNIBAL, PODERIA, POR FAVOR, VER O QUE PODE FAZER NA QUESTÃO DE LOUIS FERRAT EM LA SANTÉ?

O professor anexara um recorte de jornal acerca do sentenciamento de Ferrat com poucos detalhes sobre ele: Ferrat, de Lyon, tinha sido um modesto funcionário de Vichy, um pequeno colaborador durante a ocupação alemã, mas depois foi preso pelos alemães por falsificar e vender cupons de ração. Depois da guerra foi acusado de cumplicidade em crimes de guerra, mas solto por falta de provas. Um tribunal francês o condenou pelo assassinato de duas mulheres em 1949-1950 por questões pessoais. Sua execução foi agendada para dali a três dias.

A prisão de La Santé fica no 14º *arrondissement*, não distante da faculdade de medicina. Hannibal chegou lá em 15 minutos de caminhada.

Operários estavam consertando o encanamento do pátio, lugar das execuções desde que o público fora proibido de lhes assistir, em 1939. Os guardas no portão conheciam Hannibal de vista e deixaram-no passar. Enquanto assinava o registro de visitantes, viu a assinatura do inspetor Popil no alto da página.

O som de marteladas vinha de uma ampla sala vazia no corredor principal. Enquanto passava, Hannibal captou a visão de um rosto que reconheceu. O carrasco do Estado, Anatole Tourneau, conhecido como "*monsieur* Paris", trouxera a guilhotina de sua garagem na Rue de la Tombe-Issoire para montá-la dentro da prisão. Ele estava girando as rodinhas da carreta da lâmina, o *mouton*, que evitava que a lâmina emperrasse na descida.

Monsieur Paris era um perfeccionista. A seu favor, ele sempre usava um capuz no topo do *mouton* para impedir que o condenado visse a lâmina.

Louis Ferrat estava na cela dos condenados, separada por um corredor das outras celas enfileiradas no segundo andar do primeiro prédio de La Santé. O alarido da prisão superlotada alcançava sua cela como uma lenga-lenga de murmúrios, gritos e clangores, mas ele podia ouvir os golpes da marreta de *monsieur* Paris tanto quanto a algazarra do andar abaixo.

Louis Ferrat era um homem esguio, com cabelo escuro, recém-cortado de sua nuca e da parte de trás da cabeça. O cabelo no topo fora deixado longo, para fornecer ao assistente de *monsieur* Paris um lugar melhor onde segurar do que as minúsculas orelhas de Louis.

Ferrat sentava-se em seu catre com roupas de baixo combinando, esfregando entre seu polegar e os outros dedos um crucifixo numa corrente em volta do pescoço. Sua camisa e calças estavam cuidadosamente arrumadas sobre uma cadeira, como se uma pessoa tivesse estado sentada lá e evaporado deixando as vestes. A roupa reclinava-se na cadeira na posição anatômica. Ferrat ouviu Hannibal, mas não ergueu a vista.

– Boa tarde, *monsieur* Louis Ferrat – disse Hannibal.

– *Monsieur* Ferrat saiu de sua cela – respondeu Ferrat. – Eu o represento. O que você quer?

Hannibal deu-se conta das roupas sem mover os olhos.

– Quero pedir-lhe que faça uma doação do seu corpo para a faculdade de medicina, em benefício da ciência. Será tratado com grande respeito.

– Vocês terão seu corpo de qualquer maneira. É só arrastá-lo.

– Não posso e não levaria o corpo sem a sua permissão. Nem o arrastaria.

– Ah, aqui está meu cliente agora – disse Ferrat. Ele deu as costas a Hannibal e conferenciou em silêncio com a roupa, como se ela tivesse acabado de entrar na cela e sentado na cadeira. Ferrat retornou às grades. – Ele quer saber por que eu deveria dar-lhe seu corpo.

– Por 50 mil francos para os parentes dele.

Ferrat virou-se para as roupas e depois para Hannibal.

– *Monsieur* Ferrat diz: *Fodam-se os meus parentes. Eles estenderiam suas mãos e eu cagaria nelas.* – Ferrat baixou a voz. Esqueça a linguagem... ele está perturbado... e a gravidade do assunto exige que eu o cite na íntegra.

– Entendo perfeitamente – disse Hannibal. – Você acha que ele gostaria de doar o pagamento para uma causa que a família dele despreza, o que seria uma satisfação para ele, *monsieur*...?

– Pode me chamar de Louis... *monsieur* Ferrat e eu somos xarás. Não. Acredito que está decidido. *Monsieur* Ferrat vive em algum lugar à parte de si mesmo. Ele diz que tem muito pouca influência sobre sua própria pessoa.

Entendo. Ele não é o único.

– Eu não acredito que você entenda alguma coisa. Você não passa de uma crian... não muito mais do que um colegial.

– Você poderia me ajudar, então. Cada aluno na faculdade escreve uma carta pessoal de agradecimento ao doador com quem está trabalhando. Conhecendo *monsieur* Ferrat como conhece, poderia me ajudar a redigir uma carta de agradecimento? Só no caso de ele decidir favoravelmente?

Ferrat esfregou seu rosto. Seus dedos pareciam ter um conjunto extra de juntas onde haviam sido quebrados e mal engessados anos atrás.

– Quem um dia iria lê-la, além do próprio *monsieur* Ferrat?

– Ficaria afixada na faculdade, se ele desejar. Todos iriam vê-la, gente importante e influente. Ele poderia submetê-la ao *Le Canard Enchainé* para publicação.

– Que tipo de coisa você desejaria dizer?

– Eu o descreveria como altruísta, descreveria sua contribuição para a ciência, para o povo francês, para os avanços da medicina que irão ajudar a futura geração de crianças.

– Nunca mencione crianças. Deixe as crianças de fora.

Hannibal rapidamente escreveu uma saudação no seu bloco.

– Você acha que isto é suficientemente honroso? – Ele a segurou alta o bastante para que Louis Ferrat tivesse que olhar para ela, esticando seu pescoço ao máximo.

Não é um pescoço muito comprido. A não ser que monsieur *Paris consiga uma boa empunhadura no seu cabelo, não restaria muita coisa abaixo do osso hioide, inútil para uma exibição do triângulo cervical frontal.*

– Não devemos negligenciar o patriotismo dele – disse Ferrat. – Quando Le Grand Charles transmitiu por rádio de Londres, quem foi que respondeu? Foi Ferrat nas barricadas! *Vive la France!*

Hannibal observou enquanto o fervor patriótico inchava a artéria na testa do traidor Ferrat e fazia a jugular se destacarem no seu pescoço – *uma cabeça eminentemente injetável.*

– Sim, *vive la France!* – repetiu Hannibal, redobrando seus esforços. – Nossa carta deveria enfatizar que, embora o chamem de colaborador de Vichy, ele foi então um herói da Resistência?

– Certamente.

– Ele salvou paraquedistas baixados em solo francês?

– Em diversas ocasiões.

– Realizou os costumeiros atos de sabotagem?

– Com frequência, e sem ligar para sua própria segurança.

– Tentou proteger os judeus?

Demora de uma fração de segundo.

– Indiferente ao seu próprio risco.

– Foi torturado, talvez, teve dedos quebrados pelo bem da França?

– Ele ainda pôde usá-los para saudar orgulhosamente quando Le Grand Charles retornou – disse Ferrat.

Hannibal terminou de rascunhar.

– Enumerei os destaques aqui, acha que poderia mostrar a ele?

Ferrat examinou a folha do bloco, tocando cada ponto com o dedo indicador, assentindo, murmurando para si mesmo.

– Você deveria pôr alguns testemunhos dos amigos dele na Resistência. Eu poderia indicar alguns. Um momento, por favor.

Ferrat deu as costas para Hannibal e inclinou-se junto às roupas. Virou-se de novo com uma decisão.

– A resposta do meu cliente é: *Merde. Diga a este fedelho que vou querer ver a droga e esfregá-la em minhas gengivas antes de assinar.* Perdão, mas é uma citação literal. – Ferrat tornou-se confidencial, inclinando-se junto às grades. – Outros na galeria disseram-lhe que ele poderia obter bastante láudano... bastante láudano para ficar indiferente à lâmina. "Para sonhar e não gritar", é como eu colocaria isto num tribunal. A faculdade de Sr. Pierre está oferecendo láudano em troca de... permissão. Você vai trazer láudano?

– Voltarei a procurar você, com uma resposta para ele.

– Eu não esperaria muito tempo – disse Ferrat. – St. Pierre estará vindo aí. – Ele levantou a voz e agarrou a bainha de sua cueca como poderia aferrar seu colete durante uma oração. – Estou autorizado a negociar em seu benefício também com St. Pierre. – Perto das grades e baixinho agora: – Três dias e o pobre Ferrat estará morto, e estarei pranteando a perda de um cliente. Você é da área médica. Acha que vai doer? *Monsieur* Ferrat vai sofrer quando eles...

– De modo algum. A parte desconfortável é agora. A que antecede. Quanto à coisa em si, não. Nem mesmo por um instante.

Hannibal tinha começado a sair quando Ferrat o chamou. Ele voltou às grades.

– Os estudantes não iriam rir dele, por causa de suas partes íntimas expostas?

– Claro que não. Um paciente está sempre coberto, exceto pelo campo exato do estudo.

– Mesmo se ele fosse... de algum modo diferente?

– De que maneira?

– Mesmo se ele tivesse, hã, partes infantis?

– É uma circunstância comum e nunca, jamais, motivo de riso – disse Hannibal. *É um candidato para o museu de anatomia, onde os doadores não são creditados.*

O bater da marreta do carrasco se registrou como uma contração no canto do olho de Louis Ferrat enquanto sentava-se no catre, sua mão na manga de sua companhia, a roupa. Hannibal o via imaginando a montagem da guilhotina, o *mouton* fixado no lugar, a lâmina com seu gume protegido por um pedaço cortado de mangueira de jardim, debaixo do conjunto, o receptáculo.

Com um sobressalto, vendo-a em sua mente, Hannibal percebeu o que era o receptáculo. Era uma *banheira de criança.* Como uma lâmina caindo, a mente de Hannibal ceifou o pensamento e, no silêncio que se seguiu, a angústia de Louis lhe era tão familiar como as veias no rosto do homem, como as artérias no seu próprio.

– Conseguirei o láudano para ele – disse Hannibal. Se não obtivesse o láudano, poderia comprar para ele uma pelota de ópio.

– Dê-me o formulário de autorização. Pegue-o de volta quanto trouxer a droga.

Hannibal olhou para Louis Ferrat, lendo sua face tão intencionalmente quanto estudara seu pescoço, farejando o medo nele, e disse:

– Louis, tem algo para seu cliente considerar. Todas as guerras, todo o sofrimento e dor que aconteceram nos séculos antes de ele nascer, antes da vida dele, o quanto isto o incomodou?

– Nem um pouco.

– Então por que deveria incomodar-se com algo depois da vida dele? É um sono imperturbável. A diferença é que não se desperta dele.

37

O bloco original de gravação em madeira para o grande atlas de anatomia de Vesálio, *De Fabrica,* foi destruído em Munique na Segunda Guerra Mundial. Para o Dr. Dumas, as gravações eram relíquias sagradas, e no seu pesar e raiva ele se inspirou para compilar um novo atlas de anatomia. Seria o mais atualizado atlas a suceder o de Vesálio nos quatrocentos anos desde *De Fabrica.*

Dumas descobriu que os desenhos eram superiores à fotografia para ilustrar a anatomia, e essenciais na elucidação de radiografias nebulosas. O Dr. Dumas era um anatomista por excelência, mas não um desenhista. Para sua grande sorte, ele viu o desenho de um sapo feito por Hannibal Lecter ainda na escola, acompanhou seu progresso e garantiu-lhe uma bolsa de estudos em medicina.

Início da noite no laboratório. Durante o dia, o professor Dumas havia dissecado o ouvido interno na sua lição diária e tinha deixado isso para Hannibal, que agora desenhava numa lousa os ossos da cóclea ampliados cinco vezes.

A sineta da noite tocou. Hannibal estava esperando uma entrega do pelotão de fuzilamento de Fresnes. Recolheu uma maca e empurrou-a pelo longo corredor até a entrada da noite.

Uma roda da maca estalou no piso de pedra e ele tomou uma nota mental para consertá-la.

De pé ao lado do corpo estava o inspetor Popil. Dois atendentes da ambulância transferiram o fardo flácido e gotejante de sua padiola para a maca e foram embora.

Lady Murasaki tinha uma vez observado, para aborrecimento de Hannibal, que Popil se parecia com o belo ator Louis Jourdan.

– Boa noite, inspetor.

– Preciso ter uma conversa com você – disse o inspetor Popil, parecendo tudo menos Louis Jourdan.

– Importa-se se eu trabalhar enquanto conversamos?

– Não.

– Venha, então. – Hannibal rolou a maca pelo corredor, a roda estalando mais alto agora. Empenada, provavelmente.

Popil abriu as portas de vaivém para o laboratório.

Como Hannibal esperava, os ferimentos maciços no peito ocasionados pelo fuzilamento em Fresnes tinham drenado o corpo muito bem. Estava pronto para o tanque de cadáveres. Esse procedimento poderia ter esperado, mas Hannibal estava curioso para ver se Popil, na sala do tanque de cadáveres, pareceria ainda menos com Louis Jourdan, e se o ambiente afetaria sua compleição aveludada.

Era um espaço rústico de concreto, adjacente ao laboratório, onde se chegava através de portas duplas com lacres de borracha. Um tanque redondo de formol com 3,5 metros de diâmetro estava no centro da sala e coberto com uma tampa de zinco. A tampa tinha uma série de portas fixadas por dobradiças. A um canto da sala um incinerador queimava os despojos do dia: naquela ocasião, um sortimento de orelhas.

Um guincho de corrente estava acima do tanque. Os cadáveres, etiquetados e numerados, cada um em um arnês, acorrentados a uma barra em volta da circunferência do tanque. Um amplo ventilador com pás enferrujadas estava fixado na parede. Hannibal ligou o ventilador e abriu as pesadas portas metálicas do tanque. Ele etiquetou o corpo, colocou-lhe um arnês, e com o guincho balançou-o sobre o tanque e baixou-o para o formol.

– Você veio de Fresnes com ele? – disse Hannibal enquanto as bolhas subiam.

– Sim.

– Assistiu à execução?

– Sim.

– Por quê, inspetor?

– Eu o prendi. Se eu o levei para aquele lugar, assisto.

– Uma questão de consciência, inspetor?

– A morte é uma consequência do que faço. Acredito em consequências. Você prometeu láudano a Louis Ferrat?

– Láudano obtido legalmente.

– Mas não legalmente prescrito.

– É uma prática comum entre os condenados, em troca da permissão deles, tenho certeza de que sabe disso.

– Sim. Não dê isso a ele.

– Ferrat é um dos seus? Prefere vê-lo sóbrio?

– Sim.

– Quer que ele sinta plenamente a consequência, inspetor? Pedirá a *monsieur* Paris para tirar a capa da guilhotina, de modo que ele possa ver a lâmina, sóbrio, com sua visão desanuviada?

– Meus motivos me pertencem. E você não lhe dará láudano. Se eu o descobrir sob a influência de láudano, você nunca exercerá medicina na França. Cuide para que a visão dele esteja desanuviada.

Hannibal percebeu que a sala não incomodou Popil. Ele observou o dever do inspetor brotar nele.

Popil afastou-se dele para falar:

– Seria uma vergonha, porque você tem futuro. Eu o parabenizo por suas notas excelentes. Você agradou em cheio. Sua família estaria... e está... muito orgulhosa. Boa noite.

– Boa noite, inspetor. E obrigado pelos ingressos para a ópera.

38

Noite em Paris, chuva fina e os paralelepípedos brilhando. Lojistas, fechando para a noite, direcionam o fluxo de água da chuva nas calhas para juntá-lo com fragmentos rolados do carpete.

O minúsculo limpador de para-brisa no furgão da faculdade de medicina era movido por tubo de distribuição a vácuo e Hannibal teve de injetar gasolina de tempos em tempos para desembaçá-lo na curta viagem até a prisão de La Santé.

Atravessou o portão para o pátio, a chuva caindo fria em sua nuca enquanto enfiava a cabeça pela janela para ver, o guarda na guarita não tendo saído para dirigir-se a ele.

Dentro do corredor principal de La Santé, o assistente de *monsieur* Paris chamou-o até a sala com a guilhotina. O homem estava usando um avental impermeável e tinha também uma capa impermeável sobre o chapéu-coco novo que usava para a ocasião. Ele havia colocado o escudo de salpicos diante do seu posto junto à lâmina para melhor proteger seus sapatos e bainhas da calça.

Uma comprida cesta de vime forrada com zinco estava ao lado da guilhotina, pronta para receber o corpo.

– Nada de empacotamento aqui, ordens do diretor – disse ele. – Você terá de levar a cesta e devolvê-la. Vai caber no furgão?

– Sim.

– Não é melhor medir antes?

– Não.

– Então você o levará com tudo junto. Nós enfiaremos debaixo do seu braço. Eles estão na porta ao lado.

Numa cela caiada com altas janelas gradeadas, Louis Ferrat jazia sobre a maca na luz berrante das lâmpadas acima.

A tábua inclinada da guilhotina, o *bascule*, estava debaixo dele. Um tubo intravenoso estava aplicado em seu braço.

O inspetor Popil assomou sobre Louis Ferrat, falando diretamente para ele, protegendo com a mão os olhos do preso do clarão intenso. O médico da prisão inseriu uma seringa hipodérmica no tubo intravenoso e injetou uma pequena quantidade de líquido claro.

Quando Hannibal entrou na sala, Popil não ergueu a vista.

– *Lembre-se*, Louis – disse Popil. – Preciso que você se lembre.

O olhar de Louis capturou Hannibal de imediato.

Popil então viu Hannibal e levantou a mão para que ele ficasse para trás. Popil chegou mais perto do rosto suado de Louis Ferrat.

– Conte-me.

– Pus o corpo de Cendrine em duas sacolas. Aumentei o peso com relhas de arado, e então as rimas estavam chegando...

– Não Cendrine, Louis. *Lembre-se*. Quem disse a Klaus Barbie onde as crianças estavam escondidas, de modo que ele pudesse embarcá-las para o Leste? Quero que você se lembre.

– Eu pedi a Cendrine. Eu disse: "Pelo menos toque nele"... ela riu de mim e as rimas começaram a chegar...

– Não! Não Cendrine – disse Popil. – Quem contou aos nazistas sobre as crianças?

– Não consigo pensar sobre isso.

– Você só tem de conseguir mais uma vez. Isto o ajudará a lembrar.

O médico aplicou um pouco mais de droga na veia de Louis, esfregando seu braço para pôr a substância em movimento.

– Louis, você deve se lembrar. Klaus Barbie embarcou as crianças para Auschwitz. Quem contou a ele onde estavam escondidas? Você disse a ele?

A face de Louis estava cinzenta.

– A Gestapo me capturou falsificando cupons de ração – disse ele. – Quando quebraram meus dedos, entreguei-lhes Pardou... Pardou sabia onde os órfãos estavam escondidos. Ele conseguiu mais uma cabeça para eles e conservou seus dedos. Ele hoje é prefeito de Trent-la Forêt. Vi isto, mas não ajudei. Eles inspecionaram a traseira do caminhão para mim.

– Pardou – Popil assentiu. – Obrigado, Louis.

Popil começou a virar-se quando Louis disse:

– Inspetor?

– Sim, Louis?

– Quando os nazistas jogaram as crianças nos caminhões, onde estava a polícia?

Popil fechou os olhos por um momento, depois acenou para um guarda, que abriu a porta para a sala da guilhotina. Hannibal pôde ver um padre e *monsieur* Paris de pé ao lado da máquina. O assistente do carrasco retirou a corrente e o crucifixo em volta do pescoço de Louis e os pôs na mão dele, ficando a seu lado. Louis olhou para Hannibal. Ergueu a cabeça e abriu a boca. Hannibal foi para o lado dele e Popil não tentou impedi-lo.

– O dinheiro, Louis?

– St. Sulpice. Não na caixa dos pobres, mas na caixa para almas no Purgatório. Onde está a droga?

– Eu prometo. – Hannibal tinha um frasco de tintura diluída de ópio no bolso do casaco. O guarda e o assistente do carrasco oficialmente olharam para o lado. Popil não olhou. Hannibal segurou o frasco junto aos lábios de Louis e ele bebeu. Louis acenou com a cabeça na direção de sua mão e abriu a boca de novo. Hannibal levou o crucifixo e a corrente à boca de Louis antes que o virassem na prancha que iria carregá-lo até debaixo da lâmina.

Hannibal observou o peso no coração de Louis se dissipar. A maca avançou pela soleira da sala da guilhotina e o guarda fechou a porta.

– Ele queria que o crucifixo permanecesse com sua cabeça em vez de com seu coração – disse Popil. – Você sabia o que ele queria, não sabia? O que mais você e Louis têm em comum?

– Nossa curiosidade acerca de onde estava a polícia quando os nazistas jogaram as crianças nos caminhões. É o que temos em comum.

Popil podia ter-lhe virado as costas então. O momento passou. O inspetor fechou seu caderno de notas e deixou a sala.

Hannibal aproximou-se imediatamente do médico.

– Doutor, que droga é aquela?

– Uma combinação de tiopental sódico e dois outros hipnóticos. A Sûreté a usa para interrogatórios. Às vezes libera a memória reprimida no condenado.

– Precisamos arranjar permissão para usá-la em nosso trabalho de sangue no laboratório. Pode me dar a amostra?

O doutor passou-lhe o frasco.

– A fórmula e a dosagem estão no rótulo.

Da sala ao lado veio um baque pesado.

– Eu esperaria alguns minutos se fosse você – disse o doutor. – Até Louis esfriar.

39

Hannibal deitou no leito baixo no seu quarto na mansarda. As velas bruxuleavam nos rostos que desenhou dos seus sonhos e sombras brincavam sobre o crânio do gibão. Olhou para as órbitas vazias do gibão e prendeu seu lábio inferior atrás dos dentes, como se para combinar com os caninos do macaco. Ao lado dele havia um fonógrafo circular com uma trompa em forma de lírio. Ele tinha uma agulha no braço, atada a uma seringa hipodérmica cheia com o coquetel de hipnóticos usado no interrogatório de Louis Ferrat.

– Mischa, Mischa. Estou indo. – *Fogo nas roupas de sua mãe, as velas votivas reluzindo diante de Santa Joana. "É hora", disse o sacristão.*

Ele ligou o prato do fonógrafo e baixou o grosso braço de agulha no disco de canções infantis. O disco estava arranhado, o som chiado e baixo, mas ainda assim o penetrou.

Sagt, wer mag das Mannlein sein
Das da steht im Walde allein

Ele empurrou o êmbolo da agulha alguns milímetros e sentiu a droga queimar na sua veia. Esfregou o braço para movê-la à frente. Hannibal olhou firmemente à luz de velas para os rostos esboçados dos seus sonhos e tentou fazer suas bocas se moverem. Talvez eles cantassem primeiro, e depois dissessem seus nomes. O próprio Hannibal cantou, para animá-los.

Não conseguia fazer as faces se moverem mais do que podia encarnar o gibão. Mas foi o gibão que sorriu por trás de seus caninos, sem beiços, suas mandíbulas curvando-se num sorriso, e *Olhos Azuis sorriu então, a expressão divertida queimada na mente de Hannibal. E então o cheiro de fumaça de lenha no pavilhão, a fumaça em camadas no quarto frio, o hálito cadavérico dos homens amontoados em torno dele e Mischa na estufa. Eles os levaram então para o celeiro. Mudas de roupa de criança no celeiro, manchadas e estranhas para ele. Não podia ouvir os homens falando, não podia ouvir como chamavam uns aos outros, mas então veio a voz distorcida de Homem da Tigela, dizendo: "Levem ela, ela vai morrer de qualquer jeito. Ele ficará freeescoo por mais algum tempo." Lutando e mordendo e vindo agora a coisa que ele não podia suportar ver, Mischa agarrada pelos braços, pés limpos da neve ensanguentada, se retorcendo, OLHANDO DE VOLTA PARA ELE.*

– ANNIBA! – a voz dela...

Hannibal sentou-se no leito. Seu braço em inclinação empurrou o êmbolo da seringa até o fim.

E então o celeiro girou em volta dele.

– ANNIBA!

Hannibal correndo livre até a porta atrás deles, a porta do celeiro batendo no seu braço, ossos quebrando, Olhos Azuis voltando para erguer o atiçador de fogo, girando-o sobre sua cabeça, do pátio o som do machado e agora a bem-vinda escuridão.

Hannibal esforçou-se para levantar no seu leito no sotão, sua visão entrando e saindo de foco, as faces girando na parede.

Isto passou. Passou a coisa para a qual ele não podia olhar, a coisa que não podia ouvir e viver. Despertando no pavilhão, com sangue pisado na têmpora e a dor disparando do alto de seu braço, agrilhoado ao corrimão e o tapete puxado sobre ele. Trovão – não, aqueles eram disparos de artilharia nas árvores, os homens abraçados em frente à lareira com a bolsa de couro do cozinheiro, retirando crachás de soldados e jogando-os na bolsa junto com seus documentos, jogando no lixo os papéis de suas carteiras e colocando braçadeiras da Cruz Vermelha. E então o grito e o brilhante lampejo de uma bomba fosforosa explodindo contra a couraça do tanque morto lá fora, e o pavilhão está em chamas, em chamas. Os criminosos correndo para a noite, para o seu caminhão meia-lagarta, e o Cozinheiro para à porta. Segurando a bolsa ao lado do rosto para protegê-lo do calor, ele pega do bolso uma chave de cadeado e joga para Hannibal enquanto a bomba seguinte chega. Eles nunca ouviram a bomba silvar, apenas a casa se levantar e a sacada onde Hannibal estava se inclinar, ele deslizando contra o corrimão e a escada desabando em cima de Cozinheiro. Hannibal ouvindo seu cabelo tostar numa língua de chama e a seguir ele está do lado de fora, o caminhão rugindo através da floresta, o tapete em torno dele pegando fogo na beirada, explosões de bomba sacudindo o solo e estilhaços uivando ao passarem por ele. Pondo o cobertor em chamas na neve e arrastando-se, arrastando-se penosamente, seu braço pendente.

Aurora cinzenta sobre os tetos de Paris. No quarto no sótão o fonógrafo desacelera até parar, e as velas derretem. Os olhos de Hannibal se abrem. Os rostos na parede estão imóveis. Mais uma vez são desenhos a giz, folhas planas movendo-se num esboço. O gibão voltou a sua expressão habitual. O dia está chegando. Em toda parte está surgindo. Uma nova luz está em toda parte.

40

Sob um céu baixo cinzento em Vilnius, Lituânia, um sedã Skoda da polícia dobrou na agitada Sventaragio e numa rua estreita perto da universidade, buzinando para os pedestres saírem do caminho, fazendo-os praguejar. O carro parou diante de um novo cortiço de apartamentos construído pelos russos, de aparência grosseira mesmo diante dos já decrépitos conjuntos habitacionais. Um homem alto em uniforme da polícia soviética saltou do carro e, percorrendo com o dedo uma fileira de botões, pressionou uma campainha marcada com o nome Dortlich.

A campainha tocou num apartamento do terceiro andar, onde um velho jazia na cama, remédios amontoados numa mesa ao lado dele. Acima da cama havia um relógio de pêndulo suíço. Um cordão pendia do relógio até o travesseiro. Era um velho durão, mas à noite, quando o medo baixava sobre ele, podia puxar o cordão no escuro e ouvir o badalo do relógio dando a hora, sabendo que ainda não estava morto. O ponteiro dos minutos movia-se pulo a pulo. Ele fantasiou que o pêndulo estava decidindo, paulatinamente, o momento da sua morte.

O velho confundiu a campainha com sua própria respiração áspera. Ele ouviu a voz de sua criada se elevar no vestíbulo lá fora e depois ela enfiar a cabeça na porta, encrespando-se debaixo de sua touca.

– É seu filho, senhor.

O policial Dortlich passou por ela e entrou no quarto.

– Olá, pai.

– Não estou morto ainda. É muito cedo para a pilhagem. – O velho achou estranho como a raiva só assomava a sua cabeça agora e não mais atingia seu coração.

– Trouxe-lhe chocolates.

– Dê para Bergid ao sair. Não a estupre. Boa noite, tenente Dortlich.

– É tarde para continuar assim. Você está morrendo. Vim para ver se há alguma coisa que possa fazer por você, além de fornecer este apartamento.

– Você poderia mudar o seu nome. Quantas vezes já trocou de lado?

– O suficiente para continuar vivo.

Dortlich usava o verde berrante da Guarda de Fronteira Soviética. Descalçou uma luva e foi para a beira da cama do pai. Tentou tomar a mão do velho, seu dedo sentindo o pulso, mas ele afastou a mão cicatrizada do filho. A visão da mão de Dortlich trouxe um brilho aquoso aos olhos de seu pai. Com um esforço, o velho alcançou e tocou as medalhas que balançavam no peito de Dortlich enquanto ele se inclinava sobre a cama. As condecorações incluíam Excelente Policial da MVD, uma do Instituto para Treinamento Avançado em Administração de Cadeias e Campos de Concentração, e Excelente Construtor Soviético de Pontes Flutuantes. A última condecoração era uma extensão; Dordich tinha construído algumas pontes flutuantes, mas para os nazistas, num batalhão de trabalho forçado. Ainda assim, era uma bela peça esmaltada e, se questionado a respeito, ele podia enrolar.

– Eles lhe deram estas por uma caixa de papelão?

– Não vim aqui buscar sua bênção. Vim para ver se precisava de alguma coisa e me despedir.

– Foi ruim o bastante ver você num uniforme russo.

– O Vigésimo Sétimo dos Fuzileiros – disse Dortlich.

– Pior foi vê-lo num uniforme nazista. Isso matou sua mãe.

– Havia vários de nós. Não apenas eu. Tenho uma vida. Você tem um leito para morrer em vez de uma vala. Tem carvão. É tudo o que tenho a lhe dar. Os trens para a Sibéria estão abarrotados. As pessoas atropelam umas às outras e cagam nos chapéus. Dê graças por ter lençóis limpos.

– Grutas era pior que você, e você sabia disso. – Ele teve de fazer uma pausa para tomar fôlego. – Por que foi atrás dele? Você saqueou com criminosos e desordeiros, roubou casas e despiu os mortos.

Dortlich replicou como se não tivesse ouvido seu pai:

Quando eu era pequeno e me queimei, você sentou-se à beira da cama e entalhou o pião para mim. E quando pude segurar o chicote você me mostrou como rodar o pião. É um lindo pião, com todos os animais nele. Ainda o tenho. Obrigado. – Ele pôs os chocolates junto ao pé da cama, onde o velho não podia empurrá-los para o chão.

– Volte para seu posto policial, pegue minha ficha e escreva *Sem Família Conhecida* – disse o pai de Dortlich.

Dortlich tirou um pedaço de papel de seu bolso.

– Se quiser que eu o mande para casa quando morrer, assine isto e deixe para mim. Bergid o ajudará e será testemunha de sua assinatura.

No carro, Dortlich rodou em silêncio até estarem se movendo com o tráfego em Radvilaites.

Ao volante, o sargento Svenka ofereceu um cigarro a Dortlich e disse:

– Difícil ver o velho?

– Estou é contente por não ser eu – disse Dortlich. – A porra da criada... eu devia ter ido lá quando Bergid estava na igreja.

Igreja... ela se arrisca a ir para a cadeia. Pensa que não sei. Meu pai estará morto em um mês. Eu o despacharei para sua cidade natal na Suécia. Teríamos 3 metros cúbicos de espaço debaixo do corpo, um bom espaço de três metros de comprimento.

O tenente Dortlich ainda não tinha um gabinete particular, mas ganhara uma mesa na sala comunal da estação de polícia, onde prestígio significava proximidade com a estufa. Agora, na primavera, a estufa estava fria e documentos empilhavam-se sobre ela. A papelada que cobria a mesa de Dortlich era metade besteirada burocrática, e metade disso podia ser seguramente jogado fora.

Havia quase nenhuma intercomunicação entre os departamentos de polícia e a MVD nas vizinhas Letônia e Polônia. As polícias nos países satélites soviéticos eram organizadas em torno da Central Soviética em Moscou como uma roda com raios e nenhum aro.

Aqui estava a coisa a que ele tinha de ficar atento: pelo telégrafo oficial, a lista de estrangeiros portando um visto para a Lituânia. Dortlich comparou-a com a extensa lista de procurados e com a lista dos politicamente suspeitos. O oitavo portador de visto a partir do topo era Hannibal Lecter, um membro novo em folha do Partido Comunista Francês.

Dortlich dirigiu seu próprio motor de dois tempos Wartburg até o Departamento Estatal de Telefones, onde tinha negócios cerca de uma vez por mês. Esperou do lado de fora até ver Svenka entrar para começar seu turno. Logo, com Svenka no controle da mesa telefônica, Dortlich ficou sozinho numa cabine telefônica com uma linha-tronco crepitante e cheia de estática para a França. Ele pôs um medidor de sinal de força no telefone e observou a agulha para o caso de um enxerido.

No porão de um restaurante perto de Fontainebleau, França, um telefone tocou no escuro. Tocou por cinco minutos antes que alguém atendesse.

– Fale.

– Alguém precisa responder mais rápido, comigo aqui congelando o rabo. Precisamos fazer um arranjo na Suécia, para que amigos recebam um corpo – disse Dortlich. – E o garoto Lecter está voltando. Com um visto de estudante da Juventude para o Renascimento do Comunismo.

– Quem?

– Pense a respeito. Discutimos isto na última vez em que jantamos juntos – disse Dortlich. Relanceou para sua lista. – Propósito da visita: catalogar para o povo o acervo da biblioteca do castelo Lecter. Isto é uma piada... os russos usaram os livros para limpar o rabo. Precisamos fazer alguma coisa aí do seu lado. Você sabe a quem contar.

41

A noroeste de Vilnius, perto do rio Neris, ficam as ruínas de uma antiga usina de eletricidade, a primeira na região. Em épocas mais felizes ela fornecia uma modesta quantidade de energia elétrica para Vilnius e para várias serrarias e uma oficina mecânica ao longo do rio. Funcionava em todas as estações climáticas, enquanto pudesse ser abastecida com carvão polonês por um ramal ferroviário de bitola estreita ou por barcaças do rio.

A Luftwaffe a bombardeou completamente nos primeiros cinco dias da invasão alemã. Com o advento das novas linhas de transmissão soviéticas, ela nunca foi reconstruída.

A estrada para a usina estava bloqueada por uma corrente trancada com cadeado em postes de concreto. O cadeado estava enferrujado por fora mas bem lubrificado por dentro. Um letreiro dizia, em russo, lituano e polonês: bombas não detonadas, entrada proibida.

Dortlich desceu do caminhão e baixou a corrente para o solo. O sargento Svenka dirigiu passando sobre ela. O cascalho estava coberto em alguns trechos por ervas daninhas que raspavam debaixo do caminhão com um som arquejante.

Svenka disse:

– Aqui é onde toda a guarnição...

– Sim – disse Dortlich, cortando-o.

– Você acha mesmo que há minas?

– Não. E, se eu estiver errado, guarde isto para si mesmo – retrucou Dortlich. Não era da sua natureza fazer confidências, e sua necessidade da ajuda de Svenka o deixava irritável.

Um abrigo pré-fabricado da Lei de Empréstimo e Arrendamento, chamuscado de um lado, estava de pé nas proximidades dos alicerces rachados e enegrecidos da usina de força.

– Puxe para cima lá junto ao monte de mato. Arranque a corrente – ordenou Dortlich.

Dortlich atou a corrente ao guincho de reboque do caminhão, sacudindo o nó para endireitar os elos. Cavoucou no mato para achar a extremidade de uma lingueta de madeira e, fixando a corrente nela, lançou o caminhão à frente até que a lingueta empilhada de mato se moveu o bastante para revelar as portas de metal de um abrigo antiaéreo.

– Depois do último ataque, os alemães lançaram paraquedistas para impedir a travessia do rio Neris – disse Dortlich. – A equipe da usina elétrica tinha se abrigado aqui. Um paraquedista bateu à porta e, quando abriram, jogou uma granada fosforosa. Foi difícil. Foi difícil de limpar. Leva um minuto para se acostumar com isso. – Enquanto falava, Dortlich retirou os três cadeados que trancavam a porta.

Ele a abriu e a lufada de ar viciado no rosto de Svenka tinha cheiro de queimado. Dortlich acendeu sua lanterna elétrica e desceu os degraus metálicos íngremes. Svenka inspirou fundo e o seguiu. O interior era caiado de branco e havia fileiras de prateleiras de madeira rústicas. Nelas havia obras de arte. Ícones enrolados em trapos, e fileira após fileira de caixas numeradas de tubos de alumínio, suas tampas atarraxadas lacradas com cera. No fundo do abrigo estavam empilhadas molduras vazias, algumas com as tachas puxadas, outras com beiradas rasgadas de telas que haviam sido cortadas apressadamente.

– Traga tudo naquelas prateleiras, e também aquelas de pé naquela extremidade – ordenou Dortlich. Ele recolheu vários fardos em oleados e conduziu Svenka até o abrigo pré-fabricado. Lá dentro, em cavaletes de serrador, estava um caixão de excelente carvalho entalhado com o símbolo da Associação Klaipeda de Trabalhadores Fluviais e Oceânicos. O caixão tinha um trilho polido ao seu redor e na metade do fundo havia uma cor mais escura, como a linha d' água e o casco de um navio, uma bela peça de design. – O navio fúnebre de meu pai – disse Dortlich. – Traga-me aquela caixa de estopa. A coisa mais importante é não chocalhar.

– Se chocalhar pensarão que são os ossos dele – disse Svenka.

Dortlich deu-lhe um tapa na boca.

– Mostre algum respeito. Dê-me a chave de fenda.

42

Hannibal Lecter baixou a janela suja do trem, observando, observando enquanto o trem serpenteava entre altos pinheiros e tílias em cultura secundária de ambos os lados dos trilhos, e então, enquanto passava a uma distância menor que 1 quilômetro, ele viu as torres do castelo Lecter. Três quilômetros além, o trem deu uma parada guinchante e resfolegante na estação de abastecimento de água de Dubrunst. Alguns soldados e uns poucos operários saltaram para urinar no leito da estrada. Uma palavra estridente do inspetor os fez retomar seus assentos nos vagões de passageiros. Hannibal tinha saltado com eles, sua mochila às costas. Quando o inspetor voltou ao trem, Hannibal caminhou para os bosques. Rasgou uma página de jornal enquanto seguia, caso o segundo guarda-freios o visse do alto do reservatório. Esperou nos bosques até ouvir o barulho da locomotiva a vapor dando partida. Agora estava sozinho nos bosques silenciosos. Estava cansado e sujo.

Quando Hannibal tinha 6 anos, Berndt o levara pelas escadas coleantes ao lado do reservatório de água e o deixara espiar pela beirada musgosa para a água que refletia um círculo do céu. Havia também uma escada interna. Berndt costumava nadar no reservatório com uma garota da aldeia a cada oportunidade. O cavalariço estava morto, lá, nas profundezas da floresta. A garota provavelmente também estava morta.

Hannibal tomou um rápido banho no reservatório e lavou sua roupa. Pensou em lady Murasaki na água, pensou em nadar com ela no reservatório.

Caminhou de volta ao longo da ferrovia, entrando nos bosques mais uma vez quando ouviu um trole descendo os trilhos. Dois húngaros musculosos moviam as alavancas, suas camisas amarradas na cintura.

A 1 quilômetro do castelo, uma nova linha de força soviética cruzava os trilhos. Buldôzeres tinham aberto uma clareira através dos bosques, Hannibal pôde sentir a estática quando passou debaixo das pesadas linhas elétricas e os pelos de seus braços se eriçaram. Caminhou por uma distância suficiente das linhas e das trilhas para a bússola nos binóculos de seu pai voltar ao normal. Portanto, havia dois caminhos para o pavilhão de caça, se ele ainda existisse. Esta linha de força se estendia a perder de vista. Se continuasse naquela direção passaria a poucos quilômetros do pavilhão de caça.

Tirou da mochila um excedente de ração-C americana, jogou fora os cigarros amarelados e comeu a carne em conserva enquanto refletia. *As escadas desabando sobre o Cozinheiro, as tábuas vindo abaixo.*

O pavilhão poderia não estar lá, afinal. Se o pavilhão estivesse de pé e alguma coisa permanecesse no seu interior era porque os saqueadores não podiam mover despojos pesados. Para fazer o que os saqueadores não podiam fazer, ele precisava de força. Para o castelo, então.

Pouco antes do cair da noite, Hannibal aproximou-se do castelo Lecter através dos bosques. Enquanto olhava para o seu lar, seus sentimentos permaneciam curiosamente imutáveis. Ver o lar da sua infância não cura, mas ajuda a mensurar se você está arrasado, e como e por quê, presumindo-se que deseje saber.

Hannibal viu o castelo preto contra a luz desvanecente a oeste, plana como o castelo recortado em papelão onde as bonecas de papel de Mischa moravam. O castelo de papelão dela avultava-se maior nele do que este de pedra. Bonecas de papel encrespavam-se quando pegavam fogo. *Fogo nas roupas de sua mãe.*

Das árvores atrás do estábulo ele podia ouvir os ruídos da eia e os órfãos cantando "A Internacional". Uma raposa latiu nos bosques atrás dele.

Um homem calçando botas enlameadas saiu do estábulo com uma pá e um balde e caminhou pela horta. Sentou-se na Pedra do Corvo para descalçar as botas e entrou na cozinha.

Cozinheiro estava sentado na Pedra do Corvo, disse Berndt. Baleado por ser judeu, e cuspiu no Hiwi que atirou nele. Berndt nunca disse o nome do Hiwi. "Melhor você não saber quando eu revelar isto depois da guerra", disse ele, apertando as mãos.

Escuridão plena agora. A eletricidade estava funcionando em pelo menos parte do castelo Lecter. Quando a luz chegou no gabinete do diretor, Hannibal ergueu seus binóculos. Pôde ver pela janela que o teto italiano de sua mãe havia sido coberto com caiação stalinista para ocultar as figuras pintadas do mito religioso burguês. Logo, o próprio diretor apareceu na janela com um copo na mão. Ele estava mais pesado, curvado. O Primeiro Monitor chegou por trás dele e pôs a mão no seu ombro. O diretor virou-se da janela e momentos depois faltou luz.

Nuvens esparças sopraram através da lua, suas sombras escalando as ameias e deslizando sobre o telhado. Hannibal esperou mais meia hora. Depois, movendo-se com uma sombra de nuvem, correu para o estábulo. Pôde ouvir o grande cavalo ressonando no escuro.

César acordou e limpou a garganta, e suas orelhas recuaram para ouvir Hannibal entrando na baia. Hannibal soprou nas narinas do cavalo e esfregou seu pescoço.

– Acorde, César – disse na orelha do cavalo. A orelha de César se crispou no rosto de Hannibal, que teve de pôr o dedo debaixo do nariz do cavalo para impedi-lo de espirrar. Ele pôs a mão em concha sobre sua lanterna e examinou o cavalo.

César estava escovado e seus cascos pareciam bons. Ele teria 13 anos agora, nascido quando Hannibal tinha 5.

– Você só aumentou uns cem quilos – disse Hannibal.

César deu-lhe um empurrão amistoso com o focinho e Hannibal teve de agarrar-se ao lado da baia. Hannibal pôs um freio, colarinho acolchoado e arreios de tração de duas tiras no cavalo e atrelou os tirantes. Ele pendurou uma cevadeira com grãos nos arreios, e César girou a cabeça numa tentativa de comer logo de uma vez.

Hannibal foi até o galpão onde havia sido trancado quando criança e pegou um rolo de corda, ferramentas e uma lanterna. Nenhuma luz brilhava no castelo. Hannibal conduziu o cavalo pelo cascalho e através de solo macio, em direção à floresta e à luz da lua.

Não houve nenhum alarme do castelo. Observando do topo ameado da torre oeste, o sargento Svenka pegou o monofone do rádio de campanha que havia arrastado duzentos degraus acima.

43

Nos limites do bosque uma grande árvore tinha caído atravessada na trilha e um letreiro em russo dizia: PERIGO, BOMBAS NÃO DETONADAS.

Hannibal teve de conduzir o cavalo em volta da árvore caída e entrar na floresta de sua infância. Um pálido luar penetrando a cobertura da floresta criava padrões de cinza na trilha cheia de mato. César era cauteloso ao pisar no escuro. Já haviam avançado bastante nos bosques antes de Hannibal acender uma lanterna. Ele caminhou à frente, os cascos do tamanho de pratos do cavalo pisando a orla da luz da lanterna. Ao lado da trilha da floresta a rótula de um fêmur humano brotou no solo como um cogumelo.

Às vezes ele falava com o cavalo:

– Quantas vezes vocês nos trouxe por essa trilha na carroça, César? Mischa, eu, Babá e o Sr. Jakov?

Três horas rompendo o mato os levaram aos limites da clareira.

O pavilhão estava lá, tudo bem. Não lhe pareceu diminuído. O pavilhão não estava dilapidado como o castelo; avultava-se como nos seus sonhos. Hannibal parou no final do bosque e olhou. Aqui as bonecas de papel ainda se enroscavam no fogo. Houvera um incêndio no pavilhão de caça: parte do teto estava caída; as paredes de pedra tinham evitado seu desabamento total. A clareira estava com mato à altura da cintura e os arbustos mais altos que um homem.

O tanque incendiado diante do pavilhão estava coberto de videiras, uma videira em flor pendendo de seu canhão, e a cauda do Stuka espatifado sobressaía do mato alto como uma vela. Não havia trilhas. Os suportes de feijoeiro da horta erguiam-se acima do mato alto.

Lá, na horta, Babá punha a banheira de Mischa, e quando o sol tinha aquecido a água, Mischa sentava-se na banheira e agitava as mãos para as borboletas brancas do repolho em volta dela. Uma vez colheu uma berinjela e deu para ela na banheira, porque Mischa adorava a cor, o púrpura ao sol e abraçava a berinjela aquecida.

A relva diante da porta não estava pisoteada. Folhas empilhavam-se nos degraus e diante da porta. Hannibal observou o pavilhão enquanto a lua se movia à largura de um dedo.

A hora, era a hora. Hannibal saiu da cobertura das árvores conduzindo o cavalo ao luar. Foi até a bomba d'água, colocou um pouco de água do odre e bombeou até que os sugadores guinchantes puxaram água fresca do subsolo. Ele cheirou e provou a água fresca e deu um pouco a César, que bebeu mais de um galão e ganhou dois punhados de ração da cevadeira. O guinchar da bomba chegou até os bosques. Uma coruja piou e César girou as orelhas na direção do som.

A UNS 100 METROS nas árvores, Dortlich ouviu a bomba guinchante e tirou vantagem do seu ruído para mover-se à frente. Podia impulsionar-se silenciosamente através das altas samambaias, mas seus passos esmigalhavam as bolotas da floresta. Ele congelou quando o silêncio caiu na clareira e depois ouviu o pássaro gritar entre ele e o pavilhão, e então voou, fechando pedaços de céu enquanto passava sobre ele, asas abertas de um modo impossivelmente largo enquanto atravessava o emaranhado de galhos sem um som sequer.

Dortlich sentiu um arrepio de frio e virou seu colarinho para cima. Sentou entre as samambaias para esperar.

HANNIBAL OLHOU PARA o pavilhão, e o pavilhão olhou de volta. Todas as vidraças estavam quebradas. As janelas escuras o fitavam como as órbitas do crânio do gibão. Suas inclinações e ângulos alterados pelo colapso, sua altura aparente mudada pelo mato crescido ao redor, o pavilhão de caça tornou-se a parte escura de seus olhos. Aproximando-se agora através do jardim cheio de mato.

Aqui jazia sua mãe, o vestido em chamas, e mais tarde na neve ele pôs a cabeça no peito dela, extremamente congelado. Havia Berndt, e havia os miolos congelados do Sr. Jakov em meio às páginas espalhadas. Seu pai caído de rosto para baixo perto dos degraus, morto por suas próprias decisões.

Não havia mais nada no solo.

A porta principal do pavilhão estava desconjuntada e pendia de uma única dobradiça. Ele subiu os degraus e impeliu-se para a escuridão. Lá dentro, alguma coisa pequena arranhava o caminho para se esconder. Hannibal segurou a lanterna ao seu lado e entrou.

A sala estava parcialmente carbonizada, quase aberta ao céu. As escadas estavam quebradas no patamar e vigas do teto jaziam sobre elas. A mesa estava arrebentada. No canto, o pequeno piano tombava de lado, o teclado de marfim desdentado à sua luz. Havia algumas pichações em russo nas paredes. FODA-SE O PLANO QUINQUENAL, E O CAPITÃO GRENKO TEM UM GRANDE CU. Dois pequenos animais pularam da janela.

A sala impelia Hannibal à aquietação. Desafiante, ele provocou um estrondo com seu pé de cabra, levantando a tampa da grande estufa para fixar o facho da lanterna. Os fornos estavam abertos, mas suas grelhas tinham sumido, provavelmente levadas junto com as panelas pelos ladrões para usá-las em fogueiras de acampamento.

Usando a lanterna, Hannibal removeu o máximo de destroços da escada enquanto subia. O resto estava abarrotado pelas enormes vigas do teto, uma pilha devastada de cajados de gigante.

O alvorecer entrou pelas janelas vazias enquanto ele trabalhava, e os olhos de uma chamuscada cabeça de animal presa à parede como troféu captaram o brilho vermelho da aurora.

Hannibal estudou por vários minutos a pilha de vigas, enganchou uma volta dupla em torno da viga próxima ao meio da pilha e foi dando corda enquanto recuava através da porta.

Hannibal acordou César, que alternadamente cochilava e pastava. Fez o cavalo andar em círculos por alguns minutos até soltá-lo. Um pesado orvalho ensopava as pernas de sua calça, cintilava na grama e permanecia como suor frio na pele de alumínio do avião de caça. À luz do dia ele podia ver que uma videira brotara precocemente na estufa em que tinha se transformado a cabine do Stuka, com folhas grandes e cachos novos. O piloto continuava dentro, com seu artilheiro atrás. A videira tinha crescido em volta e através dele, enroscando-se entre suas costelas e em torno do crânio.

Hannibal puxou sua corda até os tirantes do arnês e conduziu César à frente até que os enormes ombros e peito do cavalo sentissem o peso. Deu um peteleco na orelha de César, um som de sua infância. César vergou-se ao peso, seus músculos se reuniram e ele se moveu à frente. Um estrondo e um baque do interior do pavilhão. Fuligem e cinzas foram sopradas pela janela e se espalharam pelos bosques como escuridão esvoaçante.

Hannibal bateu no cavalo. Impaciente para ver a poeira se assentar, ele amarrou um lenço no rosto e entrou, subindo pela pilha de destroços desabada, tossindo, puxando para soltar suas cordas e amarrando-as de novo. Mais dois puxões e os destroços mais pesados estavam fora da profunda camada de entulho onde as escadas tinham desmoronado. Ele liberou César e, com o pé de cabra e a pá, cavoucou no entulho, jogando num baú térmico de cortiça peças de mobiliário e almofadas semiqueimadas. Ele retirou da pilha uma cabeça chamuscada de porco-do-mato com uma placa.

A voz de sua mãe: pérolas para os porcos.

A cabeça do porco chocalhou quando ele a sacudiu. Hannibal agarrou a língua do porco e puxou. A língua saiu com seu tampão anexo. Ele girou a cabeça, apontando o nariz para baixo, e as joias de sua mãe se esparramaram na tampa da estufa. Não parou para examiná-las, mas voltou imediatamente a cavoucar.

Quando viu a banheira de Mischa, a extremidade da banheira de cobre com sua alça enfeitada, ele parou e se levantou. A sala girou por um momento e ele segurou-se à beirada fria da estufa, pôs a testa contra o ferro gelado. Saiu e retornou com metros de videira em floração, Ele não olhou dentro da banheira, mas enrolou a linha de flores no topo e colocou-a sobre a estufa, não pôde suportar vê-la ali e carregou-a para fora a fim de depositá-la sobre o tanque.

O barulho da escavação e do pé de cabra facilitou o avanço de Dortlich. Ele observou do bosque escuro, expondo um olho e uma parte de seu binóculo, espiando somente quando ouvia o som da escavação e do pé de cabra.

A pá de Hannibal atingiu e escavou a mão esquelética e depois o crânio do cozinheiro. Boas-novas no sorriso do esqueleto – seus dentes de ouro mostravam que os saqueadores não tinham ido tão longe – e depois encontrou, ainda agarrada nos ossos do braço, numa articulação, a pasta de couro do cozinheiro. Hannibal a prendeu debaixo do braço e carregou-a para a estufa. O conteúdo chocalhou no ferro como se ele o jogasse fora: diversas condecorações militares, insígnia da polícia lituana, o raio duplo das SS, o crânio e ossos cruzados das Waffen-SS, as águias de alumínio da polícia lituana e o emblema do Exército da Salvação e, por fim, seis chapas de identidade de soldados em aço em perfeito estado.

A primeira era de Dortlich.

César conhecia dois tipos de coisas nas mãos dos homens: maçãs e embornal eram as primeiras, seguidas por chicotes e bastões. Ele não podia ser abordado com um bastão empunhado, uma consequência de ter sido afastado dos legumes por um enfurecido cozinheiro quando ainda era um potro. Se Dortlich não estivesse portando um cassetete quando saiu das árvores, César poderia tê-lo ignorado. Do jeito que foi, o cavalo resfolegou e se afastou alguns passos, arrastando sua corda para baixo dos degraus do pavilhão, e voltou-se para encarar o homem.

Dortlich recuou para as árvores e desapareceu no bosque. Afastou-se mais de 100 metros do pavilhão, entre as samambaias à altura do peito molhadas de orvalho e fora da vista das janelas vazias. Sacou sua pistola e colocou uma bala no tambor. Uma privada vitoriana com entalhes luxuosos sob os beirais estava a uns 40 metros atrás do pavilhão, um tomilho plantado na sua estreita trilha silvestre e alta, e as sebes que a ocultavam do pavilhão estavam crescidas ao longo da trilha. Dortlich mal conseguia forçar passagem, galhos e folhas no seu colarinho, roçando seu pescoço, mas a sebe estava flexível e não estalava. Empunhou o cassetete diante do rosto e avançou silenciosamente. Cassetete pronto numa das mãos e pistola na outra, ele avançou dois passos em direção a uma janela lateral do pavilhão quando a quina de uma pá acertou-o na espinha e suas pernas ficaram dormentes. Disparou um tiro no solo enquanto as pernas desabavam sob ele. A pá tiniu contra sua nuca e ele ficou consciente da relva em sua face antes de sobrevir a escuridão.

Canto de pássaros, hortulanas reunindo-se e cantando nas árvores e a luz amarela do sol matinal no mato alto, inclinado sobre onde Hannibal e César tinham passado.

Hannibal apoiou-se contra o tanque incendiado por cerca de cinco minutos. Ele virou-se para a banheira e afastou a videira com o dedo o suficiente para ver os restos de Mischa. Foi estranhamente reconfortante para ele ver que ela tinha todos s seus dentes de bebê – uma horrível visão dispersada. Ele pegou uma folha de loureiro da banheira e jogou-a fora.

Entre as joias tiradas da estufa ele escolheu um broche que lembrava ter visto no peito de sua mãe, uma linha de diamantes transformada numa faixa de Möbius. Ele tirou a fita de um camafeu e fixou o broche onde Mischa havia usado uma fita no cabelo.

Numa agradável encosta dando para o leste acima do pavilhão, ele cavou um túmulo e alinhou-o com todas as flores silvestres que pôde encontrar. Pôs a banheira no túmulo e cobriu-a com telhas do pavilhão.

Ele se postou à cabeceira da sepultura. Ao som da voz de Hannibal, César ergueu a cabeça de onde estava.

– Mischa, extraímos conforto em saber que não existe nenhum Deus. Que você não está escravizada a um Céu, feito para se puxar o saco de Deus para sempre. O que você tem é melhor do que o Paraíso. Você tem o esquecimento abençoado. Sinto sua falta todos os dias.

Hannibal cobriu a sepultura e assentou a terra com as mãos. Cobriu o túmulo com agulhas de pinheiro, folhas e ramos até ficar parecendo com o resto do chão da floresta.

Numa pequena clareira a alguma distância da sepultura, Dortlich sentava-se amordaçado e amarrado a uma árvore. Hannibal e César juntaram-se a ele.

Acomodando-se no solo, Hannibal examinou o conteúdo da mochila de Dortlich. Um mapa e chaves do carro, um abridor de latas do exército, um sanduíche numa bolsa impermeável, uma maçã, um par de meias e uma carteira. Da carteira ele tirou uma identidade e comparou-a com a chapa de identidade militar do pavilhão.

– *Herr...* Dortlich. Em meu benefício e de minha finada família, quero agradecer-lhe por ter vindo hoje. Significa muito para nós, e para mim pessoalmente, tê-lo aqui. Estou contente por ter esta chance de falar seriamente com você acerca de ter devorado minha irmã.

Ele tirou a mordaça e Dortlich começou a falar.

– Sou um policial da cidade, deram parte de um cavalo roubado – disse. – Isto é tudo o que vim fazer aqui. Apenas dizer que, se devolver o cavalo, o caso está encerrado.

Hannibal balançou a cabeça.

– Lembro-me do seu rosto. Eu o tenho visto muitas vezes. E suas mãos sobre nós com as rugas entre seus dedos, sentindo quem estava mais gordinho. Lembra-se daquela banheira borbulhando na estufa?

– Não. Da guerra só me lembro de passar frio.

– Planejava *me* comer hoje, *Herr* Dortlich? Você tem seu lanche bem aqui. – Hannibal examinou o conteúdo do sanduíche. – Maionese demais, *Herr* Dortlich!

– Muito em breve virão me procurar – disse Dortlich.

– Você apalpava nossos braços. – Hannibal apalpou o braço do homem. – Você apalpava nossas faces, *Herr* Dortlich – disse ele, beliscando a face dele. – Chamo você de *Herr,* mas você não é alemão, é? Ou lituano, ou russo, ou alguma coisa, é? Você é cidadão de você mesmo... um cidadão de Dortlich. Sabe onde estão os outros? Vocês mantêm contato?

– Todos mortos, todos mortos na guerra.

Hannibal sorriu para ele e desatou a trouxa feita com seu próprio lenço. Estava cheia de cogumelos.

– Custam 100 francos o centigrama em Paris, e estes aqui estão brotando num toco de árvore! – Ele se levantou e foi até o cavalo.

Dortlich forçou suas amarras enquanto a atenção de Hannibal estava em outro lugar.

Havia um rolo de corda na ampla garupa de César. Hannibal amarrou a extremidade livre aos tirantes do arnês. A outra ponta estava atada a um nó corrediço de forca. Hannibal esticou a corda e trouxe o nó até Dortlich. Abriu o sanduíche dele e lubrificou a corda com maionese. Aplicou uma boa camada de maionese no pescoço de Dortlich.

Recuando das mãos dele, Dortlich disse:

– Um continua vivo! No Canadá. Grentz. Descubra lá a identidade dele. Eu serviria de testemunha.

– Para que, *Herr* Dortlich?

– Para o que você disse. Eu não fiz aquilo, mas direi que presenciei.

Hannibal fixou o nó em volta do pescoço de Dortlich e o encarou.

– Pareço preocupado com você? – disse Hannibal e retornou ao cavalo.

– Esse é o único, Grentz. Ele embarcou num navio de refugiados de Bremerhaven... eu poderia prestar um depoimento juramentado e...

– Ótimo. Então estaria disposto a cantar?

– Sim, cantarei.

– Então vamos cantar por Mischa, *Herr* Dortlich. Você conhece a canção. Mischa a adorava. – Ele virou o lombo de César para Dortlich. – Não quero que você veja isto – disse na orelha do cavalo e começou a cantar: – *Ein Mannlein steht im Walde ganz still und stumm...* – Ele deu um peteleco na orelha de César e o impeliu à frente. – Cante para relaxar, *Herr* Dortlich. *Es hat von lauter Purpur ein Mantlein um.*

Dortlich girou o pescoço de um lado a outro no nó lubrificado, observando a corda desenrolada na relva.

– Não está cantando, *Herr* Dortlich.

Dortlich abriu a boca e cantou num grito desafinado:

– *Sagt, wer mag das Mannlein sein.*

E então eles estavam cantando juntos:

– *Das da steht im Wald allein...*

A corda se elevou fora da relva, pouca folga nela, e Dortlich gritou:

– Porvik! O nome dele era Porvik! A gente o chamava de Vigia de Panelas. Morto no pavilhão. Você o descobriu.

Hannibal parou o cavalo e andou de volta até Dortlich, inclinou-se e olhou no rosto dele.

Dortlich disse:

– Amarre-o, amarre o cavalo. Uma abelha pode picá-lo.

– Sim, a relva está cheia delas. – Hannibal consultou as placas de identidade militar. – E Milko?

– Não conheço. Não conheço, juro.

– E agora chegamos a Grutas.

– Não conheço. Deixe-me ir e testemunharei contra Grentz. Nós o descobriremos no Canadá.

– Mais algumas estrofes, *Herr* Dortlich.

Hannibal conduziu o cavalo à frente, o orvalho cintilando na corda, quase nivelado agora.

– *Das da steht im Walde allein...*

E veio o grito estrangulado de Dortlich:

– É Kolnas! É Kolnas quem negocia com ele!

Hannibal deu um tapinha no cavalo e voltou a inclinar-se sobre Dortlich.

– Onde está Kolnas?

– Fontainebleau, perto da Place Fontainebleau, na França. Ele tem um café, onde deixo mensagens. É o único meio que tenho para entrar em contato com ele. – Dortlich fitou Hannibal nos olhos. – Juro por Deus que ela estaria morta. Estaria morta de qualquer modo, juro.

Olhando fixamente o rosto de Dortlich, Hannibal incitou o cavalo. A corda se retesou e o orvalho caiu enquanto os pequenos pelos na corda se levantavam. Dortlich emitiu um grito estrangulado enquanto Hannibal berrava a canção na sua cara.

"Das da steht im Walde allein,
Mit dem purporroten Mantelein."

Um esmigalhar molhado e um pulsante borrifo arterial. A cabeça de Dortlich seguiu o nó corrediço por cerca de 6 metros e permaneceu olhando para o céu.

Hannibal assoviou e o cavalo parou, suas orelhas voltadas para trás.

– *Dem purporroten Mantelein,* de fato.

Hannibal jogou fora o conteúdo da mochila de Dortlich e ficou com as chaves do carro e a identidade. Fez um espeto grosseiro de gravetos verdes e tateou os bolsos procurando fósforos.

Enquanto a fogueira ardia para produzir úteis carvões, Hannibal deu a maçã de Dortlich para César. Tirou todos os arreios do cavalo para que não se emaranhassem nos arbustos e conduziu César para a trilha que levava ao castelo. Abraçou o pescoço do cavalo e depois bateu-lhe na anca.

– Para casa, César, para casa.

César sabia o caminho.

44

Um nevoeiro se assentara sobre a trilha de terra irregular da linha de força, e o sargento Svenka disse ao motorista para reduzir a velocidade do camburão por receio de colidir com um tronco. Consultou seu mapa e conferiu o número numa torre que sustentava a pesada linha de transmissão.

– Aqui.

Os rastros do carro de Dortlich continuavam na distância, mas aqui ele tinha parado e derramado óleo no solo.

Os cães e os policiais saltaram da caçamba. Eram dois enormes alsacianos pretos excitados para entrar no bosque e um sisudo sabujo. O sargento deu-lhes um pijama de flanela de

Dortlich para farejar e partiram. Sob o céu acima, as árvores pareciam cinzentas com sombras de orlas suaves e névoa pendendo nas clareiras.

Os cães se aproximavam do pavilhão de caça, o sabujo focinhando em volta do perímetro, entrando e saindo do mato, quando um patrulheiro gritou de trás das árvores. Quando os outros não o ouviram de imediato, ele soprou seu apito.

A cabeça de Dortlich estava sobre um toco e nela pousava um corvo. Quando os patrulheiros se aproximaram, o corvo voou, levando consigo o que pôde carregar.

O sargento Svenka inspirou fundo e serviu de exemplo para os homens, caminhando até a cabeça de Dortlich. Faltavam as bochechas de Dortlich, cortadas com perícia, e seus dentes eram visíveis dos lados. A boca era mantida aberta por sua chapa de identidade militar, colocada entre seus dentes.

Encontraram a fogueira e o espeto. O sargento Svenka sentiu as cinzas até o fundo da pequena cova da fogueira. Frias.

– Um brochete, de bochechas com cogumelos – disse.

45

O inspetor Popil caminhava do quartel-general da polícia no Quai des Orfèvres para a Place de Vosges, carregando uma pasta leve. Quando parou num bar para um rápido café, sentiu o aroma de conhaque e desejou que já fosse noite.

Popil media passos sobre o cascalho, olhando acima para as janelas de lady Murasaki. As cortinas estavam fechadas. Vez por outra o fino tecido movia-se com uma corrente de ar.

A *concierge* do dia, uma grega idosa, reconheceu-o.

– *Madame* está me esperando – disse Popil. – Tem visto o rapazinho?

A mulher sentiu um tremor nas suas antenas de *concierge* e disse, para não se comprometer:

– Não o tenho visto, senhor, mas passei alguns dias fora.

Ela autorizou Popil a subir.

LADY MURASAKI reclinou-se no seu banho aromático. Tinha quatro gardênias flutuando na água e várias laranjas. O quimono preferido de sua mãe era bordado com gardênias. Ele era cinzas agora. Lembrando-se, ela fez uma ondinha que rearrumou as flores. Foi sua mãe quem compreendeu quando ela se casou com Robert Lecter. As cartas ocasionais de seu pai do Japão ainda carregavam certa frieza. Em vez de uma flor prensada ou erva fragrante, seu mais recente bilhete continha um broto enegrecido de Hiroshima.

Tocaram a campainha? Ela sorriu, pensando em Hannibal, e alcançou seu quimono. Mas ele sempre telefonava ou mandava um bilhete antes de chegar, e tocava antes de usar sua chave. Nenhuma chave na fechadura agora, só a campainha de novo.

Ela saiu do banho e enrolou-se apressadamente no robe de algodão. Viu pelo olho mágico. *Popil.* Popil no olho mágico.

Lady Murasaki tinha desfrutado de almoços ocasionais com o inspetor. O primeiro, no Le Pré Catalan, no Bois de Boulogne, foi um tanto formal, mas os outros no Chez Paul, perto do trabalho dele, foram mais descontraídos. Ele também enviou convites para jantar, sempre por bilhetes, um acompanhado por um haicai com excessivas referências sazonais. Ela havia declinado dos jantares, também por escrito.

Ela destrancou a porta. Seu cabelo tinha sido preso no alto e ela estava gloriosamente descalça.

– Inspetor.

– Desculpe-me por aparecer sem me anunciar. Tentei telefonar.

– Ouvi o telefone.

– Do seu banho, suponho.

– Entre.

Acompanhando o olhar dele, ela o viu conferir de imediato se as armas estavam no devido lugar diante da armadura: a adaga *tanto*, a espada longa, a espada curta, o machado de guerra.

– E Hannibal?

– Ele não está.

Ser tão atraente fazia de lady Murasaki uma caçadora imóvel. Permaneceu encostada na quina ornamentada da lareira, as mãos enfiadas nas mangas do quimono, e deixou a caça vir para ela. O instinto de Popil era se mover, estimular a caçada.

Ele permaneceu atrás de um divã, tocou o tecido.

– Preciso encontrá-lo. Quando o viu pela última vez?

– Quantos dias faz? Cinco, é isso. O que há de errado?

Popil estava de pé junto à armadura. Esfregou a superfície envernizada de um peitoral.

– Sabe onde ele está?

– Não.

– Ele deu indícios de para onde poderia estar indo?

Indícios. Lady Murasaki observou Popil. Agora as pontas das orelhas dele estavam ruborizadas. Ele estava se movendo e fazia perguntas e tocava coisas. Ele gostava de alternar texturas, tocando alguma coisa macia, depois algo com uma penugem. Ela vira isso à mesa também. Áspera depois macia. Como a parte superior e inferior da língua. Ela sabia que podia eletrizá-lo com essa imagem e desviar sangue do cérebro dele.

Popil contornou um vaso de plantas. Quando a espiou por trás da folhagem, ela sorriu para ele e quebrou-lhe o ritmo.

– Ele está viajando. Não sei exatamente para onde.

– Sim, viajando – disse Popil. – Uma viagem de caça a criminosos de guerra, suponho. – Ele a fitou no rosto. – Desculpe, mas tenho de mostrar-lhe isto.

Popil colocou sobre a mesa uma foto pouco nítida, ainda úmida e enrolada, da embaixada soviética. Mostrava a cabeça de Dortlich sobre um toco e os policiais em volta, com dois cães alsacianos e um sabujo. Outra foto de Dortlich era a de uma credencial da polícia soviética.

– Ele foi encontrado na floresta que a família de Hannibal possuía antes da guerra. Sei que Hannibal estava perto. Ele cruzou a fronteira da Polônia um dia antes.

– Por que tem de ser Hannibal? Este homem devia ter muitos inimigos. Você mesmo disse que ele era um criminoso de guerra.

Popil mostrou a foto da identidade.

– Era assim que ele parecia em vida. – Popil tirou um esboço da pasta, o primeiro de uma série. – Foi assim que Hannibal o desenhou e colocou o esboço na parede de seu quarto. – Metade do rosto no desenho estava dissecada, a outra era claramente Dortlich.

– Você não foi convidado a estar nesta sala.

Popil ficou repentinamente furioso.

– Sua cobra de estimação matou um homem. Provavelmente não o primeiro, como deve saber melhor do que eu. Eis aqui os outros – disse ele, depositando os esboços. – Este estava no quarto dele, e este, este e este. Aquele rosto é dos Processos de Nuremberg, lembro-me dele. São fugitivos e agora irão matá-lo, se puderem.

– E a polícia soviética?

– Estão investigando em segredo na França. Um nazista como Dortlich na Polícia do Povo é um embaraço para os soviéticos. Eles têm sua ficha agora na Stasi, na República Democrática Alemã.

– E se pegarem Hannibal...

– Se o pegarem no Leste, simplesmente vão fuzilá-lo. Se ele conseguir escapar, poderiam deixar o caso esfriar e morrer se ele mantiver a boca fechada.

– Você deixaria esfriar e morrer?

– Se ele atacar na França irá para a prisão. Ele poderia ser decapitado. – Popil parou de se mover. Seus ombros caíram.

Popil pôs as mãos nos bolsos.

Lady Murasaki tirou suas mãos de dentro das mangas.

– E você seria deportada – disse ele. – Eu ficaria muito infeliz. Gosto de vê-la.

– Você vive só por seus olhos, inspetor?

– Hannibal vive? Você faria tudo por ele, não faria?

Ela começou a dizer algo, algum subterfúgio para se proteger, e então disse apenas:

– Sim – e esperou. – Ajude-o. Ajude-me. Pascal. – Ela nunca tinha dito seu primeiro nome antes.

– Mande-o me procurar.

46

O rio Essonne, suave e escuro, deslizou passando pelo depósito e debaixo da casa-barco negra ancorada a um cais perto de Vert le Petit. Suas cabines baixas eram acortinadas. Linhas telefônicas e de energia corriam para o barco. As folhas do jardim-contêiner estavam úmidas e reluzentes.

Os exaustores estavam abertos no convés. Um guincho estridente saiu de um deles. Um rosto de mulher apareceu em uma das vigias inferiores, atormentada, a face pressionada contra a vidraça, e então certa mão grossa empurrou-lhe o rosto e puxou a cortina. Ninguém viu.

Uma névoa leve formava halos em torno das luzes do cais, mas diretamente acima algumas estrelas brilhavam. *As* luzes eram fracas e pálidas demais para se ler.

Estrada acima, um guarda no portão dirigiu sua lanterna para o furgão com o letreiro CAFÉ DE L'ESTE e, reconhecendo

Petras Kolnas, acenou-lhe para entrar no estacionamento cercado de arame farpado.

Kolnas caminhou rapidamente pelo depósito, onde um operário estava pintando as marcas em estêncil nos caixotes de ferramentas: POSTO DE SUPRIMENTOS PARA MILITARES DOS EUA NEUILLY. O depósito estava abarrotado de caixas e Kolnas abriu caminho entre elas para chegar ao cais.

Um guarda sentava-se ao lado do passadiço do barco, a uma mesa feita de uma caixa de madeira. Ele comia uma salsicha com seu canivete e fumava ao mesmo tempo. Limpou as mãos no lenço para fazer uma revista no recém-chegado, então reconheceu Kolnas e o mandou passar com um aceno de cabeça.

Kolnas não se encontrava com frequência com os outros, levando uma vida à parte. Ele vistoriava a cozinha de seu restaurante provando de tudo com sua tigela e ganhara peso desde a guerra.

Zigmas Milko, magro como sempre, deixou-o entrar na cabine.

Vladis Grutas estava num sofá de couro fazendo pedicure com uma mulher que tinha uma contusão no rosto. Ela parecia assustada e era velha demais para se vender. Grutas ergueu a vista com a expressão aberta e agradável que era a marca frequente de seu temperamento. O capitão do barco jogava cartas com um capanga barrigudo chamado Mueller, remanescente da Brigada Dirlewanger da SS, cujas tatuagens de prisão cobriam sua nuca e mãos e continuavam subindo pelos braços, ocultas pelas mangas. Quando Grutas virou seus olhos pálidos para os jogadores, eles recolheram as cartas e deixaram a cabine.

Kolnas não perdeu tempo em saudações.

– A placa de identidade de Dortlich estava enfiada entre seus dentes. Um bom aço inoxidável alemão; não derreteu, não queimou. O rapaz deve ter a sua também, e a minha, e as de Milko e Grentz.

– Você disse a Dortlich para vasculhar o pavilhão quatro anos atrás – disse Milko.

– Bisbilhotava por aí com seu garfo de piquenique, o maldito preguiçoso – disse Grutas. Ele empurrou a mulher com o pé, nunca olhando para ela, que se apressou em sair da cabine.

– Onde está ele, esse garoto abusado que matou Dortlich? – disse Milko.

Kolnas deu de ombros.

– É estudante em Paris. Não sei como conseguiu o visto. Ele o usou para entrar. Nenhuma informação dele saindo. Não sabem onde se encontra.

– E se ele procurar a polícia? – sugeriu Kolnas.

– Com o quê? – disse Grutas. – Lembranças da infância, pesadelos de crianças, antigas identidades militares?

– Dortlich poderia ter contado a ele como telefonar para mim para entrar em contato com você – disse Kolnas.

Grutas deu de ombros.

– O garoto tentará ser um estorvo.

Milko bufou.

– Um estorvo? Eu diria que para Dortlich foi um estorvo dos diabos. Matar Dortlich não deve ter sido fácil. Ele provavelmente o baleou pelas costas.

– Ivanov me deve favores – disse Grutas. – A segurança da embaixada soviética localizará o pequeno Hannibal, e nós faremos o resto. Portanto Kolnas não irá se preocupar.

Gritos abafados e o som de pancadas chegaram de algum lugar no barco. Os homens não prestaram a menor atenção.

– O substituto de Dortlich será Svenka – disse Kolnas, para mostrar que não estava preocupado.

– Nós o queremos? – perguntou Milko.

Kolnas deu de ombros.

– Temos que utilizá-lo. Svenka trabalhou dois anos com Dortlich. Ele tem nossas informações. Ele é o único elo que nos resta para os quadros. Ele vê os deportados, pode marcar os de aspecto decente para o campo de Bremerhaven. Podemos tirá-los de lá.

Assustado pelo potencial do Plano Pleven para rearmar a Alemanha, Stalin estava expurgando a Europa Oriental com deportações em massa. Os trens abarrotados partiam semanalmente, para a morte nos campos de trabalho forçado na Sibéria e para a miséria nos campos de refugiados no Ocidente. Os deportados em desespero abasteciam Grutas com um farto suprimento de mulheres e garotos. Ele permanecia atrás de sua mercadoria. Sua morfina era alemã de tipo hospitalar. Ele fornecia conversores de corrente contínua ou alternada para peças do mercado negro e fazia quaisquer ajustes mentais em sua mercadoria humana exigidos para um bom desempenho.

Grutas estava pensativo.

– Este Svenka esteve na guerra? – Eles não acreditavam que qualquer inocente da Frente Oriental pudesse ser verdadeiramente prático.

Kolnas deu de ombros.

– Ele parece jovem ao telefone. Dortlich tinha alguns arranjos.

– Esclareceremos tudo agora. É cedo demais para vender, mas precisamos retirar de lá. Quando ele vai ligar de novo?

– Sexta-feira.

– Diga-lhe para fazer isto agora.

– Ele vai querer sair. Vai querer papéis.

– Podemos mandá-lo para Roma. Não sei se o queremos aqui. Prometa-lhe qualquer coisa, entende?

– A arte é quente – disse Kolnas.

– Volte para o seu restaurante, Kolnas. Continue alimentando os tiras de graça e eles continuarão rasgando suas multas de trânsito. Traga alguns profiteroles da próxima vez em que vier aqui para tagarelar.

– Está tudo bem com ele – Grutas disse a Milko depois que Kolnas se foi.

– Assim espero – replicou Milko. – Não quero dirigir um restaurante.

– DIETER! ONDE ESTÁ DIETER? – Grutas bateu na porta de uma cabine no convés inferior e empurrou-a para abrir.

Duas jovens assustadas estavam sentadas nos seus beliches, cada uma com um pulso acorrentado na coluna do móvel. Dieter, 25 anos, agarrou uma delas pelos cabelos.

– Você machucou a cara delas, rachou seus lábios, o dinheiro assim vai pelo ralo – disse Grutas. – E essa aí é minha por enquanto.

Dieter soltou o cabelo da mulher e procurou por uma chave nos múltiplos conteúdos de seus bolsos.

– Eva!

A mulher mais velha entrou na cabine e ficou junto à parede.

– Limpe essa aí, Mueller a levará para casa – disse Dieter.

GRUTAS E MILKO atravessaram o depósito para chegar ao carro. Numa área especial cercada por uma corda estavam caixotes marcados UTENSÍLIOS DOMÉSTICOS. Grutas apontou para uma geladeira britânica entre eles.

– Milko, você sabe por que os ingleses bebem cerveja morna? Por que eles têm geladeiras Lucas. Na minha casa não entram. Eu quero Kelvinator, Frigidaire, Magnavox, Curtis-Mathis. Quero tudo *made in USA*. – Grutas ergueu a coberta de um piano de armário e tocou algumas notas. – Este é um piano de bordel. Não o quero. Kolnas descobriu para mim um Bosendorfer. O melhor. Pegue-o em Paris, Milko... quando for fazer a outra coisa.

47

Sabendo que ele não se aproximaria até que estivesse de banho tomado e arrumado, ela esperou no quarto dele. Ele nunca a convidara a entrar lá, e ela não bisbilhotava. Olhou para os desenhos nas paredes, as ilustrações médicas que preenchiam metade do quarto. Ela estendeu-se na cama dele, na perfeita ordem das camas japonesas, os beirais um tanto mais baixos. Numa pequena prateleira em frente à cama estava um quadro emoldurado coberto por um pano de seda bordado com garças noturnas. Deitando-se de lado, lady Murasaki esticou o braço e levantou a seda. Cobria um lindo desenho dela nua na sauna do castelo, em lápis e giz e tingido com pastel. O desenho estava assinado com o talho para Eternidade em Oito Pinceladas e os símbolos japoneses no estilo relva e, não estritamente correto, para "flores aquáticas".

Ela olhou para o desenho por um longo tempo e depois o cobriu e fechou os olhos, um poema de Yosano Akiko percorrendo sua cabeça:

Em meio às notas do meu koto há outra
Melodia profundamente misteriosa,
Um som que vem de
Dentro do meu próprio peito.

Pouco depois do amanhecer do segundo dia, ela ouviu passos nas escadas. Uma chave na fechadura, e Hannibal entrou, maltrapilho e cansado, a mochila pendendo de sua mão.

Lady Murasaki se pôs de pé.

– Hannibal, preciso ouvir seu coração – disse ela. – O coração de Robert silenciou. O seu coração parou nos meus sonhos. – Ela se aproximou e pôs o ouvido contra o peito dele. – Você está cheirando a fumaça e sangue.

– E você cheira a jasmim e chá verde. Você tem cheiro de paz.

– Está ferido?

– Não.

O rosto dela estava contra as placas de identidade militar que pendiam do pescoço de Hannibal. Ela as tirou da camisa dele.

– Você tirou essas placas dos mortos?

– Que mortos seriam?

– A polícia soviética sabe quem você é. O inspetor Popil veio me procurar. Se for procurá-lo diretamente, ele o ajudará.

– Esses homens não estão mortos. Eles estão muito vivos.

– Estão na França? Então entregue-os ao inspetor Popil.

– Entregá-los à polícia francesa? Por quê? – Ele sacudiu a cabeça. – Amanhã é domingo... estou certo?

– Sim, é domingo.

– Venha comigo amanhã. Pegarei você. Quero que olhe para um animal comigo e me diga se deveria temer a polícia francesa.

– O inspetor Popil...

– Quando se encontrar com o inspetor Popil, diga-lhe que tenho correspondência para ele. – Hannibal assentiu com a cabeça.

– Onde vai tomar banho?

– Em qualquer chuveiro disponível no laboratório – disse ele. – Vou descer para lá agora.

– Gostaria de comer alguma coisa?

– Não, obrigado.

– Então durma – disse ela. – Estarei com você amanhã. E nos dias seguintes.

48

A motocicleta de Hannibal Lecter era uma BMW deixada para trás pelo exército alemão em retirada. Foi repintada de preto e tinha o guidão baixo e um selim traseiro. Lady Murasaki viajava atrás dele, sua bandana e botas dando-lhe o toque de uma apache de Paris. Ela segurava-se em Hannibal, as mãos levemente nas costas dele.

Chovera durante a noite e a pista agora estava limpa e seca na manhã ensolarada, aderente quando eles se inclinavam nas curvas da estrada através da floresta de Fontainebleau, disparando pelas faixas de sombra de árvores e luz de sol ao longo da estrada, o ar pendendo frio nos declives, depois quente nos rostos deles à medida que cruzavam os descampados.

O ângulo de inclinação em uma motocicleta parece exagerado na garupa, e Hannibal pôde senti-la atrás dele tentando corrigi-lo nos primeiros poucos quilômetros, mas depois ela se acostumou à sensação, os últimos cinco graus baseando-se na confiança, e o peso dela tornou-se uno com o dele enquanto disparavam pela floresta. Passaram por uma sebe repleta de madressilvas e o ar era doce o bastante para se sentir nos lábios. Asfalto quente e madressilva.

O Café de L'Este fica na margem oeste do Sena, a cerca de 800 metros da aldeia de Fontainebleau, com uma agradável vista dos bosques do outro lado do rio. A motocicleta silenciou e começou a estalar enquanto esfriava. Junto à entrada para o terraço do café há um aviário, e os espécimes nele são hortulanas, uma secreta especialidade do café. A hortulana é um bom pássaro canoro e é muito prazeroso ouvi-la ao pôr do sol.

Hannibal e lady Murasaki pararam para observá-las.

– Tão pequenas e tão lindas – disse ela, seu sangue ainda agitado da viagem.

Hannibal descansou a testa contra a gaiola. As hortulanas voltaram as cabeças para fitá-lo, usando um olho de cada vez. Seus cantos eram o dialeto báltico que ele ouvia nos bosques em casa.

– Elas são simplesmente como nós – disse ele. – Podem sentir o cheiro das outras cozinhando, mas ainda assim tentam cantar. Venha.

Três quartos das mesas do terraço estavam ocupados, uma mistura de campo e cidade em roupas de domingo, pessoas comendo um almoço antecipado. O garçom arrumou um lugar para eles.

Uma mesa de homens perto deles fizera um pedido de hortulanas. Quando os pequenos pássaros assados chegaram, os homens se inclinaram sobre os pratos e cobriram as cabeças com seus guardanapos para conservar todo o aroma.

Hannibal farejou o vinho da mesa próxima e concluiu que estava com gosto de rolha. Ele observou sem expressão enquanto os homens, distraídos, o bebiam assim mesmo.

– Gostaria de um sundae?

– Perfeito.

Hannibal entrou no restaurante. Fez uma pausa diante do cardápio a giz no quadro-negro enquanto lia o alvará do restaurante colocado perto da caixa registradora.

No corredor havia uma porta marcada PRIVÉ. O corredor estava vazio. A porta não estava trancada. Hannibal abriu-a e desceu os degraus do porão. Num caixote parcialmente aberto estava uma lava-louça americana. Ele inclinou-se para ler o rótulo de embarque.

Hercule, o ajudante do restaurante, desceu os degraus carregando um cesto de guardanapos sujos.

– O que está fazendo aqui? Este local é particular.

Hannibal virou-se e falou em inglês:

– Bem, onde é que fica então? A porta diz *privada,* não? Desci até aqui e é apenas o porão. O mictório, homem, o *pissoir,* o toalete, onde é que fica? Fale em inglês. Sabe o que é mictório? Diga-me rápido, estou apertado.

– *Privé, privé!* – Hercule gesticulou escadas acima. – *Toilette!* – E quando Hannibal chegou lá em cima acenou para a direita.

Hannibal voltou à mesa quando os sundaes chegavam.

– Kolnas está usando o nome "Kleber". É o que está no alvará, *monsieur* Kleber, residente na Rue Juliana. Ahhhh, falando nele.

Petras Kolnas chegou no terraço com sua família, vestidos para a missa.

As conversas em torno de Hannibal assumiram um som abafado enquanto ele olhava para Kolnas e ciscos escuros enxameavam sua visão.

O terno de Kolnas era novo, de tecido fino, com um broche do Rotary Club na lapela. Sua esposa e dois filhos eram bonitos, de aparência germânica. Ao sol, os curtos pelos de barba e costeletas ruivos do rosto de Kolnas reluziam como cerdas de javali. Kolnas foi até a caixa registradora. Ergueu seu filho e o pôs sentado numa banqueta do bar.

– Kolnas, o Próspero – disse Hannibal. – *O Restaurateur. O Gourmand.* Ele veio conferir o dinheiro em caixa em seu caminho para a igreja. Como ele está elegante.

O *maître* pegou o livro de reservas ao lado do telefone e abriu-o para a inspeção de Kolnas.

– Lembre-se de nós nas suas preces, *monsieur* – disse o *maître*. Kolnas assentiu. Ocultando seu movimento dos fregueses com o corpo bem nutrido, ele pegou um revólver Webley calibre 455 da cintura, colocou-o numa prateleira acortinada debaixo da caixa registradora e alisou o colete. Escolheu algumas moedas reluzentes na gaveta da caixa e esfregou-as com o lenço. Deu uma para o garoto na banqueta.

– Esta aqui é para seu donativo à igreja, ponha no bolso.

Abaixou-se e deu a outra para sua filha pequena.

– Esta é para seu donativo, *liebchen*. Não ponha na boca. Guarde-a no bolso!

Alguns que bebiam no bar se juntaram a Kolnas e houve fregueses para cumprimentar. Ele exibia seu filho ao dar cada firme aperto de mão. Sua filha largou a perna das calças e começou a andar entre as mesas, adorável em franzidos e em toucado rendilhado e joias de bebê, os fregueses sorrindo para ela.

Hannibal pegou a cereja em cima do seu sundae e segurou-a à beira da mesa. A menina veio para pegá-la, a mão estendida, seu polegar e o indicador prontos para arrebatar a cereja. Os olhos de Hannibal brilharam. Sua língua apareceu brevemente, e então ele cantou para a criança:

– *Ein Mannlein stebt im Walde ganz still und stumm...* conhece esta canção?

Enquanto ela comia a cereja, Hannibal pôs alguma coisa no seu bolso.

– *Es hat von lauter Purpur ein Mantlein um.*

De repente Kolnas estava ao lado da mesa. Pegou sua filha no colo.

– Ela não conhece esta canção.

– Você deve conhecê-la. Não me parece ser francês.

– Nem você, *monsieur* – replicou Kolnas. – Eu não pensaria que você e sua mulher são franceses. Somos todos franceses agora.

Hannibal e lady Murasaki observaram Kolnas embarcar sua família num furgão.

– Crianças adoráveis – disse ela. – Uma linda menininha.

– Sim – replicou Hannibal. – Ela está usando o bracelete de Mischa.

ACIMA DO ALTAR da Igreja do Redentor fica uma representação particularmente sangrenta de Cristo na cruz, espoliada da Sicília no século XVII. Debaixo do Cristo pendente, o padre ergueu a taça da comunhão.

– Tomai, todos, e bebei – disse ele. – Este é o cálice do meu sangue, o sangue da nova e eterna aliança, que será derramado por vós e por todos para a remissão dos pecados. – Ele levantou a hóstia. – Tomai, todos, e comei. Este é o meu corpo, que será entregue por vós. Fazei isto em memória de mim.

Kolnas, carregando os filhos nos braços, recebeu a hóstia na boca e retornou para o lado de sua esposa. A fila se embaralhou e então o prato de coleta passou. Kolnas sussurrou para seu filho. O menino tirou uma moeda do bolso e pôs no prato. Kolnas sussurrou para a filha, que às vezes relutava em dar seu donativo.

– Katerina...

A menininha tateou seu bolso e pôs no prato uma chapa com o nome *Petras Kolnas*. Kolnas só a viu quando o sacristão a tirou do prato e devolveu, esperando com um sorriso paciente que ele substituísse a chapa de identidade militar por uma moeda.

49

No terraço de Lady Murasaki, uma cerejeira pendia de uma jardineira sobre a mesa, seus galhos mais baixos esfregando-se nos cabelos de Hannibal enquanto ele sentava-se em frente a ela. Acima do ombro dela, um Sacré Coeur iluminado pendia no céu noturno como uma gota da lua.

Ela estava tocando "O Mar na Primavera", de Miyagi Michio, no comprido e elegante koto. Seu cabelo estava para baixo, a luz da lâmpada cálida na sua pele. Ela olhava firmemente para Hannibal enquanto tocava.

Ela era difícil de avaliar, uma qualidade que Hannibal achava interessante a maior parte do tempo. Ao longo dos anos, ele aprendera a proceder, não com cautela, mas com solicitude.

A música diminuiu progressivamente. A última nota pairou imóvel. Um grilo suzumushi numa gaiola respondeu ao koto. Ela pôs uma fatia de pepino entre as barras e o grilo puxou-a para dentro. Ela parecia olhar através de Hannibal, além dele, para uma montanha distante, e então ele sentiu a atenção dela envolvê-lo enquanto pronunciava as palavras familiares:

– Vejo que você e o grilo cantam em concerto com meu coração.

– Meu coração palpita à sua visão, que ensinou meu coração a cantar – disse ele.

– Entregue-os ao inspetor Popil. Kolnas e o resto deles.

Hannibal terminou seu saquê e baixou o cálice.

– São os filhos de Kolnas, não é isso? Você dobrou garças pelas crianças.

– Dobrei garças pela sua alma, Hannibal. Você está à deriva na escuridão.

– Não à deriva. Quando não podia falar, eu não estava à deriva no silêncio, o silêncio me capturou.

– Do silêncio você veio para mim e falou comigo. Você sabe, Hannibal, e isto não é um conhecimento fácil. Você está à deriva na escuridão, mas também está à deriva para mim.

– Na ponte dos sonhos.

O alaúde fez um pequeno ruído enquanto ela o colocava no chão. Ela estendeu a mão para ele. Hannibal se levantou, a cerejeira rastejando através de sua face, e ela o conduziu para o banho. A água estava fumegante. Velas ardiam ao lado da água. Ela o convidou a sentar-se num tatame. Estavam com os joelhos colados, os rostos afastados poucos centímetros.

– Hannibal, venha comigo para o Japão. Você poderia atender num consultório na casa de campo do meu pai. Há muita coisa a fazer. Estaríamos juntos lá. – Ela se aconchegou a ele. Beijou-lhe a testa. – Em Hiroshima as plantas verdes se impelem através das cinzas para a luz. – Ela tocou-lhe a face. – Se você for a terra devastada, eu serei a chuva cálida.

Lady Murasaki pegou uma laranja de uma tigela ao lado da banheira. Ela a cortou com as unhas e pressionou sua mão perfumada nos lábios de Hannibal.

– Um toque real é melhor do que a ponte dos sonhos. – Ela cobriu a vela ao lado deles com um cálice, deixando-o emborcado sobre a vela, sua mão mais estendida do que devia estar.

Ela empurrou a laranja com o dedo, e ela rolou pelos ladrilhos para dentro da banheira. Ela colocou a mão na nuca de Hannibal e o beijou na boca, um broto em floração de um beijo, abrindo-se rapidamente.

A testa dela fez pressão contra a boca de Hannibal, e ela desabotoou a camisa dele. Ele a segurou à distância de um braço e mirou sua face adorável, o brilho dela. Estavam próximos e estavam distantes, como uma luminária entre dois espelhos.

O quimono dela caiu. Olhos, seios, ponto de luz em seus quadris, simetria sobre simetria, o fôlego dele se encurtando.

– Hannibal, prometa-me.

Ele a puxou para si com muita firmeza, seus olhos semicerrados fortemente. Os lábios dela, a respiração em seu pescoço, a depressão em sua garganta, em *sua clavícula. Sua clavícula. A balança de São Miguel.*

Ele pôde ver a laranja boiando na banheira. Por um instante foi a cabeça do pequeno cervo na banheira borbulhante, chifrando, batendo ao ritmo de seu coração, como se na morte ainda estivesse desesperado para sair. O *condenado em grilhões debaixo de seu peito marchava através do seu diafragma para o inferno abaixo das balanças. Esterno-hioide, omo-hioide, tiro-hioide, juuugular, amém.*

Agora era a hora e ela sabia disso.

– Hannibal, prometa-me.

Um batimento, e ele disse:

– Já prometi a Mischa.

Ela ainda ficou sentada junto à banheira até que ouviu a porta da frente fechar. Pôs seu quimono e cuidadosamente amarrou a cinta. Pegou as velas da banheira e colocou-as diante das fotografias no seu altar. Elas reluziram nas faces dos mortos presentes, e na armadura vigilante, e na máscara de Date Masamune ela viu a morte chegar.

50

Dr. Dumas pendurou seu jaleco no cabide e fechou botão de cima com suas mãos roliças e rosadas. Ele também tinha as faces rosadas, com cabelos louros anelados, e o enrugamento de suas roupas duraria o dia inteiro. Havia uma espécie de ânimo sobre-humano nele que também durava o dia inteiro. Uns poucos estudantes permaneciam no laboratório, limpando seus postos de dissecação.

– Hannibal, amanhã de manhã no anfiteatro precisarei de um paciente com a cavidade torácica aberta, as costelas espalhadas e os principais vasos pulmonares injetados, bem como as principais artérias cardíacas. Pela cor, desconfio que o número 88 morreu de oclusão coronária. Seria útil ver – disse alegremente. – Faça o corte esquerdo anterior descendente e uma curva em amarelo. Se houver um bloqueio, corte de ambos os lados. Deixei bilhetes para você. Há muito trabalho. Mandarei Graves ficar e ajudá-lo, se preferir.

– Trabalharei sozinho, professor Dumas.

– Foi o que pensei. Boas-novas... Albin Michel vai mandar as primeiras gravuras. Podemos vê-las amanhã! Mal posso esperar.

Semanas antes, Hannibal entregara seus esboços ao editor da Rue Huyghens. Ver o nome da rua fez Hannibal pensar no Sr. Jakov, e no *Tratado sobre a luz,* de Christian Huygens. Ele sentou-se nos Jardins de Luxemburgo por uma hora depois disso, observando os barcos de brinquedo no lago, mentalmente formando uma voluta de um semicírculo do leito de flores. Os desenhos do novo livro de anatomia seriam creditados a Lecter-Jakov.

O último estudante deixou o laboratório. O prédio ficou agora vazio e escuro, exceto pelas luzes de trabalho brilhantes de Hannibal no laboratório de anatomia. Depois que ele desligou a serra elétrica, os únicos sons eram o débil gemido do vento nas chaminés, o estalido insignificante dos instrumentos e as retortas borbulhantes onde estavam sendo aquecidas as tinturas coloridas da injeção.

Hannibal examinou seu paciente, um homem robusto de meia-idade, coberto exceto pelo tórax aberto, as costelas espalhadas como as balizas de um barco. Aqui havia áreas que o Dr. Dumas gostaria de expor no decorrer de sua aula, fazendo ele próprio a última incisão e expondo um pulmão. Para fazer a ilustração, Hannibal precisava ver o aspecto posterior do pulmão, que não estava exposto no cadáver. Hannibal desceu o corredor para o museu a fim de fazer uma consulta, acendendo as luzes ao entrar.

Zigmas Milko, sentado num caminhão do outro lado da rua, podia olhar pelas janelas altas da faculdade de medicina e acompanhar o progresso de Hannibal no corredor. Milko tinha um pé de cabra curto na manga do seu casaco e a pistola e o silenciador nos bolsos.

Deu uma boa olhada quando Hannibal apagou as luzes do museu. Não havia volume nos bolsos do jaleco de Hannibal, não parecia estar armado. Ele deixou o museu carregando uma jarra, e as luzes voltavam progressivamente à medida que retornava. Não somente o laboratório estava iluminado: as janelas foscas e a luz da claraboia brilhavam.

Milko não achava que aquilo exigiria muito de uma emboscada, mas só para o caso de ele decidir fumar um cigarro primeiro – se o espião da embaixada tivesse deixado qualquer cigarro antes de cair fora. Era de se pensar que o escroto nunca tinha visto um fumo decente. Será que havia levado o maço todo? Droga, pelo menos 15 dos Lucky Strikes. Fazer isto agora, levar alguns cigarros americanos mais tarde para o *bal musette*. Desembaraçar-se, esfregando-se contra as garotas do bar com o tubo do silenciador no bolso da frente de sua calça, fitando-as no rosto quando sentiam aquela coisa dura, e pegar o piano de Grutas pela manhã.

Este garoto matou Dortlich. Milko recordou que Dortlich, com um pé de cabra na manga, tinha uma vez quebrado o próprio dente quando tentava acender um cigarro. "*Scheisskopf*, você deveria ter saído como o resto de nós", disse para Dortlich, seja lá onde estivesse, provavelmente no Inferno.

Milko carregou a cerveja preta, juntamente com uma embalagem de almoço para disfarçar, atravessou a rua e buscou o abrigo das sebes ao lado da faculdade de medicina. Pôs o pé no primeiro degrau e murmurou: "Foda-se tudo." Este tinha sido o seu mantra desde que fugira de casa, aos 12 anos.

Hannibal completou as injeções venosas azuis e esboçou seu trabalho em lápis de cor numa prancheta de desenho ao lado do corpo, consultando vez por outra o pulmão preservado numa jarra de álcool. Alguns papéis presos com clipes nas pranchetas flutuavam levemente a um sopro de ar e de novo se assentavam. Hannibal olhou acima do seu trabalho, para o corredor abaixo na direção do sopro de ar, depois acabou de colorir uma veia.

Milko fechou a janela do museu de anatomia, tirou suas botas e, só de meias, esgueirou-se entre as caixas de vidro. Moveu-se ao longo da fileira do sistema digestivo e fez uma pausa perto de um enorme par de pés reunidos numa jarra. Havia luz suficiente para se movimentar. Ele não queria atirar aqui, espalhar aquela merda por toda parte. Dobrou o colarinho para cima por causa do sopro do vento em sua nuca. Pouco a pouco, enfiou o rosto no corredor, nariz e olhos à frente apenas, de modo que sua orelha não ficasse exposta.

Acima da prancheta de desenho, as narinas de Hannibal se alargaram e a luz de trabalho se refletiu avermelhada em seus olhos.

Olhando corredor abaixo e através da porta do laboratório, Milko pôde ver as costas de Hannibal enquanto ele trabalhava no cadáver com sua enorme seringa hipodérmica de tinta. Era um pouco distante para atirar, já que o silenciador bloqueava a alça de mira da pistola. Não queria arremeter sobre ele e ter de persegui-lo, derrubando coisas. Deus sabe o que lhe respingaria em cima, alguns daqueles líquidos nojentos.

Milko fez o leve ajuste do coração que fazemos antes de matar.

Hannibal saiu de vista e Milko só pôde ver sua mão na prancheta, desenhando, desenhando, apagando um pequeno detalhe.

Abruptamente, Hannibal depositou sua caneta, veio para o corredor e acendeu a luz. Milko recuou para o museu e a luz se apagou de novo. Espiou pela moldura da porta. Hannibal estava trabalhando sobre o cadáver coberto.

Milko ouviu a serra de autópsia. Quando olhou de novo, Hannibal estava fora de vista. *Desenhando outra vez. Foda-se isto. Caminhe até lá e atire nele. Diga-lhe para dar lembranças a Dortlich quando entrar no Inferno.* Corredor abaixo em longas passadas com suas meias, silencioso no piso de pedra, observando a mão na prancheta de desenho. Milko ergueu a pistola, atravessou a porta e viu a mão e a manga, o jaleco amontoado na cadeira – *onde está o resto dele* – e Hannibal se aproximou por trás de Milko e enfiou a hipodérmica cheia de álcool na lateral de seu pescoço, pegando-o enquanto suas pernas cediam e os olhos se reviravam, baixando-o para o chão.

Primeiro, as primeiras coisas. Hannibal pôs a mão do cadáver de volta no lugar e costurou-a com uns rápidos pontos na pele.

– Desculpe – disse para o paciente. – Incluirei agradecimentos em seu prontuário.

QUEIMANDO, TOSSINDO, frio no rosto de Milko agora que ele voltara à consciência, a sala girando e depois se aquietando. Ele começou a lamber os lábios e cuspiu. Jogaram água em seu rosto.

Hannibal colocou seu jarro de água fria na beirada do tanque de cadáveres e sentou-se numa atitude de conversação. Milko usava a corrente do arnês de cadáveres. Estava submerso até o pescoço na solução de formol no tanque. Os outros ocupantes se amontoaram em volta dele, observando-o com olhos tornados nebulosos no líquido de embalsamamento, e ele balançou as mãos murchas.

Hannibal examinou a carteira de Milko. Tirou de seu próprio bolso uma chapa de identidade militar e a pôs ao lado da carteira de identidade de Milko na beira do tanque.

– Zigmas Milko. Boa noite.

Milko tossiu e ofegou.

– Nós falamos sobre isso. Eu trouxe seu dinheiro. Um acordo. Queremos que você tenha o dinheiro. Eu o trouxe. Deixe-me levar você até ele.

– Isto soa como um plano excelente. Você matou muitos, Milko. Muitos mais do que esses que estão aí. Sente esses aí no tanque em torno de você? Bem a seu pé tem uma criança morta num incêndio. Mais velha que minha irmã e parcialmente cozinhada.

– Não sei o que você quer.

Hannibal puxou uma luva de borracha.

– Ouvir o que tem a dizer sobre ter devorado minha irmã.

– Eu não comi.

Hannibal pressionou Milko sob a superfície do líquido de embalsamar. Após um longo momento, ele agarrou a manivela da corrente e puxou-o para cima de novo, jogou água em seu rosto, imundando-lhe os olhos.

– Não repita isso – disse Hannibal.

– Nós todos estávamos mal, muito mal – disse Milko tão logo pôde falar. – Mãos congeladas e pés apodrecendo. O que quer que tenhamos feito, foi para sobreviver. Grutas foi rápido, ela nunca... nós o conservamos vivo, nós...

– Onde está Grutas?

– Se eu lhe disser, vai me deixar levá-lo ao dinheiro? É muito, em dólares. Há muito dinheiro também, podíamos chantageá-lo com o que sei, sem você aparecer.

– Onde está Grentz?

– No Canadá.

– Correto. A verdade pelo menos uma vez. Onde está Grutas?

– Ele tem uma casa-barco perto de Milly-de-Forêt.

– Qual é o nome dele agora?

– Ele faz negócios como Satrug, Inc.

– Ele vendeu meus quadros?

– Só uma vez, para comprar um lote de morfina, não mais. Podemos recuperá-los.

– Você experimentou a comida no restaurante de Kolnas? O sundae não era ruim.

– Tenho o dinheiro no caminhão.

– Últimas palavras? Um discurso de despedida?

Milko abriu a boca para falar e Hannibal pôs a pesada tampa com um clangor. Menos de uma polegada de ar restava entre a tampa e a superfície do líquido de embalsamar. Ele deixou a sala, Milko batendo contra a tampa como uma lagosta numa panela. Hannibal fechou a porta, os lacres de borracha rangendo contra a pintura.

O INSPETOR POPIL estava de pé junto à mesa de trabalho de Hannibal, olhando para seu esboço.

Hannibal esticou a mão para o cordão e ligou o grande ventilador, que começou a funcionar com um estrépito.

Popil olhou acima para o som do ventilador. Hannibal não sabia o que mais ele tinha ouvido. A pistola de Milko estava entre os pés do cadáver, debaixo do lençol.

– Inspetor Popil. – Hannibal pegou uma seringa de tintura e preparou uma injeção. – Se me der licença por um momento, preciso usar isto antes que endureça de novo.

– Você matou Dortlich nos bosques de sua família.

A face de Hannibal não se alterou. Limpou a ponta da agulha.

– O rosto dele foi comido – continuou Popil.

– Eu suspeitaria dos corvos. Aqueles bosques estão cheios deles. Eles iam na tigela do cachorro toda vez em que ele virava as costas.

– Corvos que preparam um *shish kabob.*

– Mencionou isto a lady Murasaki?

– Não. Canibalismo... isto aconteceu na Frente Oriental, e mais de uma vez quando você era criança. – Popil deu as costas para Hannibal, observando-o no espelho à frente de uma estante. – Mas você sabe disso, não sabe? Esteve lá. E esteve na Lituânia quatro dias atrás. Você entrou com um visto legítimo e saiu de outra maneira. Como? – Popil não esperou resposta. – Eu lhe direi como: você comprou documentos por meio de um trapaceiro em Fresnes, e isso é crime.

Na sala do tanque, a pesada tampa ergueu-se levemente e os dedos de Milko apareceram sob a beirada. Ele franziu os lábios contra a tampa, sugando os últimos resquícios de ar, uma ondulação sobre seu rosto o fez engasgar, ele pressionou sua face na fenda da beirada da tampa e sugou num fôlego asfixiado.

No laboratório de anatomia, olhando para as costas de Popil, Hannibal pôs algum peso sobre o pulmão do paciente, produzindo um arquejo e gorgolejo satisfatórios.

– Desculpe – disse. – Eles fazem isso. – Voltou-se para o bico de Bunsen debaixo de uma retorta a fim de amplificar as borbulhas.

– Aquele esboço não tem a cara do seu paciente. É a cara de Vladis Grutas. Como aqueles no seu quarto. Também matou Grutas?

– Absolutamente não.

– Encontrou-o?

– Se encontrá-lo, dou-lhe minha palavra de que o traria ao seu conhecimento.

– Não me faça de tolo! Sabe que ele serrou a cabeça do rabino em Kaunas? Que fuzilou crianças ciganas nos bosques? Sabe que ele escapou de Nuremberg quando jogaram ácido na garganta de uma testemunha? A cada poucos anos sinto o fedor dele e então ele escapa. Se souber que você o está caçando, ele matará. Ele assassinou sua família?

– Ele matou minha irmã e a comeu.

– Você viu?

– Sim.

– Deveria testemunhar.

– Claro.

Popil olhou para Hannibal por um longo momento.

– Se você matar na França, Hannibal, verei sua cabeça num balde. Lady Murasaki será deportada. Você ama lady Murasaki?

– Sim. E você?

– Há fotografias dele nos arquivos de Nuremberg. Se os soviéticos as divulgarem, se puderem encontrá-lo, a Sureté retém alguém que poderia trocar por ele. Se pudermos pegá-lo, precisarei de seu depoimento. Existe alguma outra evidência?

– Marcas de dentes nos ossos.

– Se você não estiver no meu gabinete amanhã, terei que prendê-lo.

– Boa noite, inspetor.

Na sala do tanque, a mão em forma de pá de lavrador de Milko escorrega de volta para o tanque, a tampa se fecha com firmeza, e, para um rosto enrugado diante de si, ele profere seu discurso de despedida: *Foda-se tudo.*

NOITE NO LABORATÓRIO de anatomia, Hannibal trabalha sozinho. Estava quase acabando seu esboço, trabalhando ao lado do corpo. Na bancada uma gorda luva de borracha cheia de líquido, amarrada no pulso. A luva estava suspensa sobre um recipiente de pólvora. Um cronômetro tiquetaqueava ao lado dele.

Hannibal cobriu o bloco de desenho com um revestimento claro. Ele pôs um lençol no cadáver e transportou-o para o anfiteatro. Do museu de anatomia trouxe as botas de Milko e as pôs ao lado das roupas dele numa maca de rodas perto do incinerador com o conteúdo de seus bolsos, um canivete, chaves e uma carteira. A carteira continha dinheiro e a aba de uma camisinha que Milko enrolava para enganar mulheres na penumbra. Hannibal retirou o dinheiro. Abriu o incinerador. A cabeça de Milko permanecia nas chamas. Ele parecia o piloto do Stuka queimado. Hannibal jogou as botas e uma delas chutou a cabeça para trás, fazendo-a sumir de vista.

51

Um caminhão excedente de guerra de cinco toneladas com lona nova estava estacionado do outro lado da rua do laboratório de anatomia, bloqueando metade da calçada. Surpreendentemente, não havia nenhuma multa no para-brisa. Hannibal experimentou as chaves de Milko na porta do motorista. Ela abriu-se. Um envelope de documentos estava sobre o para-sol no lado do motorista. Ele os examinou rapidamente.

Uma rampa na traseira do caminhão permitiu-lhe empurrar sua moto desde o meio-fio. Ele dirigiu o caminhão até Porte de Montempoivre, perto de Bois de Vincennes, e o pôs num estacionamento de caminhões perto da ferrovia. Trancou as placas na cabine debaixo do assento.

HANNIBAL LECTER SENTAVA-SE em sua moto num pomar de encosta, comendo excelentes figos africanos que encontrara no mercado da Rue de Buci, acompanhado de um pedaço de presunto da Vestfália. Podia ver a estrada abaixo da colina e, uns 400 metros adiante, a entrada para a casa de Vladis Grutas.

Abelhas zumbiam alto no pomar e várias enxameavam em volta de seus figos até que ele os cobriu com seu lenço. García Lorca, agora alvo de uma revivescência em Paris, disse que o coração era um pomar. Hannibal refletia sobre a figura e pensava, como fazem os jovens, sobre as formas de pêssegos e peras, quando um caminhão de carpinteiro passou abaixo dele e dirigiu-se para o portão de Grutas.

Hannibal ergueu os binóculos de seu pai.

A casa de Vladis Grutas é uma mansão estilo Bauhaus construída em 1938 em terra de fazenda com vista para o rio Essone. Foi negligenciada na guerra e, por falta de beirais, sofreu com manchas de água escura descendo por suas paredes brancas. Toda a fachada e um dos lados tinham sido repintados de um branco ofuscante, e um andaime subia nas paredes ainda sem pintar. A casa serviu como QG do Estado-Maior durante a ocupação, e os alemães tinham acrescentado proteção.

O cubo de vidro e concreto da casa era protegido por alta cerca de alambrado e arame farpado em volta do perímetro. A entrada era guarnecida por uma guarita de concreto que parecia uma casamata. Uma janela fendida na frente da guarita era suavizada por uma jardineira florida. Pela janela, uma metralhadora podia atravessar a estrada, seu cano varrendo os brotos para o lado.

Dois homens saíram da guarita, um louro e o outro de cabelo preto e coberto de tatuagens. Usaram um espelho num cabo comprido para vasculhar debaixo do caminhão. Os carpinteiros tiveram que descer e mostrar seus cartões de identidade nacionais. Houve alguns acenos de mão e encolher de ombros. Os guardas deixaram o caminhão entrar.

Hannibal dirigiu sua motocicleta para um pequeno bosque e estacionou-a no mato. Ele provocou um curto-circuito na ignição da moto com um pedaço de arame e pôs um bilhete no banco dizendo que tinha ido procurar peças. Caminhou meia hora pela estrada e pegou carona de volta para Paris.

A DOCA DE CARREGAMENTO da Gabrielle Instrument Co. fica na Rue de Paradis, entre um vendedor de acessórios de iluminação e uma loja de conserto de cristais. Na última tarefa de seu dia de trabalho, os operários carregavam um pequeno piano de cauda Bosendorfer para o caminhão de Milko, junto com uma banqueta de piano encaixotada separadamente. Hannibal assinou a fatura como Zigmas Milko, dizendo o nome silenciosamente enquanto escrevia.

Os próprios caminhões da empresa estavam chegando no final do dia. Hannibal observou enquanto uma motorista saltava de um deles. Ela não tinha má aparência em seu macacão, com um bocado de arrogância francesa. Ela entrou no prédio e saiu minutos depois, de calças compridas e blusa, carregando o macacão dobrado sob o braço. Colocou-o no bagageiro de uma pequena motocicleta. Sentiu os olhos de Hannibal nela e virou o rosto sensual para encará-lo. Pôs um cigarro na boca e ele o acendeu para ela.

– *Merci, monsieur*... Zippo. – A mulher era tipicamente francesa, animada, com muitos trejeitos no olhar, e exagerava nos gestos enquanto fumava.

Os intrometidos varrendo a doca de carregamento se esforçaram para ouvir o que estavam dizendo, mas só puderam escutar a risada da mulher. Ela olhava no rosto de Hannibal enquanto falavam e, pouco a pouco, a galanteria parou. Ela parecia fascinada com ele, quase hipnotizada. Caminharam juntos rua abaixo para um bar.

MUELLER ERA ENCARREGADO da guarita junto com um alemão chamado Gassmann, que havia recentemente concluído um alistamento na Legião Estrangeira. Mueller estava tentando vender-lhe uma tatuagem quando o caminhão de Milko se aproximou da entrada.

– Chame o doutor de gonorreia. Milko voltou de Paris – comentou Mueller.

Gassmann enxergava melhor.

– Não é Milko.

Eles foram para fora.

– Onde está Milko? – perguntou Mueller à mulher ao volante.

– Como é que eu vou saber? Ele me pagou para trazer este piano. Ele disse que estaria aqui em dois dias. Já que têm bons músculos, peguem minha moto na carroceria.

– Quem pagou você?

– *Monsieur* Zippo.

– Você quer dizer Milko.

– Isso, Milko.

Um veículo de fornecedor de comida parou atrás do caminhão de 5 toneladas e esperou, o motorista tamborilando com os dedos no volante.

Gassmann ergueu a lona na traseira do caminhão. Viu um piano encaixotado e um caixote menor com o letreiro: *POUR LA CAVE* E PARA A ADEGA – ESTOCAR EM LOCAL REFRIGERADO. A motocicleta estava amarrada nas laterais do caminhão. Uma rampa de tábua estava na carroceria, mas era mais fácil erguer a pequena moto e trazê-la para baixo.

Mueller veio ajudar Gassmann com a moto. Ele olhou para a mulher.

– Quer uma bebida?

– Não aqui – disse ela, balançando uma perna por cima da moto.

– Sua moto mais parece um peido – gritou Mueller depois que ela se distanciou.

– Você tem mesmo bom papo para ganhar uma garota – disse o outro alemão.

O AFINADOR DE PIANO era um homem esquelético com pontos escuros entre os dentes e um sorriso fixo como aquele de Lawrence Welk. Quando acabou de afinar o Bosendorfer preto, ele vestiu seu velho fraque e gravata-borboleta e começou a tocar enquanto os convidados de Grutas chegavam. O piano soava estranho contra o chão de ladrilhos e a vastidão de vidro da casa. As prateleiras de uma estante de livros feita de vidro e aço perto do piano tilintavam junto com o si bemol, até que ele retirou os livros, e então elas passaram a tilintar no si. Ele tinha usado uma cadeira de cozinha quando afinou o instrumento, mas não queria tocar sentado nela.

– Onde vou sentar? Onde está a banqueta do piano? – perguntou à criada, que perguntou a Mueller. Este encontrou-lhe uma cadeira da altura certa, só que tinha braços. – Terei que tocar com meus cotovelos espalhados – disse o afinador.

– Cale a porra da boca e toque música americana – disse Mueller. – O patrão quer um coquetel americano, com música de acordo.

O bufê servia trinta convidados, curiosos resíduos da guerra. Ivanov, da embaixada soviética, estava lá, muito bem-vestido por um alfaiate do estado. Ele conversava com um sargento americano que controlava o posto norte-americano de suprimentos para militares em Neuilly. O sargento estava à paisana, um terno de uma cor que lembrava os vasos sanguíneos em forma de aranha na lateral de seu nariz. O bispo de Versalhes estava acompanhado pelo acólito que fazia suas unhas.

Sob a impiedosa iluminação em tubo, o terno preto do bispo tinha um reflexo esverdeado de rosbife, observou Grutas enquanto beijava o anel do bispo. Eles conversaram brevemente sobre conhecidos de ambos na Argentina. Havia um forte ranço de Vichy no salão.

O pianista concedeu aos presentes seu sorriso esquelético e algo aproximado das canções de Cole Porter. O inglês era a sua quarta língua e às vezes ele era forçado a improvisar.

– *Night and day, you are the sun. Only you beneese the moon, you are the one.*

O PORÃO ESTAVA QUASE às escuras. Uma única lâmpada estava acesa perto das escadas. A música soava debilmente do andar acima.

Uma parede do porão estava coberta com uma prateleira de vinhos. Perto havia uma quantidade de caixotes, alguns deles abertos, com aparelhos de barbear a mostra. Uma pia nova de aço inoxidável jazia no chão ao lado de uma vitrola automática com os discos mais recentes e rolos de fichas para enfiar nela. Ao lado da prateleira de vinhos estava um caixote rotulado POUR LA CAVE e ESTOCAR EM LUGAR FRESCO. Um débil rangido veio do caixote.

O PIANISTA ACRESCENTOU um fortíssimo para mergulhar em versos incertos:

– *Wheter me ou you depart, no matter darling I'm apart. I think of you Night and Dayyyyy!*

Grutas circulou entre seus convidados apertando mãos. Com um pequeno movimento de cabeça, chamou Ivanov para a biblioteca. Era totalmente moderna, uma mesa com armação de cavaletes e prateleiras de vidro e aço e uma escultura de Anthony Quinn em homenagem a Picasso intitulada "A lógica está no traseiro de uma mulher". Ivanov examinou a obra.

– Gosta de escultura? – perguntou Grutas.

– Meu pai foi curador em São Petersburgo, quando ainda era São Petersburgo.

– Pode tocá-la, se quiser – disse Grutas.

– Obrigado. E as mercadorias para Moscou?

– Seis geladeiras no trem de Helsinque neste momento. Kelvinator. E o que você tem para mim? – Grutas não pôde evitar estalar os dedos.

Por causa do estalo, Ivanov fez Grutas esperar enquanto apalpava as nádegas de pedra.

– Não há nenhuma ficha do rapaz na embaixada – disse por fim. – Ele obteve um visto para a Lituânia ao propor escrever um artigo para *L'Humanité* sobre quão bem a coletivização funcionou quando as terras foram tomadas de sua família e como os lavradores estão satisfeitos em se mudar para a cidade e construir uma estação de tratamento de esgoto. Um aristocrata louvando a revolução.

Grutas bufou pelo nariz.

Ivanov pôs uma fotografia sobre a mesa e empurrou-a para Grutas. Mostrava lady Murasaki e Hannibal fora do edifício.

– Quando foi tirada?

– Ontem de manhã. Milko estava com meu homem quando ele a tirou. O garoto Lecter é um estudante, trabalha à noite e dorme na faculdade de medicina. Meu homem mostrou tudo a Milko... não quero saber de nada mais.

– Quando ele viu Milko pela última vez?

Ivanov olhou atentamente para Grutas.

– Ontem. Alguma coisa errada?

Grutas deu de ombros.

– Provavelmente não. Quem é a mulher?

– Madrasta dele, ou algo parecido. Ela é linda – disse Ivanov, tocando as nádegas de pedra.

– Ela tem um traseiro como esse?

– Acho que não.

– A polícia francesa esteve por lá?

– Um inspetor chamado Popil.

Grutas franziu os lábios e por um momento pareceu esquecer que Ivanov estava presente.

MUELLER E GASSMANN inspecionavam a multidão. Estavam pegando casacos e de olho para que nenhum dos convidados roubasse alguma coisa. No guarda-casacos, Mueller puxou pelo elástico a gravata-borboleta do colarinho de Gassmann, deu meia-volta e deixou-a retornar ao lugar.

– Você consegue esticar isto como uma pequena hélice e voar como uma fada?

– Vire-se de novo e você vai pensar que é a maçaneta da porta do inferno – disse Gassmann. – Olhe para você. Camisa amarrotada. Você nunca esteve no exército?

Eles tinham que ajudar a embalar o serviço de bufê. Carregando uma mesa de banquete dobrável para o porão, eles não viram escondida debaixo das escadas uma gorda luva de borracha suspensa sobre um recipiente de pólvora, com um estopim levando a uma lata de três quilos que uma vez conteve banha. Uma reação química se torna mais lenta à medida que a temperatura esfria. O porão de Grutas estava cinco graus mais frio do que a escola de medicina.

52

A criada estava depositando o pijama de seda de Grutas na cama quando ele a chamou, pedindo mais toalhas.

Ela não gostava de levar toalhas para o banheiro de Grutas, mas ele sempre a chamava para fazer isso. Ela tinha que ir, mas sem olhar. O banheiro de Grutas era todo de azulejo branco e aço inoxidável, com uma grande tina móvel, uma sauna com portas de vidro fosco e um chuveiro fora da sauna.

Grutas reclinou-se na tina. Uma prisioneira que ele havia trazido do barco depilava seu peito com um aparelho de barbear com dispositivo de segurança, a lâmina travada com uma chave. O lado do rosto dela estava inchado. A criada não queria fitá-lo nos olhos.

Como uma câmara de privação dos sentidos, o chuveiro era todo branco, e dava com folga para quatro. Sua curiosa acústica richocheteava cada migalha de som. Hannibal podia ouvir seu cabelo farfalhar entre sua cabeça e o ladrilho enquanto deitava no chão branco do chuveiro. Coberto por duas toalhas brancas ele estava quase invisível na sauna através da porta fosca do chuveiro. Debaixo das toalhas podia ouvir sua própria respiração. Era como ser enrolado no tapete junto com Mischa. Em vez do cabelo cálido dela junto a sua face, ele tinha o cheiro da pistola, óleo de máquina, cartuchos de latão e cordite.

Ele podia ouvir a voz de Grutas, e ainda não tinha visto o rosto dele, exceto pelo binóculo. O tom de voz não tinha mudado – a provocação sem alegria que precede o golpe.

– Aqueça meu roupão de veludo – disse Grutas à criada. – Quero um pouco de sauna depois. Ligue-a. – Ela deslizou de volta à porta da sauna e abriu a válvula. Na brancura total da sauna a única cor era o vermelho do bisel do temporizador e do termômetro. Eles tinham o aspecto de calados de navio, com números grandes o bastante para serem lidos no vapor. O ponteiro dos minutos do temporizador já estava se movendo em torno do mostrador na direção do ponteiro vermelho do marcador.

Grutas tinha as mãos atrás da cabeça. Tatuada sob seu braço estava a insígnia do raio nazista da SS. Ele contraiu o músculo e fez o raio pular.

– Bum! *Donnerwetter!* – Ele riu quando a prisioneira se encolheu. – Nãaao, não vou mais bater em você. Gosto de você agora. Vou ajeitar seus dentes com uma dentadura que você pode botar num copo ao lado da cama, fora do caminho.

Hannibal atravessou as portas de vidro numa nuvem de vapor, a pistola erguida e apontada para o coração de Grutas. Na outra mão, ele tinha uma garrafa de álcool reagente.

A pele de Grutas chiou enquanto se erguia da banheira e a mulher se afastava dele antes de saber que Hannibal estava atrás dela.

– Estou contente que esteja aqui – disse Grutas. Olhou para a garrafa, esperando que Hannibal estivesse bêbado. – Sempre achei que lhe devia alguma coisa.

– Já discuti isso com Milko.

– E?

– Ele chegou a uma solução.

– O dinheiro, é claro! Mandei-o levar e ele o entregou a você. Ótimo!

Hannibal falou para a mulher sem olhar para ela.

– Molhe a toalha na banheira. Vá para o canto, sente-se e ponha a toalha sobre seu rosto. Vamos. Molhe-a.

A mulher molhou a toalha e recuou para o canto com ela.

– Mate-o – disse ela.

– Esperei muito tempo para ver sua cara. Pus sua cara em cada valentão que já machuquei. Achava que você seria maior.

A criada entrou no quarto com o roupão. Através da porta aberta do banheiro ela podia ver o cano e o silenciador da arma apontados. Ela recuou do quarto, suas chinelas silenciosas no carpete.

Grutas estava olhando para a pistola também. Era a pistola de Milko. Tinha um fecho de culatra no receptor para o uso com silenciador. Se o garoto Lecter não fosse familiarizado com aquilo, estaria limitado a um disparo. Então ele ficaria atrapalhado com a pistola.

– Você viu as coisas que tenho nesta casa, Hannibal? Oportunidades da guerra! Você estava acostumado com coisas belas e pode tê-las. Somos iguais. Somos os Novos Homens, Hannibal. Você, eu... o crime. Sempre flutuaremos no topo! – Ele ergueu espuma em sua mão para ilustrar a flutuação, deixando o jovem Lecter acostumar-se ao seu movimento.

– Chapas de identidade militar não flutuam. – Hannibal jogou a identidade militar de Grutas na banheira e ela se assentou como uma folha no fundo. – Álcool flutua. – Hannibal jogou a garrafa e ela se espatifou contra o azulejo acima de Grutas, borrifando o líquido ardente sobre sua cabeça, cacos de vidro caindo em seu cabelo. Hannibal tirou um Zippo do bolso para incendiar Grutas. Quando o isqueiro estalou, abrindo-se, Mueller encostou uma pistola atrás de sua orelha.

Gassmann e Dieter agarraram os braços de Hannibal de ambos os lados. Mueller desviou o cano da arma de Hannibal para o teto e tomou-a de sua mão. Mueller enfiou a pistola na cintura.

– Nada de tiros – disse Grutas. – Não quero azulejos quebrados aqui. Quero falar um pouco com ele. Depois ele pode morrer numa banheira como sua irmã. – Grutas saiu da banheira e enrolou-se numa toalha. Gesticulou para a mulher, agora desesperada para agradar. Ela borrifou água de Seltz sobre seu corpo depilado enquanto ele se virava no lugar, os braços estendidos.

– Você sabe como parece, a água efervescente? – disse Grutas. – Parece como se você tivesse nascido de novo. Estou todo novo, num novo mundo sem nenhum lugar nele para você. Não posso acreditar que tenha matado Milko sozinho.

– Alguém me deu uma ajuda – disse Hannibal.

– Prendam-no na banheira e cortem-no quando eu mandar.

Os três homens forçaram Hannibal para o chão e mantiveram sua cabeça e pescoço por cima da borda da banheira. Mueller tinha um canivete de mola. Pôs a ponta na garganta de Hannibal.

– Olhe para mim, conde Lecter, meu príncipe, vire sua cabeça e olhe para mim. Mantenha sua garganta firmemente estendida e irá sangrar depressa. Nao vai doer por muito tempo.

Através da porta da sauna, Hannibal podia ver o ponteiro do temporizador se movendo.

– Me responda uma coisa – disse Grutas. – Você teria me dado como alimento para sua irmãzinha se ela estivesse morrendo de fome? Porque você a amava?

Claro.

Grutas sorriu e beliscou a bochecha de Hannibal.

– Aí está. Acertou em cheio. Amor. Eu me amo demais. Jamais lhe pediria desculpas. Você perdeu sua irmã na guerra. – Grutas arrotou e riu. – Este arroto é meu comentário. Está procurando por simpatia? Pois se deu mal. Corte-o, Mueller Esta é a última coisa que você vai ouvir. Eu lhe direi o que você fez para viver. Você...

A explosão sacudiu o banheiro e a pia saltou da parede, água jorrando dos canos. As luzes se apagaram. Lutando no escuro, Mueller, Gassmann e Dieter se amontoavam sobre ele, emaranhados com a mulher. O canivete atingiu o braço de Gassmann, fazendo-o praguejar e berrar. Hannibal acertou alguém duramente no rosto com seu cotovelo e se pôs de pé. Um cano de arma relampejou no cômodo azulejado e lascas perfuraram seu rosto. Fumaça, fumaça pesada, saía em espirais da parede. Uma pistola deslizou pelos ladrilhos, Dieter atrás dela. Grutas se apossou da arma, a mulher pulando sobre ele com as unhas no seu rosto, e Grutas atirou duas vezes no peito dela. Ficando de pé, a pistola se erguendo. Hannibal bateu com a toalha molhada nos olhos de Grutas. Dieter nas costas de Hannibal, que se lançou para trás e sentiu o impacto quando a borda da banheira atingiu Dieter na altura dos rins e ele se deixou ficar. Mueller sobre ele agora, antes que pudesse se levantar, tentando enfiar os dois grandes polegares sob o queixo de Hannibal. Ele golpeou Mueller no rosto, deslizou sua mão entre eles, encontrando uma pistola na cintura de Mueller. Puxou o gatilho com a arma ainda nas calças de Mueller. O enorme alemão rolando de cima dele com um uivo. Hannibal correu com a arma. Teve que ir devagar no quarto de dormir às escuras, depois rápido no corredor se enchendo de fumaça. Pegou o balde da criada no corredor e carregou-o pela casa, ouvindo uma vez uma pistola disparando atrás dele.

O guarda do portão estava fora da guarita e a meio caminho da porta da frente.

– Arranje água! – gritou Hannibal para ele. Entregou-lhe o balde enquanto passava correndo. – Vou pegar a mangueira!

Correndo pela alameda de carros, cortando caminho entre as árvores tão rapidamente quanto podia. Ouviu gritos atrás de si. Colina acima para o pomar. Rápido na ignição, apalpando pelo arame no escuro.

Compreensão liberada, bombear um pouco de gasolina. *Kock, kick, kick.* Toque de engasgo. *Kick.* A moto BMW acordou com um rugido, e Hannibal arremeteu para fora do mato, ziguezagueando entre as árvores, derrubando um silenciador ao se chocar com um toco, e depois na estrada, rugindo na escuridão, o cano de descarga pendente deixando no pavimento uma trilha de fagulhas.

Os BOMBEIROS FICARAM até tarde da noite, esguichando água nas cinzas do porão na casa de Grutas. Este ficou parado à beira de seu jardim, fumaça e vapor se elevando no céu noturno atrás dele, e olhando na direção de Paris.

53

A estudante de enfermagem tinha cabelo ruivo escuro e olhos castanhos quase da mesma cor que os de Hannibal. Quando ele recuou do bebedouro no corredor da faculdade para que ela bebesse primeiro, pôs o rosto junto ao dele e farejou.

– Quando começou a fumar?

– Estou tentando parar – disse ele.

– Suas sobrancelhas estão chamuscadas!

– Falta de cuidado ao acender.

– Se você é descuidado com fogo, não deveria cozinhar. – Ela lambeu o polegar e passou na sobrancelha dele. – Eu e minha colega de quarto estamos fazendo um ensopado esta noite, há bastante, se...

– Obrigado, realmente. Mas já tenho um compromisso.

Seu bilhete a lady Murasaki perguntava se poderia visitá-la. Ele encontrou um ramo de glicínia para levar, um abjeto pedido de desculpas adequadamente murcho. O bilhete de resposta veio acompanhado por dois raminhos, murta em papel crepom cor de melancia e um broto de pinheiro com um minúsculo cone. O pinheiro não foi enviado levianamente. Emoção ilimitada, as possibilidades do pinheiro.

O *POISSONIER* DE LADY MURASAKI não a desapontou. Trouxe para ela quatro perfeitos ouriços-do-mar em água do mar gelada da sua Bretanha natal. Na porta ao lado o açougueiro produziu molejas de vitela, já embebidas em leite e pressionadas entre dois pratos. Ela parou na Fauchon para uma torta de pera e por fim comprou uma sacola de laranjas.

Parou diante do florista, os braços carregados de compras. Não, Hannibal certamente traria flores.

HANNIBAL TROUXE FLORES. Tulipas, lírios e samambaias num arranjo alto se projetando do selim traseiro de sua moto. Duas mulheres jovens atravessando a rua disseram-lhe que as flores pareciam o rabo de um galo. Ele piscou para elas quando o sinal abriu e disparou à frente com uma sensação de leveza no peito.

Estacionou no bloco ao lado do edifício de lady Murasaki e contornou a esquina para a entrada com suas flores. Estava acenando para a *concierge* quando Popil e dois policiais parrudos surgiram de uma porta e o pegaram. Popil tomou as flores.

– Não são para você – disse Hannibal.

– Você está preso – retrucou Popil. Quando Hannibal foi algemado, Popil enfiou as flores debaixo do braço.

NO SEU GABINETE no Quai des Orfèvres, o inspetor Popil deixou Hannibal sozinho e o fez esperar por meia hora na atmosfera de um posto policial. Voltou ao seu gabinete para encontrar o rapaz colocando o último caule num arranjo de flores numa garrafa de água sobre a mesa do inspetor.

– Como você prefere isto? – disse Hannibal.

O inspetor Popil entrou com um pequeno cassetete de borracha e sentou-se.

– Como você prefere isto? – disse Popil.

O mais parrudo dos policiais chegou atrás de Popil e avultou sobre Hannibal.

– Responda a todas as perguntas. Eu perguntei: como é que você prefere isto?

– É mais honesto do que seu aperto de mão. E pelo menos o cassetete está limpo.

Popil tirou de um envelope duas placas de identidade militar amarradas num cordão.

– Encontradas no seu quarto. Esses dois foram acusados à revelia em Nuremberg. Pergunta: onde estão eles?

– Não sei.

– Não quer vê-los enforcados? O carrasco usa a queda inglesa, mas não o bastante para arrancar a cabeça. Ele não ferve nem estica sua corda. Os condenados sobem e descem que nem ioiô. Deveria ser do seu gosto.

– Inspetor, você nunca saberá nada acerca dos meus gostos.

– Justiça não importa, simplesmente tem de ser você a matá-los.

– Tem de ser você também, não é, inspetor. Você sempre os vê morrer. Para seu gosto. Acha que poderíamos falar a sós? – Ele tirou do bolso um bilhete manchado de sangue envolto em celofane. – Você tem correspondência de Louis Ferrat.

Popil fez sinal para o policial deixar o gabinete.

– Quando rasguei as roupas do corpo de Louis, encontrei este bilhete para você. – Ele leu em voz alta a parte acima da dobra. – *Inspetor Popil, por que me atormentar com perguntas que você mesmo não saberá responder? Eu o vi em Lyon*. E assim por diante. – Hannibal entregou o bilhete a Popil. – Se quiser abri-lo, já está seco agora. Não tem cheiro.

O bilhete estalou quando o inspetor o abriu, e flocos escuros caíram da dobra. Quando terminou, ele sentou-se, segurando o bilhete ao lado da têmpora.

– Alguém de sua família acenou-lhe do trem? – disse Hannibal. – Estava dirigindo o tráfego na estação naquele dia?

Popil recuou sua mão.

– Você nao quer fazer isso – disse Hannibal suavemente. – Se eu soubesse de alguma coisa, por que lhe diria? É uma pergunta razoável, inspetor. Talvez você lhes consiga passagens para a Argentina.

Popil fechou os olhos e tornou a abri-los.

– Pétain sempre foi meu herói. Meu pai e meus tios lutaram com ele na Primeira Guerra. Quando criou o novo governo, ele nos disse: "Apenas mantenham a paz até expulsarmos os alemães. Vichy salvará a França." Já éramos policiais, parecia o mesmo dever.

– Ajudou os alemães?

Popil deu de ombros.

– Mantive a paz. Talvez isto os tenha ajudado. Depois vi um de seus trens. Desertei e descobri a Resistência. Eles só confiaram em mim depois que matei um agente da Gestapo. Os alemães fuzilaram oito aldeões em represália. Senti-me como se eu próprio os tivesse matado. Que tipo de guerra é esta? Lutamos na Normandia, nas barricadas, dando estalidos para identificar um ao outro. – Ele pegou em sua mesa um brinquedo que emitia estalidos. – Ajudamos os Aliados a chegar das cabeças de praia. – Ele estalou duas vezes. – Isto significa que sou amigo, não atirem. Não quero saber de Dortlich. Ajude-me a encontrá-los. Como você está caçando Grutas?

– Por meio de parentes na Lituânia, conhecidos de minha mãe da igreja.

– Eu poderia detê-lo pelos documentos falsos, só pelo testemunho do falsário. Se eu o deixar ir, jura me contar tudo que descobrir? Jura por Deus?

– Por Deus? Sim, juro por Deus. Tem uma Bíblia? – Popil tinha um exemplar dos *Pensées* na sua estante. Hannibal o pegou. – Ou poderíamos usar o seu Pascal, Pascal.

– Você juraria pela vida de lady Murasaki?

Um momento de hesitação.

– Sim, pela vida de lady Murasaki. – Hannibal pegou o brinquedo e estalou duas vezes.

Popil entregou as placas e Hannibal as pegou de volta.

QUANDO HANNIBAL DEIXOU o gabinete, o assistente de Popil entrou. Popil fez sinal para a janela. Quando Hannibal emergiu do prédio, um policial à paisana o seguiu.

– Ele sabe de alguma coisa. Suas sobrancelhas estão chamuscadas. Verifique os incêndios na Île de France nos últimos três dias – disse Popil. – Quando nos levar a Grutas, quero processá-lo pelo açougueiro quando ele era criança.

– Por que o açougueiro?

– É um crime juvenil, Etienne, um crime de paixão. Não quero uma condenação, quero que seja declarado insano. Num manicômio podemos estudá-lo e tentar descobrir o que ele é.

– O que acha que ele é?

– O garotinho Hannibal morreu em 1945 lá na neve, tentando salvar sua irmã. Seu coração morreu com Mischa. O que ele é agora? Ainda não existe uma palavra para isto. Por falta de uma palavra melhor, o chamaremos de monstro.

54

No edifício de lady Murasaki na Place des Vosges, a cabine da *concierge* estava às escuras, a porta com seu vidro fosco fechada. Hannibal entrou no prédio com sua chave e correu escadas acima.

Dentro da cabine, sentada em sua cadeira, a *concierge* tinha correspondência espalhada diante de sua mesa, empilhada inquilino por inquilino como se ela estivesse jogando paciência. O gancho de um cadeado de bicicleta estava enterrado quase fora de vista na carne macia do pescoço e sua língua pendia para fora.

Hannibal bateu à porta de lady Murasaki. Pôde ouvir o telefone tocando lá dentro. Soava estranhamente estridente para ele. A porta se abriu quando enfiou sua chave na fechadura. Ele correu pelo apartamento, procurando, hesitando quando empurrou a porta do quarto dela, mas estava vazio. O telefone continuava tocando. Ele o tirou do gancho.

NA COZINHA DO Café de L'Este, uma gaiola de hortulanas à espera para serem afundadas em Armagnac e escaldadas na grande panela de água fervente no forno. Grutas agarrou o pescoço de lady Murasaki e manteve seu rosto perto da panela fervente. Com sua outra mão, ele segurava o receptor do telefone. Lady Murasaki tinha as mãos atadas às costas. Mueller apertava-lhe os braços por trás.

Quando ouviu a voz de Hannibal, Grutas falou ao telefone.

– Para continuar nossa conversa: você quer ver a japonesa viva? – perguntou Grutas.

– Sim.

– Ouça a voz dela e imagine se ela tem as bochechas.

Que som era aquele por trás da voz de Grutas? Água fervente? Hannibal não sabia se o som era real; costumava ouvir água fervendo em seus sonhos.

– Fale com seu garotinho de merda.

– Meu querido, NÃO... – disse lady Murasaki antes que fosse arrancada do telefone. Ela lutou contra o aperto de Mueller e eles esbarraram na gaiola de hortulanas. Os pássaros guincharam e piaram entre si.

Grutas falou para Hannibal:

– Meu querido, você matou dois homens por sua irmã e explodiu minha casa. Ofereço-lhe uma vida por uma vida. Traga tudo; as placas de identidade, o pequeno inventário de Vigia de Panelas, a porra toda. Sinto vontade de fazê-la gritar.

– Onde...

– Cale-se. No quilômetro 36 na estrada para Trilbardou há uma cabine telefônica. Esteja lá ao alvorecer e receberá uma chamada. Se não aparecer, vai receber as bochechas dela pelo correio. Se eu vir Popil, ou qualquer policial, você recebe o coração dela pelo correio. Talvez você possa usá-lo em seus estudos, fuçar através dos ventrículos, ver se descobre a sua cara nele. Uma vida por uma vida?

– Uma vida por uma vida – disse Hannibal. A ligação caiu.

Dieter e Mueller levaram lady Murasaki para um furgão fora do café. Kolnas trocou a placa no carro de Grutas.

Grutas abriu o porta-malas e retirou um fuzil Dragunov de mira telescópica. Entregou-o a Dieter.

– Kolnas, traga uma jarra. – Grutas queria que lady Murasaki ouvisse. Ele observou-lhe o rosto com uma espécie de fome enquanto dava instruções. – Pegue o carro. Mate-o ao telefone – disse Grutas a Dieter. Entregou-lhe a jarra. – Leve os colhões dele para o barco abaixo de Nemours.

HANNIBAL NÃO QUERIA olhar pela janela. O homem à paisana de Popil poderia estar olhando para cima. Ele foi para o quarto de dormir. Sentou-se na cama por um momento com os olhos fechados. Os sons ao fundo ressoavam na cabeça de Hannibal. Os pios em dialeto báltico das hortulanas.

Os lençóis de lady Murasaki eram de linho com fragrância de lavanda. Ele os agarrou nos seus punhos, levou-os ao rosto, depois os retirou da cama para molhá-los rapidamente na banheira. Estendeu um varal de secar roupa através da sala de estar e dependurou um quimono, ligou um circulador que colocou no chão. O ventilador girava lentamente, movimentando o quimono e sua sombra nas cortinas diáfanas.

PARADO DIANTE DA armadura do samurai, Hannibal pegou a adaga *tanto* e olhou para a máscara do senhor Date Masamune.

– Se puder ajudá-la, ajude-a agora.

Pôs a correia em volta do pescoço e fez a adaga deslizar colarinho abaixo.

Hannibal torceu e deu nós nos lençóis molhados como um presidiário suicida. Quando terminou, a corda de lençóis pendia de uma grade do terraço até uns 4 metros do chão do beco.

Ele desceu. Quando largou a corda, a última queda pelo ar pareceu durar um longo tempo, as solas de seus pés ferroando enquanto ele atingia o solo e rolava.

Ele impeliu a motocicleta pelo beco atrás do edifício e saiu na rua dos fundos, pressionou o pedal e montou enquanto o motor dava partida. Precisava de muita coragem para recuperar a pistola de Milko.

55

No aviário do lado de fora do Café de L'Este, as hortulanas se agitavam e murmuravam, rebeldes sob o luar brilhante. O toldo do pátio estava enrolado e os sombreros dobrados. O salão de jantar estava escurecido, mas as luzes continuavam acesas na cozinha e no bar.

Hannibal pôde ver Hercule esfregando o piso do bar. Kolnas sentava-se a uma banqueta com um livro-razão. Hannibal recuou na escuridão, deu partida em sua moto e distanciou-se sem acender suas luzes.

Caminhou os últimos 400 metros até a casa na Rue Juliana. Um Citroën Deux Cheveaux estava estacionado na entrada para carros; um homem no assento no motorista deu a última tragada no cigarro. Hannibal observou a guimba ser jogada do carro e espalhar fagulhas na rua. O homem se acomodou no assento e recostou a cabeça. Podia ter caído no sono.

De uma sebe do lado de fora da cozinha, Hannibal podia olhar para a casa. *Madame* Kolnas passou pela janela falando com alguém muito baixo para ser visto. As janelas teladas estavam abertas na noite quente. A porta de tela da cozinha abria-se para o jardim. A adaga *tanto* deslizou facilmente através da tela e desengatou o gancho. Hannibal limpou os sapatos no capacho e entrou na casa. O relógio da cozinha batia alto. Pôde ouvir água corrente no banheiro. Passou pela porta do banheiro, ficando junto à parede para evitar que o assoalho estalasse. Pôde ouvir *madame* Kolnas no banheiro falando com uma criança.

A porta ao lado se encontrava aberta. Hannibal pôde ver prateleiras de brinquedos e um grande elefante de pelúcia. Ele olhou no quarto. Camas gêmeas. Katerina Kolnas dormia na mais próxima. Sua cabeça estava virada para o lado, o polegar tocando a testa. Hannibal podia ver a pulsação em sua têmpora. Podia ouvir seu coração. Ela estava usando o bracelete de Mischa. Ele piscou na luz quente da lâmpada. Podia ouvir a si mesmo piscar. E a respiração da criança. Também ouvia a voz de *madame* Kolnas vindo do corredor. Pequenos sons audíveis sobre a grande agitação nele.

– Venha, Muffin, é hora de se enxugar – disse *madame* Kolnas.

A CASA-BARCO DE GRUTAS, preta e de aspecto profético, estava ancorada ao cais em meio a uma camada de névoa. Grutas e Mueller carregavam lady Murasaki amarrada e amordaçada subindo o passadiço e descendo a escada de tombadilho para a ré da cabine. Grutas chutou a porta de sua enfermaria no convés inferior. Uma cadeira estava no meio do assoalho com um lençol ensanguentado esparramado debaixo dela.

– Desculpe por seu quarto não estar inteiramente pronto – disse Grutas. – Chamarei o serviço de quarto. Eva!

Ele desceu o corredor para a próxima cabine e escancarou a porta. Três mulheres acorrentadas a seus beliches olharam para ele com ódio no rosto. Eva estava recolhendo as vasilhas da refeição delas.

– Venha cá.

Eva seguiu até a enfermaria, ficando fora do alcance de Grutas. Ela retirou o lençol ensanguentado e estendeu outro limpo debaixo da cadeira. Começou a levar embora o lençol manchado de sangue, mas Grutas disse:

– Deixe aqui. Em algum lugar onde ela possa vê-lo.

Grutas e Mueller amarraram lady Murasaki à cadeira.

Grutas dispensou Mueller. Acomodou-se numa cadeira contra a parede, as pernas abertas, esfregando as coxas.

– Tem alguma ideia do que irá acontecer se você não me der alguma alegria? – disse ele.

Lady Murasaki fechou os olhos. Sentiu o barco estremecer e começar a se mover.

HERCULE FEZ DUAS viagens fora do café com as latas de lixo. Destrancou sua bicicleta e foi embora.

Sua luz traseira ainda estava visível quando Hannibal deslizou para dentro da cozinha. Carregava um objeto protuberante numa sacola manchada de sangue.

Kolnas veio para a cozinha carregando seu livro-razão. Abriu a fornalha do forno à lenha, pôs dentro alguns recibos e empurrou-os para trás no fogo.

Atrás dele, Hannibal disse:

– *Herr* Kolnas, rodeado por tigelas.

Kolnas girou para ver Hannibal encostado na parede, um copo de vinho numa das mãos e uma pistola na outra.

– O que você quer? Já estamos fechados.

– Kolnas no céu das tigelas. Rodeado por tigelas. Está usando sua placa militar, *Herr* Kolnas?

– Sou Kleber, cidadão francês, e estou chamando a polícia.

– Deixe que eu chamo para você. – Hannibal depositou seu copo e pegou o telefone. – Você se importa se eu ligar para a Comissão dos Crimes de Guerra ao mesmo tempo? Pagarei pela chamada.

– Foda-se. Ligue para quem quiser. Pode chamá-los, falo sério. Ou eu o farei. Tenho documentos, tenho amigos.

– Eu tenho crianças. As suas.

– O que quer dizer com isso?

– Estou com seus filhos. Fui à sua casa na Rue Juliana. Fui ao quarto com o grande elefante estofado e os peguei.

– Está mentindo.

– "Peguem-na. Ela vai morrer de qualquer jeito", foi o que você disse. Lembra? Indo atrás de Grutas com sua tigela. –

Hannibal procurou atrás de si e jogou sobre a mesa sua sacola sangrenta. – Trouxe alguma coisa para o seu forno. Podemos cozinhar juntos, como nos velhos tempos. – Ele jogou na mesa da cozinha o bracelete de Mischa, que rolou para os dois lados antes de se parar.

Kolnas emitiu um ruído surdo. Por um momento não conseguiu tocar a sacola com suas mãos trêmulas e então a rasgou, rasgou até o papel de açougue sangrento no seu interior, rasgou até encontrar carne e ossos.

– É um rosbife, *Herr* Kolnas, e um melão. Comprei no mercado. Mas você vê como que parece?

Kolnas contornou a mesa, as mãos sujas de sangue buscando o rosto de Hannibal, mas estava desequilibrado e Hannibal o puxou para baixo e bateu com a pistola na base do crânio dele, não com força demais, e Kolnas desfaleceu.

O rosto de Hannibal, manchado de sangue, parecia com aquelas faces demoníacas nos seus próprios sonhos. Ele jogou água no rosto de Kolnas até que seus olhos se abriram.

– Onde está Katerina, o que fez com ela? – disse Kolnas.

– Ela está a salvo, *Herr* Kolnas. Está rosada e perfeita. Dá para ver as veias pulsando na têmpora dela. Eu a devolverei quando você me entregar lady Murasaki.

– Se eu fizer isso sou um homem morto.

– Não. Grutas será preso e não me lembrarei da sua cara. Você ganha um passe pelo bem de seus filhos.

– Como vou saber se estão vivos?

– Juro pela alma de minha irmã que você ouvirá as vozes deles. A salvo. Ajude-me, ou matarei você e deixarei que as crianças morram de fome. Onde está Grutas? Onde está lady Murasaki?

Kolnas engasgou, sufocando com um pouco de sangue em sua boca.

– Grutas tem uma casa-barco, um barelão, e fica sempre em movimento. Está agora no Canal de Loing, ao sul de Nemours.

– Qual o nome do barco?

– Christabel. Você deu sua palavra, onde estão meus filhos?

Hannibal deixou Kolnas se levantar. Pegou o telefone ao lado da caixa registradora, discou um número e passou o receptor a Kolnas.

Por um momento Kolnas não conseguiu reconhecer a voz de sua esposa, e depois:

– Alô, alô! Astrid?! Vá verificar as crianças. Deixe-me falar com Katerina! Faça isso!

Enquanto Kolnas ouvia a enigmática voz sonolenta da criança despertada, seu rosto mudou. Primeiro alívio e depois uma curiosa palidez enquanto sua mão rastejava para a arma na prateleira abaixo da caixa registradora. Seus ombros caíram.

– Você me enganou, *Herr* Lecter.

– Mantive minha palavra. Pouparei sua vida pelo bem de seus...

Kolnas girou com a grande pistola Webley empunhada. A mão de Hannibal voou em direção a ela, a arma se afastando para o lado deles. Hannibal impeliu a adaga *tanto* debaixo do queixo de Kolnas e a ponta saiu no alto de sua cabeça.

O receptor do telefone balançava pendurado pelo fio. Kolnas de cara no chão. Hannibal numa cadeira da cozinha olhando para ele. Os olhos de Kolnas estavam abertos, já vidrados. Hannibal pôs uma tigela sobre sua face.

Ele carregou a gaiola de hortulanas para fora e abriu-a. Teve que agarrar a última e jogá-la para o céu iluminado pela lua. Ele abriu a porta do aviário e enxotou os pássaros. Eles formaram um bando e circularam uma vez, minúsculas sombras voejando pelo pátio, subindo para testar o vento e pegar a estrela polar.

– Vão – disse Hannibal. – O Báltico fica daquele lado. Fiquem lá toda a estação.

56

Através da vastidão noturna, um único ponto de luz disparava pelos campos escuros de Île-de-France, a motocicleta na potência máxima, Hannibal curvado sobre o tanque de gasolina. Fora do sul de concreto de Nemours e seguindo um velho caminho de sirga ao longo do canal de Loing, antes de asfalto e cascalho, mas agora uma única alameda de asfalto coberta de vegetação de ambos os lados. Hannibal ziguezagueando em velocidade entre vacas na estrada e sentindo um golpe na traseira enquanto passava, guinando fora da pista, o cascalho chocalhando sob os para-lamas, depois de novo na pista, a moto sacudindo sua cabeça e se aprumando, ganhando velocidade de novo.

As luzes de Nemours desvanecendo atrás dele, campina plana agora e somente escuridão à frente, os detalhes de cascalho e do mato absurdamente aguçados, insistentes no seu farol, e a escuridão à frente engolia o facho amarelo. Imaginou se tinha se juntado ao canal distante demais ao sul – será que deixara o barco para trás?

Parou e desligou suas luzes, para sentar-se na escuridão e decidir, a moto estremecendo debaixo dele.

Distante à frente, ao longe na escuridão, pareceu que duas pequenas casas se moviam em fila pela campina, guaritas de convés somente visíveis acima das margens do Canal de Loing.

A CASA-BARCO de Vladis Grutas estava maravilhosamente silenciosa enquanto seguia rumo ao sul, enviando uma suave ondulação contra os lados do canal, com vacas adormecidas em ambas as margens. Mueller, fazendo curativo em pontos na sua coxa, sentava-se numa cadeira de lona na coberta da proa, uma espingarda encostada na balaustrada da escada de tombadilho ao lado dele. Na popa, Gassmann abriu um compartimento e retirou algumas defensas de lona.

Trezentos metros atrás, Hannibal reduziu, a BMW roncando, ervas daninhas esfregando-se nas suas canelas. Ele parou e pegou no alforje os binóculos de seu pai. Não conseguiu ler o nome do barco na escuridão.

Apenas as luzes de navegação apareciam, e o brilho detrás das cortinas da janela. Aqui o canal era largo demais para ter certeza de dar um pulo sobre o convés.

Da margem ele seria capaz de acertar o capitão na casa do leme com a pistola – poderia seguramente arrancá-lo do timão –, mas então o barco seria alertado e ele teria de enfrentar todos ao mesmo tempo quando o abordasse. Eles poderiam vir de ambos os lados de uma vez. Ele pôde ver uma escada de tombadilho coberta na popa e uma massa escura perto da proa que talvez fosse outra entrada para o convés inferior.

A luz da bitácula reluzia nas janelas da casa do leme perto da proa, mas ele não conseguia vislumbrar ninguém lá dentro. Precisava antecipar-se a eles. O caminho de sirga ficava perto da água e os campos eram acidentados demais para um desvio.

Hannibal ultrapassou o barco no caminho, sentindo seu flanco seguir na direção do zunido do barco. Um olhar para a embarcação. Gassmann, na popa, estava puxando defensas de lona para fora de um compartimento. Olhou para cima enquanto a moto passava. Mariposas voejavam sobre uma claraboia da cabine.

Hannibal manteve-se num ritmo moderado. Um quilômetro adiante, viu as luzes de um carro cruzando o canal.

O Loing se estreitava para uma eclusa não mais que duas vezes a extremidade de um batelão. A eclusa integrava-se a uma ponte de pedra, suas comportas corrente acima entrando no arco de pedra, o cercado da eclusa como uma caixa além da ponte, não muito mais comprida que o Christabel.

Hannibal virou à esquerda ao longo da estrada da ponte, caso o capitão do barco o estivesse observando e se adiantasse 100 metros. Ele apagou suas luzes, contornou e retornou perto da ponte, pondo a motocicleta no mato à beira da estrada. Caminhou à frente na escuridão.

Alguns barcos a remo estavam emborcados na margem do canal. Hannibal sentou-se no chão entre eles e espiou por cima dos cascos a aproximação do barco, ainda a meio quilômetro de distância. Estava muito escuro. Ele podia ouvir um rádio num casebre na extremidade mais distante da ponte, provavelmente a moradia do vigia da eclusa. Ele abotoou a pistola no bolso de seu casaco.

As diminutas luzes de navegação do batelão chegaram muito lentamente, a luz vermelha de bombordo na direção dele, e atrás dela a luz branca alta num mastro dobrável acima da cabine. O barco teria que parar e baixar um metro na eclusa. Ele deitou-se ao lado do canal, cercado de ervas daninhas. Era cedo demais no ano para os grilos começarem a cantar.

Esperando enquanto o batelão se aproximava, muito lentamente. Tempo para pensar. Parte do que ele fez no restaurante de Kolnas era desagradável de lembrar. Foi difícil poupar a vida de Kolnas mesmo por aquele curto tempo, e desagradável permitir-lhe falar. Foi bom o rangido que sentiu em sua mão quando a adaga *tanto* rompeu o topo da cabeça de Kolnas como um pequeno chifre. Mais prazeroso do que Milko. Boas coisas para apreciar: a prova pitagoriana com ladrilhos, arrancando a cabeça de Dortlich. Muita coisa pela frente: ele convidaria lady Murasaki para uma lebre ensopada no restaurante Champs de Mars. Hannibal estava calmo. Sua pulsação era de 72 batimentos por minuto.

ESCURO AO LADO da eclusa, e o céu claro e coberto de estrelas. A luz do mastro do batelão deveria simplesmente estar entre as estrelas baixas quando o barco alcançou a eclusa.

Não havia alcançado inteiramente as estrelas baixas quando o mastro se dobrou para trás, a luz como uma estrela cadente descendo em um arco. Hannibal viu o filamento reluzir no grande holofote do barco e lançar-se para baixo, enquanto a luz reunia seu facho e fazia uma varredura sobre ele para as comportas da eclusa, e a buzina do batelão soava. Uma luz veio da cabine do guardião, e em menos de um minuto o homem estava fora dela, puxando seus suspensórios. Hannibal atarraxou o silenciador na arma de Milko.

Vladis Grutas surgiu na escada do tombadilho da frente e ficou parado no convés. Esticou o braço e jogou um cigarro na água. Disse alguma coisa a Mueller e pôs a espingarda no convés entre as jardineiras, fora das vistas do guardião da eclusa, e voltou para baixo.

Na popa, Gassmann colocou as defensas e aprontou seu cabo. As comportas da eclusa rio acima continuavam abertas. O guardião entrou em sua cabine ao lado do canal e acendeu luzes em cada extremidade da eclusa. O batelão deslizou debaixo da ponte, o capitão revertendo o motor para uma parada. Ao som do motor, Hannibal disparou para a ponte semiagachado, mantendo-se abaixo do parapeito de pedra.

Baixou os olhos para o barco que passava sob ele, para baixo no convés e através das claraboias, que lhe deram um vislumbre de lady Murasaki amarrada a uma cadeira, visível apenas por um instante, de onde estava.

Levou cerca de dez minutos para ajustar o nível da água com o lado da correnteza rio abaixo, as pesadas comportas abrindo-se ruidosamente, Gassmann e Mueller recolhendo os cabos. O guardião virou-se em direção a sua cabine. O capitão avançou o acelerador e a água ferveu debaixo do batelão.

Hannibal inclinou-se sobre o parapeito. A um alcance de 60 centímetros ele baleou Gassmann no topo da cabeça. Subindo no parapeito agora e pulando, aterrissando sobre

Gassmann e rolando para o convés. O capitão ouviu o baque da queda de Gassmann e olhou primeiro para os cabos da popa, viu que estavam OK.

Hannibal experimentou a porta da escada de tombadilho. Trancada.

O capitão inclinou-se fora da casa do leme.

– Gassmann?

Hannibal agachou-se ao lado do corpo na popa, apalpou-lhe a cintura. Gassmann não estava armado. Hannibal teria de passar pela casa do leme para ir em frente, e Mueller estava na proa. Adiantou-se pelo lado direito. O capitão saiu da casa do leme pela esquerda e viu Gassmann esparramado lá, sua cabeça gotejando nos embornais.

Hannibal correu à frente rápido, inclinando-se ao lado das cabines do convés inferior.

Ele sentiu o barco entrar em ponto morto e correu ao ouvir uma arma disparar atrás dele, a bala uivando num pontalete e fragmentos perfurando seu ombro. Virou-se e viu o capitão abrigado atrás da cabine de ré. Perto da escada de tombadilho, mão e braço tatuados ficaram visíveis por um segundo, pegando a espingarda debaixo das plantas. Hannibal disparou sem nenhum resultado. A parte superior de seu braço estava quente e molhada. Escondeu-se entre as duas cabines do convés e saiu no convés de bombordo, correndo adiante, abaixado. Ao lado da cabine dianteira para a coberta de proa, com Mueller agachado ali, levantando-se quando ouviu Hannibal, girando a espingarda, o cano batendo na esquina da escada de tombadilho por meio segundo, girando de novo. Hannibal atirou nele quatro vezes no peito, tão rápido quanto podia apertar o gatilho, a espingarda desgovernada abrindo um buraco raivoso no madeirame ao lado da porra da escada de tombadilho. Mueller cambaleou e olhou para seu peito, caiu para trás e sentou-se morto contra a balaustrada. A porra da escada de tombadilho estava destrancada. Hannibal desceu as escadas e trancou a porta atrás de si.

Na popa, o capitão, agachado no convés de ré ao lado do corpo de Gassmann, procurou pelas chaves no seu bolso.

Desceu rápido as escadas e correu ao longo da estreita passagem do convés inferior. Olhou na primeira cabine. Vazia, nada além de camas de lona e correntes. Escancarou a segunda porta, viu lady Murasaki amarrada na cadeira e correu para ela. Grutas atirou em Hannibal pelas costas, de trás da porta, a bala atingindo-o entre as omoplatas. Ele caiu de costas, o sangue se espalhando sob ele.

Grutas sorriu e foi até Hannibal. Pôs a pistola sob o queixo dele e bateu nele de leve. Chutou para longe a arma de Hannibal, tirou um estilete de seu cinto e empurrou a ponta entre as pernas de Hannibal. Elas não se moviam.

– Tiro na espinha, meu pequeno *Mannlein* – disse Grutas. – Não pode sentir suas pernas? É uma pena. Não vai sentir quando eu cortar seus bagos. – Grutas sorriu para lady Murasaki. – Farei uma bolsinha de moedas para você guardar suas gorjetas.

Os olhos de Hannibal se abriram.

– Você pode ver? – Grutas sacudiu a comprida lâmina diante do rosto de Hannibal. – Excelente! Olhe para isso.

Grutas se levantou diante de lady Murasaki e passou a ponta levemente em sua face, mal magoando a pele. – Posso pôr um pouco de cor nas faces dela. – Ele direcionou o estilete para o encosto da cadeira ao lado de sua cabeça. – Posso criar alguns novos buracos para sexo.

Lady Murasaki não disse nada. Seus olhos fixavam-se em Hannibal. Os dedos dele se crisparam, a mão moveu-se levemente em direção à cabeça. Seus olhos moveram-se de lady Murasaki para Grutas e de volta. Lady Murasaki olhou para Grutas, excitamento em seu rosto, junto com angústia. Ela podia ser tão linda quanto quisesse. Grutas inclinou-se e beijou-a com força, cortando os lábios dela contra os dentes, seu rosto esmagado contra o de lady Murasaki, seu duro rosto vazio empalidecendo, seus olhos pálidos sem piscar enquanto ele tateava dentro da blusa dela.

Hannibal levou a mão para a nuca e puxou de trás do colarinho a adaga *tanto,* ensanguentada, torta e amassada pela bala de Grutas.

Grutas piscou, seu rosto convulsionado em agonia, seus tornozelos vergados, e ele caiu com os tendões cortados, Hannibal girando debaixo dele. Lady Murasaki, tornozelos atados, chutou Grutas na cabeça. Ele tentou erguer sua arma, mas Hannibal segurou o cano, desviando-o para cima.

A arma disparou e Hannibal cortou o pulso de Grutas, a arma caindo e deslizando sobre o assoalho. Grutas rastejou atrás da arma, apoiado nos cotovelos, depois nos joelhos, engatinhando e caindo de novo, impulsionando-se nos cotovelos como um animal de espinha quebrada na estrada.

Hannibal soltou os braços de lady Murasaki e ela puxou o estilete do encosto da cadeira para soltar seus tornozelos e se mover para o canto ao lado da porta. Hannibal, suas costas ensanguentadas, afastou a arma para bem longe de Grutas.

Grutas parou e, apoiado nos joelhos, encarou Hannibal.

Uma calma sinistra baixou sobre ele. Olhou acima para Hannibal com *seus* pálidos olhos glaciais.

– Juntos viajamos para a morte – disse Grutas. – Eu, você, a madrasta que você fode, os homens que matou.

– Eles não eram homens.

– Como era o gosto de Dortlich? De peixe? Você também comeu Milko?

Lady Murasaki falou do canto:

– Hannibal, se Popil prender Grutas, talvez ele não prenda você. Hannibal, fique do meu lado. Entregue-o a Popil.

– Ele devorou minha irmã.

– Você também – disse Grutas. – Por que não mata a si mesmo?

– Não. Isso é mentira.

– Oh, você comeu. Amavelmente, Vigia de Panelas alimentou você com o caldo dela. Você tem que matar todo mundo que sabe disso, não é? Agora que sua mulher sabe, você deveria matá-la também.

As mãos de Hannibal taparam os ouvidos, segurando a faca ensanguentada. Ele se volta para lady Murasaki, procurando sua face, vai até ela e a segura contra si.

– Não, Hannibal, é uma mentira – disse ela. – Entregue-o a Popil.

Grutas apressou-se em direção à arma, falando, falando.

– Você a comeu, semiconsciente, seus lábios estavam gulosos em torno da colher.

Hannibal gritou para o teto:

– Nãããão! – Correu para Grutas erguendo a faca e talhou um "M" no rosto de Grutas, gritando: – "M" de Mischa. "M" de Mischa. "M" de Mischa.

Grutas caiu para trás e Hannibal talhou um grande "M" nele.

Um grito atrás dele. Indistintamente na névoa vermelha, um disparo de pistola. Hannibal sentiu a boca da arma explodir acima dele. Não sabia se havia sido atingido. Virou-se. O capitão estava de pé atrás dele, de costas para lady Murasaki, o cabo do estilete atrás da clavícula dele, a lâmina em torno de sua aorta; a arma escorregou dos dedos do capitão e ele caiu para a frente, de cara no chão.

Hannibal, pondo-se de pé, seu rosto uma máscara vermelha.

Lady Murasaki fechou os olhos. Estava trêmula.

– Foi atingida? – perguntou ele.

– Não.

– Eu amo você, lady Murasaki – disse ele e se aproximou dela.

Ela abriu os olhos e afastou as mãos dele cheias de sangue.

– O que restou em você para amar? – disse ela e saiu correndo da cabine, subiu as escadas de tombadilho, escalou a amurada para um livre mergulho no canal.

O BARCO COLIDIU suavemente contra a margem. No Christabel, Hannibal estava só com os mortos, os olhos deles rapidamente ficando vidrados. Mueller e Gassmann estão no convés inferior agora, ao pé da escada de tombadilho. Grutas, banhado em vermelho, jaz na cabine em que morreu. Cada um deles segurava nos braços um Panzerfaust, como uma boneca de cabeça grande. Hannibal tirou da prateleira de armas o último Panzerfaust e desceu com ele para a casa de máquinas, seu bojudo míssil antitanque a 60 centímetros do tanque de combustível. Da área de equipamentos do barco, ele tirou um arpéu e amarrou o cabo em volta do gatilho montado no topo do lança-mísseis. Ficou parado no convés com o gancho do arpéu na mão enquanto o batelão avançava de modo gradual, colidindo suavemente contra a borda de pedra do canal. Ele ouviu gritos e um cão estava latindo.

Ele jogou o gancho na água. O cabo coleou lentamente pela borda enquanto Hannibal caminhava para a margem e seguia campina adentro. Não olhou para trás. Quando estava a uns 400 metros, veio a explosao. Sentiu a onda de choque nas suas costas e a pressão rolou sobre ele com o ruído. Uma peça metálica pousou no campo atrás dele. O barco estava sendo ferozmente consumido pelas chamas no canal e uma coluna de fagulhas se ergueu no céu, chicoteada em espirais pelo sopro de ar do incêndio. Mais explosões mandaram rodopiando pelos ares o madeirame em chamas, enquanto as cargas nos outros Panzerfausts detonavam.

A quase 2 quilômetros de distância, ele viu as luzes piscantes dos carros da polícia na eclusa. Não voltou atrás. Caminhou pelos campos e eles o encontraram ao amanhecer.

57

As janelas do lado leste na sede da polícia de Paris durante os meses de verão ficavam apinhadas na hora do desjejum, com jovens policiais na esperança de ver Simone Signoret tomar o café da manhã no seu terraço na Place Dauphin, que ficava perto.

O inspetor Popil trabalhava em sua mesa, não olhando nem mesmo quando diziam que as portas do terraço da atriz estavam abertas, permanecendo imperturbável aos resmungos quando somente a governanta aparecia para regar as plantas.

Sua janela estava aberta e ele podia ouvir debilmente a manifestação comunista no Quai des Orfèvres e no Pont Neuf. Os manifestantes eram em sua maioria estudantes, entoando "Libertem Hannibal, libertem Hannibal". Carregavam cartazes dizendo MORTE AO FASCISMO e exigiam a imediata libertação de Hannibal, que havia se tornado uma *cause célebre* menor. Cartas para *L'Humanité* e para *Le Canard Encbainé* o defendiam, e *Le Canard* publicou uma foto do incêndio do Christabel com a legenda "Canibais cozidos".

Uma reminiscência de infância dos benefícios da coletivização também saiu no *L'Humanité,* num trecho sob a assinatura do próprio Hannibal, contrabandeado da prisão, além de apoiado por seus simpatizantes comunistas. Ele teria escrito tão rapidamente para as publicações da extrema direita, mas os direitistas estavam fora de moda e não podiam se manifestar em seu benefício.

Diante de Popil estava um memorando da promotoria pública perguntando o que poderia ser provado contra Hannibal Lecter. No espírito de retribuição, *l'épuration sauvage,* remanescente da guerra, uma condenação pelo assassinato de fascistas e criminosos de guerra teria de ser irrefutável e, mesmo justificada, seria politicamente impopular.

O assassinato do açougueiro Paul Momund ocorrera anos atrás, e a evidência consistia no cheiro de óleo de cravo-da-índia, assinalou o promotor. Ajudaria alguma coisa deter a mulher Murasaki? Poderia ela ter sido conivente?, perguntou o promotor. O inspetor Popil foi contra a detenção de Murasaki.

As circunstâncias exatas cercando a morte do *restaurateur* Kolnas, ou *Restaurateur Criton-fascista e Operador do Mercado Negro Kolnas*, como era conhecido nos jornais, não podiam ser determinadas. Sim, havia um buraco de origem desconhecida no topo de seu crânio, e sua língua e palato duro foram perfurados por alguém desconhecido. Ele havia disparado um revólver, como o teste de parafina provou.

Os homens mortos no batelão foram reduzidos a gordura e fuligem. Eram conhecidos como sequestradores e mercadores de escravas brancas. Não foi recuperado um furgão contendo duas mulheres cativas, por meio de um número de placa fornecido pela mulher Murasaki?

O jovem não tinha ficha criminal. Ele era o melhor da turma na escola de medicina.

O inspetor Popil consultou o relógio e desceu o corredor para a Audition 3, a melhor sala de interrogatório porque recebia alguma luz do sol e as pichações haviam sido cobertas por espessa tinta branca. Um guarda estava postado do lado de fora da porta. Popil acenou para o guarda, que puxou a tranca para deixá-lo entrar. Hannibal sentava-se à mesa vazia no centro da sala. Seu tornozelo estava algemado à perna da mesa e seus pulsos a uma argola.

– Tire o ferro – disse Popil ao guarda.

– Bom dia, inspetor – saudou Hannibal.

– Ela está aqui – disse Popil. – O Dr. Dumas e o Dr. Rufin vão voltar depois do almoço. – Popil o deixou a sós.

Agora Hannibal pôde se levantar quando lady Murasaki entrou na sala.

A porta fechou-se atrás dela, que esticou o braço e pôs sua mão espalmada na porta.

– Está conseguindo dormir? – perguntou ela.

– Sim. Durmo muito bem.

– Chiyoh manda suas melhores lembranças. Diz que está muito feliz.

– Fico contente.

– Seu namorado se formou e eles ficaram noivos.

– Eu não poderia ficar mais satisfeito por ela.

Uma pausa.

– Estão fabricando motonetas, pequenas motocicletas, em parceria com dois irmãos. Já fabricaram seis delas. Ela espera que tenham sucesso.

– Certamente terão... eu mesmo comprarei uma.

Mulheres percebem a vigilância mais rápido que os homens, como parte de suas habilidades de sobrevivência, e de imediato reconhecem desejo. Também reconhecem a ausência dele. Ela sentiu a mudança em Hannibal. Faltava alguma coisa por trás de seus olhos.

As palavras de sua ancestral Murasaki Shikibu lhe ocorreram, e ela as pronunciou:

"As águas turvas
Congelam rápido
Sob céu claro
Luar e sombra
Maré e enchente."

Hannibal deu a clássica resposta do príncipe Genji:

"As lembranças do amor duradouro
Se reúnem como neve amontoada.
Comoventes como os patos mandarim
Que flutuam lado a lado no sono."

– Não – disse lady Murasaki. – Não. Agora só existe gelo. Já se foi, não é mesmo?

– Você é a minha pessoa preferida no mundo – disse ele, inteiramente sincero.

Ela inclinou a cabeça para ele e deixou a sala.

NO GABINETE DE POPIL ela encontrou os doutores Rufin e Dumas em íntima conversação. Rufin pegou as mãos de lady Murasaki.

– O senhor me falou que ele poderia congelar por dentro para sempre – disse ela.

– Sentiu isso? – replicou Rufin.

– Eu o amo e não consigo encontrá-lo – disse lady Murasaki. – O senhor consegue?

– Eu jamais conseguiria – disse Rufin.

Ela foi embora sem falar com Popil.

HANNIBAL SE APRESENTOU para trabalhar no dispensário da prisão e fez uma petição à corte para permitir-lhe voltar à faculdade de medicina. A Dra. Claire De Vrie, chefe do novo Laboratório de Medicina Legal da Polícia, uma mulher brilhante e atraente, achou Hannibal extremamente útil em montar uma unidade compacta de análise qualitativa e de identificação de toxinas com o mínimo de reagentes e equipamento. Ela escreveu uma carta elogiando-o.

O Dr. Dumas, cuja disposição inflexível irritava Popil além da conta, submeteu uma recomendação inflamada de Hannibal e explicou que o Johns Hopkins Medical Center, em Baltimore, nos Estados Unidos, estava oferecendo a ele um estágio como interno, após revisar suas ilustrações para o novo livro didático de anatomia. Dumas proferiu a cláusula moral sem quaisquer termos incertos.

Dentro de três semanas, apesar das objeções do inspetor, Hannibal saiu do Palácio da Justiça e voltou para seu quarto no último andar da faculdade de medicina. Popil não se despediu dele, um guarda simplesmente trouxe-lhe suas roupas.

Ele dormiu muito bem em seu quarto. Pela manhã, ligou para a Place de Vosges e descobriu que o telefone de lady Murasaki tinha sido cortado. Foi até lá e entrou com sua chave. O apartamento estava vazio, exceto pela banqueta do telefone. Ao lado do aparelho havia uma carta para ele. Estava atada ao enegrecido ramo de Hiroshima que o pai dela lhe enviara.

A carta dizia: *Adeus, Hannibal. Voltei para casa.*

Ele jogou o ramo queimado no Sena enquanto saía para jantar. No Restaurant Champs de Mars ele comeu um excelente guisado de lebre com o dinheiro que Louis deixara para pagar as missas por sua alma. Aquecido com o vinho, ele decidiu que, em estrita justiça, deveria ler algumas preces em latim para Louis e talvez cantar uma canção popular, considerando que suas próprias preces não seriam menos eficazes do que aquelas que poderia comprar na catedral de St. Sulpice.

Jantou sozinho e não se sentiu solitário.

Hannibal havia entrado no longo inverno de seu coração. Dormiu tranquilamente e não foi visitado em sonhos como os humanos costumam ser.

Parte III

Eu me entregaria ao Demônio
instantaneamente,
Não importa que eu mesmo seja ele!

– J.W. Von Goethe: *Fausto: uma tragédia*

58

Parecia a Svenka que o pai de Dortlich nunca ia morrer. O velho respirava e respirava, dois anos respirando enquanto o caixão forrado com um pano alcatroado esperava sobre cavaletes no já atulhado apartamento de Svenka. Ele ocupava a maior parte da sala, o que gerava um bocado de queixas da mulher que vivia com Svenka. Ela dizia que o tampo arredondado do caixão impedia até mesmo que ele fosse usado como aparador. Depois de alguns meses ela começou a guardar no caixão enlatados contrabandeados que Svenka extorquia de pessoas que retornavam de Helsinque nas barcas.

Nos dois anos de expurgo dos assassinos de Stalin, três oficiais colegas de Svenka foram fuzilados, e um quarto foi enforcado na prisão de Lubyanka.

Svenka podia ver que era hora de partir. A arte era dele e não iria deixá-la para trás. Svenka não herdou todos os contatos de Dortlich, mas podia obter bons documentos. Não tinha contatos dentro da Suécia, mas havia uma fartura de barcos entre Riga e a Suécia que podiam negociar com um pacote uma vez que estivesse no mar.

Primeiro, as primeiras coisas.

Às 6h45 da manhã de domingo, a criada Bergid emergiu do prédio de apartamentos em Vilnius onde vivia o pai de Dortlich. Tinha a cabeça descoberta para não dar a impressão de estar indo à igreja e carregava uma bolsa com seu xale e a Bíblia dentro.

Ela havia saído há uns dez minutos quando, de seu leito, o pai de Dortlich ouviu os passos de uma pessoa mais pesada que Bergid subindo as escadas. Um dique e um rangido vieram da porta do apartamento enquanto alguém revolvia a tranca da porta.

Com esforço, o pai de Dortlich se recostou nos travesseiros.

A porta arrastou-se no batente como se estivesse sendo empurrada para abrir. Ele procurou na gaveta ao lado da cama e tirou uma pistola Luger. Débil com o esforço, segurou a arma com as duas mãos e a trouxe para debaixo do lençol.

Fechou os olhos até que a porta do quarto se abriu.

– Está dormindo, *Herr* Dortlich? Espero que não o esteja perturbando – disse o sargento Svenka, à paisana e com o cabelo alisado.

– Oh, é você. – A expressão do velho era tão feroz como de hábito, mas ele parecia satisfatoriamente fraco.

– Vim em nome da Irmandade de Polícia e Alfândega – disse Svenka. – Estávamos limpando um armário e encontramos mais algumas coisas de seu filho.

– Eu não as quero. Guarde-as – replicou o velho. – Você arrombou a fechadura?

– Como ninguém atendeu à porta, dei um jeito de entrar. Achei que só ia deixar a caixa se não houvesse ninguém em casa. Tenho a chave de seu filho.

– Ele nunca teve chave.

– É a chave-mestra dele.

– Então você pode fechar a porta ao sair.

– O tenente Dortlich confidenciou-me alguns detalhes acerca da... sua situação e últimos desejos. O senhor os tem por escrito? Tem os documentos? A irmandade considera que é nossa responsabilidade agora ver seus desejos cumpridos ao pé da letra.

– Sim – disse o pai de Dortlich. – Tudo assinado e testemunhado. Uma cópia foi para a Klaipeda. Vocês não precisam fazer nada.

– Sim, eu sei. Uma coisa. – O sargento Svenka colocou a caixa no chão.

Sorrindo enquanto se aproximava da cama, ele pegou uma almofada de uma cadeira, andando de lado, à maneira de uma aranha, para colocá-la sobre o rosto do velho, montando em cima dele, os joelhos sobre os ombros, os cotovelos imobilizados, o seu peso sobre a almofada. Quanto tempo levaria? O velho não era fácil.

Svenka sentiu algo duro pressionar sua virilha, o lençol erguendo-se debaixo dele e a Luger saindo. Svenka sentiu a queimadura em sua pele e a queimadura penetrou fundo dentro dele. Caiu para trás, o velho erguendo a arma e atirando através do lençol, acertando no peito e no queixo. O cano oscilou e o último tiro atingiu seu próprio pé. O coração do velho bateu cada vez mais rápido e parou. O relógio acima do leito marcava as 7 horas, e o velho ouviu as quatro primeiras badaladas.

59

Neve acima do Paralelo 50 embaçando a parte frontal do hemisfério, leste do Canadá, Islândia, Escócia e Escandinávia. Neve em rajadas sobre Grisslehamn, Suécia, neve caindo no mar enquanto a barca levando o caixão chegava.

O agente da barca providenciou um trole de quatro rodas para os homens da funerária e ajudou-os a colocar o caixão nele, dando-lhe um pouco de velocidade no convés para acomodá-lo na rampa para o cais onde o rabecão esperava.

O pai de Dortlich morreu sem família direta e seus desejos estavam expressos com clareza. A Associação Klaipeda dos Trabalhadores Fluviais e Oceânicos cuidou para que tudo fosse feito como ele queria.

O pequeno cortejo para o cemitério consistiu no carro fúnebre, um furgão com seis homens da funerária e um carro levando dois parentes idosos.

Não que o pai de Dortlich estivesse inteiramente esquecido, mas a maioria dos amigos de infância tinha morrido e poucos parentes sobreviveram. Ele era um filho do meio desgarrado, e seu entusiasmo pela Revolução de Outubro o afastara da família e o levara para a Rússia. O filho de construtores navais passou a vida como um marinheiro comum. Irônico, concordaram os dois parentes idosos viajando atrás do carro fúnebre em meio à neve que caía no fim da tarde.

O MAUSOLÉU DA FAMÍLIA Dortlich era de granito cinza com uma cruz entalhada acima da porta e uma fina quantidade de vitrais em janelas de clerestório, apenas vidraças coloridas não figurativas.

O zelador do cemitério, um homem consciencioso, tinha varrido a alameda até a porta do mausoléu e seus degraus. A grande chave de ferro transmitia o frio através de suas luvas e ele usou ambas as mãos para girá-la, os trincos guinchando. Os homens da funerária abriram as grandes portas duplas e entraram com o caixão. Houve alguns resmungos dos parentes quanto ao emblema do sindicato comunista na placa que era colocada no mausoléu.

– Pensem nisso como um adeus fraternal daqueles que o conheceram melhor – disse o zelador e tossiu contra sua luva. Era um caixão aparentemente caro para um comunista, refletiu e especulou acerca do acréscimo de preço.

O zelador tinha no bolso um tubo de graxa de lírio branca. Ele fez trilhas no piso de pedra para os pés do caixão deslizarem como se entrasse de lado no seu nicho, e os carregadores ficaram contentes quando tiveram apenas de deslizar o caixão para o lugar, empurrando-o de um único lado e incapazes de erguê-lo.

O grupo se entreolhou. Ninguém se ofereceu para uma prece, e então o mausoléu foi trancado e todos se apressaram para seus veículos na neve que caía.

Acima de seu leito, o pai de Dortlich jaz imóvel e pequeno, gelo se formando em seu coração.

As estações irão chegar e partir. Vozes virão fracamente das trilhas de cascalho lá fora, e ocasionalmente a gavinha de uma videira. As cores do vitral tornam-se mais esmaecidos à medida que a poeira se acumula. As folhas sopram e depois a neve, e em volta de novo. As pinturas, seus rostos tão familiares para Hannibal Lecter, são roladas para a escuridão como os meandros da memória.

60

Grandes flocos macios caem ainda no ar da manhã ao longo do rio Lievre, em Quebec, e jazem plúmbeos nos peitoris da loja Caribou Corner Outdoor and Taxidermy.

Grandes flocos caem como penas no cabelo de Hannibal Lecter enquanto ele caminha acima da alameda que leva à cabana de troncos. A loja ainda está aberta. Ele pode ouvir o hino do Canadá vindo de um rádio nos fundos enquanto um jogo de hóquei estudantil está prestes a começar. Cabeças de animais feitas troféus cobrem as paredes. Um alce está no topo e, arrumado à moda Sistina, abaixo dele há quadros vivos de raposa e ptármiga do Ártico, cervos de olhos suaves e linces.

No balcão está uma bandeja dividida em compartimentos de olhos para taxidermia. Hannibal deposita sua sacola e vasculha entre os olhos com um dedo. Encontra um par dos azuis mais claros reservados para um cervo e um husky falecidos. Hannibal os retira da bandeja e coloca lado a lado no tampo do balcão.

O proprietário está vindo. A barba de Bronys Grentz está cinzenta agora, suas têmporas grisalhas.

– Sim? Posso ajudar?

Hannibal olha para ele, procura na bandeja e encontra um par de olhos que combinam com os olhos castanhos brilhantes de Grentz.

– O que é isso? – pergunta Grentz.

– Vim buscar uma cabeça – disse Hannibal.

– Qual é? Tem o seu tíquete?

– Não a estou vendo na parede.

– Provavelmente está nos fundos.

Hannibal dá uma sugestão.

– Posso entrar? Eu lhe mostrarei qual é.

Hannibal leva sua sacola com ele. Contém umas poucas roupas, um cutelo de açougueiro e um avental de borracha com a inscrição PROPRIEDADE DO JOHNS HOPKINS.

FOI INTERESSANTE comparar a correspondência de Grentz e seu caderno de endereços com a lista dos SS procurados que os britânicos divulgaram depois da guerra. Grentz se correspondia com alguns deles no Canadá e no Paraguai e diversos nos Estados Unidos. Hannibal examinou os documentos à vontade no trem, onde usufruía de uma cabine privativa, cortesia da caixa registradora de Grentz.

Na volta para seu estágio como interno em Baltimore, ele interrompeu a viagem em Montreal, de onde enviou pelo correio a cabeça de Grentz para um dos colegas taxidermistas e pôs como remetente o nome e o endereço de outro.

Ele não decapitou Grentz com raiva. Não fazia mais isso por raiva, nem era torturado por sonhos. Este era um fim de semana e preferiu matar Grentz a ir esquiar.

O trem seguia rumo ao sul para os Estados Unidos, bem aquecido e confortável. Bem diferente de sua longa viagem de trem para a Lituânia quando garoto.

Ele pararia em Nova York para pernoitar, ficaria no Carlyle como convidado de Grentz e assistiria a uma peça. Tinha ingressos para *Disque M para matar* e *Férias de amor.* Optou pela segunda, já que achava os assassinatos no palco pouco convincentes.

A América o fascinava, com aquela fartura de aquecimento e eletricidade. Aqueles carros estranhos e amplos. Os rostos americanos, abertos mas não inocentes, legíveis. Com o tempo ele usaria seu prestígio como patrono das artes para ficar nos bastidores e olhar para as plateias, seus rostos reluzindo às luzes do palco, e lê-los infinitamente.

A ESCURIDÃO CAIU, e o garçom no vagão-restaurante trouxe uma vela para sua mesa, o clarete vermelho-sangue estremecendo levemente na taça com o sacolejar do trem. Uma vez durante a noite, ele acordou em uma estação para ouvir os funcionários da ferrovia derretendo o gelo do chassi do trem com uma mangueira a vapor, grandes nuvens de vapor passando por sua janela ao vento. O trem partiu de novo com um leve solavanco e depois um deslizar líquido para fora das luzes da estação e entrando na noite, sacolejando rumo ao sul para a América. Sua janela clareou e ele pôde ver as estrelas.

Agradecimentos

Meu muito obrigado à Brigade Criminelle da polícia de Paris, que me recepcionou no mundo do Quai des Orfèvres e partilhou comigo seu penoso conhecimento e seu excelente almoço.

Lady Murasaki é o homônimo de Murasaki Shikibu, que escreveu o primeiro grande romance do mundo, *A lenda de Genji*. A nossa própria lady Murasaki cita Ono no Komachi e ouve em sua mente um poema de Yosano Akiko. Seu adeus a Hannibal é de *A lenda de Genji*. Noriko Miyamoto me ajudou enormemente em literatura e música.

Como podem perceber, pedi emprestado o cachorro de S.T. Coleridge.

Para melhor compreensão da França durante a ocupação e no período pós-guerra, estou em débito com *Marianne in Chains*, de Robert Gildea, com *Paris After the Liberation*, 1944-1949, de Antony Beevor e Artemis Cooper, e com *The Rape of Europa*, de Lynn H. Nicholas. As marcantes cartas de Susan Mary Alsop para Marietta Tree, reunidas em *To Marietta from Paris, 1945-1960*, também foram úteis.

Acima de tudo, meus agradecimentos a Pace Barnes por seu apoio infalível, seu amor e sua paciência.

– T.H.

EDIÇÕES
BestBolso

Este livro foi composto na tipologia Minion Pro, em corpo 13,5/13, e impresso em papel off-set 56g/m^2 no Sistema Digital Instant Duplex da Divisão Gráfica da Distribuidora Record.